KB261843

나는
낯선 곳이 그립다

나는
낯선 곳이 그립다

나는
낯선 곳이 그립다

하정아 감성에세이

신앙과 문학은 나의 이성과 감성의
양대 지주이다

나는 삶의 모든 의문을 신앙 안에서 잠재울 수 있다. 신앙 안에서는 값싼 일상조차 깊은 의미가 있다. 눈물과 고통도 달고 아름답다. 신앙으로 인하여 유한한 삶을 더욱 뜨겁게 껴안을 수 있고 영원히 변치 않는 가치에 대한 열망을 꿈꿀 수 있다. 나의 감정과 생각을 모두 알고 이해하는 존재가 있다는 인식은 놀라운 은혜다.

문학은 내게 감성표출의 돌파구이다. 신물나는 세상사에 지칠 때, 나는 문학이라는 도피성 안으로 숨는다. 그 울타리 안에 들어서면 나는 조금도 두렵거나 외롭지 않다. 생각과 행동을 세상 규범에 맞출 필요가 없다. 아무리 단순한 삶의 부스러기일지라도 빛이 난다. 문학이 아니라면 종잡을 수 없는 이 감성으로 어찌 이 세상을 똑바로 걸을 수 있을 것인가. 읽고 쓰는 일을 통하여 내 방식대로 세상을 이해하고 사랑할 수 있어서 기쁘다.

세상에는 많은 가치가 있다. 내겐 신앙과 문학이 있다. 나를 내려 놓을 수 있는 곳, 나를 표현할 수 있는 장치를 소유한 것에 큰 위로와 감사를 느낀다. 신앙과 문학 두 가지를 모두 소유한 나는 아직도 삶의 의미를 찾지 못해 영혼이 추운 사람들에게 늘 미안하다.

나태주 선생님께 감사를 표현할 단어를 아직 찾지 못했다. 수필집 출간에 좋은 말씀으로 다독여 주시고 예쁜 그림과 따뜻한 사랑의 글로 못난 글을 장식해 주셨다. 박양근 선생님께 감사드린다. 그의 저서 『좋은 수필 창작론』과 『사이버리즘과 수필미학』은 글 공부의 나침판이 되었다. 초봄부터 초여름까지 수필집 두 권을 한꺼번에 출판하면서 글 몸살을 앓는 동안, 나태주 선생님과 박양근 선생님이 주신 위로와 격려와 용기, 오래 잊지 못할 것이다. 이국 땅의 낯모르는 수필가를 위해 예쁜 책으로 묶어 주신 푸른길 출판사 여러분께도 깊은 감사를 드린다.

삶이 어떠한 상황으로 흐르든지 사랑과 기쁨과 감사의 마음으로 살고 싶다. 내가 사랑하는 이웃들도 그렇게 살기를 바란다. 나는 지금 무지무지 행복하다.

초여름 Baldy 산자락에서,

하정아

삶이 어떠한 상황으로 흐르든지

사랑과 기쁨과 감사의 마음으로 살고 싶다.

내가 사랑하는 이웃들도 그렇게 살기를 바란다.

나는 지금 부지부지 행복하다.

1부

나는
낯선 곳이 그립다

봄, 봄, 봄

방향 감각을 잃은 날씨가 자신이 머물러야 할 시간을 놓친 것 같다. 밤에는 무서리가 내리고 낮에는 불볕더위다. 남가주에 국한된 얘기가 아니다. 멀고 가까운 지구촌 곳곳에서 터져 나오는 지진과 물난리 소식에 우울하고 착잡하다.

일전에 괴괴한 소문이 있었다. 24시간 안에 대지진이 온단다. 수년 전부터 남가주를 겨냥한 빅원설에 익숙하던 터여서 폭발력이 강한 유언비어였다. 유난히 짧은 주기로 터지는 범세계적인 재난과 통상적인 상식을 적용할 수 없는 남가주의 날씨가 더욱 힘을 실어 주었다.

나는 그때 10번 프리웨이, 코비나 힐스Covina Hills 공원묘지를 막 벗어나고 있었다. 공원 맞은편 산등성이는 온통 노란색 들꽃으로 덮여 한바탕 축제라도 벌인 듯 장관이었다. 지진이 난다 한들 저 아름다운 존재들에게 무슨 의미가 있을 것인가. 저 저녁노을은 여전히 고혹적이리라.

24시간 안에 대지진이 온다더라, 친구에게 말했더니 피식 웃는다. 오면 오는 거지, 당하면 당하는 거지, 한다. 무겁던 마음이 턱 놓이면서 따스하고 온화한 상념이 머리를 채웠다. 그렇다, 미래에 대한 공포 때문에 삶을 멈추어야 하는가. 살아남는다면 먹을 거 마실 거 없어서 죽지는 않을 것이다. 사랑이 있으니까.

베르나르 베르베르의 『파피용』을 읽고 난 참이었다. 14만 4천 명이 거대한 우주 범선을 타고 지구를 탈출하는 공상 소설. 마침내 2명이 남기까지 천년 동안 밀폐되고 인위적인 환경 안에서 벌어지는 인간 군상들의 역겨운 행태에 구토와 비감을 느끼는 중이었다.

괴롭더라도, 앓더라도, 내가 살고 있는 지구가 새삼 귀하게 느껴졌다. 이른 아침, 폐부 깊숙이 스미는 차분하고 신선한 공기와 저 아름다운 봄의 들녘을 어느 우주에서 만날 것인가. 유리구슬처럼 투명한 황금빛을 발산하는 아침 햇살과 그 빛을 다시 거둬들이는 저녁노을의 장엄함을 어느 하늘에서 감당할 수 있을 것인가. 우주에서 바라다 보는 지구는 생명의 빛으로 충만하여 그지없이 아름답다 한다.

인생이란 '없고 없고 없다가 없어지는 것'이라 했다. 어렸을 때는 철이 없고, 젊어서는 정신이 없고, 늙어서는 주책이 없다가 죽어 없어지는 것. 인생이 정말 그런 거라면 슬픈 이야기다. 인생살이가 꽃처럼, 음악처럼, 마냥 향기롭거나 부드러운 것이 아님을 이미 알고 있지만, 삶이 그다지 서럽거나 안타까운 것이 아님도 진즉 알았지만, 그래도 여전히 쓸쓸하다.

봄인데, 이름을 불러 주지 않아도 무리로 어울려 행복한 꽃들이 산지사방에 가득한 봄인데, 나는 외롭다. 눈을 감으니 정말 외롭다. 지진을 생각하니 더 외로워진다. 지진이 나면 나의 안부를 물어 줄 사람이 몇이나 될까. 지진이 나지도 않았는데 격리와 분리를 느끼는 이유는 뭔가 말이다. 날씨가 본분을 잊은 것이 아니라 오히려 내 마음이 갈피를 잡지 못하고 심란하다. 봄 탓인가.

아서라, 책이나 읽어야지. 깊은 지식과 예리한 정감이 발산하는 향기나 맡아야지. 아니다. 오늘이 가기 전에 그리운 사람들에게 전화해야지. 하루 분량만큼 살아야지. 잘게 잘게 나누어서 예쁘게 포장한 시간들을 즐기면서 살아야지.

지진이 와서 땅을 흔들고 마음을 흔들고 생명을 흔들지라도 넉넉히 받아들일 준비를 해야겠다. 내가 사용하는 언어랑 마음 밭에 내려앉는 정서를 모니터해 가면서, 정화시켜 가면서, 그렇게 순간순간을 살아야겠다.

오늘은 4월의 봄을 맘껏 향유하기로 한다.

로렐 씨와 함께 하는 우주여행

오늘처럼 날이 흐리고 하늘에서 비라도 뿌리는 날이면 늘 로렐 클라크 씨가 생각난다. 2003년 2월 우주선 컬럼비아호에 탑승하여 16일간의 우주탐사를 마치고 귀환하던 중 7명의 동료들과 함께 공중에서 산화한 여성 우주인. 한번도 대면한 적은 없지만 오래전 마음의 친구가 된 사람.

바람 부는 창가에 앉아 그녀가 우주에서 지구인들에게 보낸 이메일 『나는 아름다운 지구를 보았습니다』를 읽는다. 맨 처음 그녀의 편지를 읽으며 느꼈던 영혼의 감전 상태를 다시 경험한다. 그녀가 우주에서 느꼈을 정서가 고스란히 전달된다. 경이로 뛰는 그녀의 힘찬 맥박을 감지한다. 금방이라도 우주의 에너지가 내 몸 안으로 쏟아져 들어올 것만 같다.

그녀의 편지가 주는 공명은 우주인만이 쓸 수 있는 희귀성 때문이 아니다. 그녀가 더 이상 이 땅에 존재하지 않는다는 동정 때문이 아니다. 그녀가 알게 된 우주의 비밀과 아름다움, 그녀가 편지에 미처 표현하지 못한 그 어떤 자연의 신비 때문이다.

"황홀하고 아름다운 지구 위에서 안부를 전합니다. 우주에서 바라본 지구의 전경은 경이롭기만 합니다. 저는 놀라운 광경들을 보아

왔습니다. 태평양에 퍼져 있는 섬광들, 호주의 수평선을 따라 펼쳐진 도시의 불빛들, 그 위로 빛나는 남극광, 아프리카 대평원과 케이프 혼Cape Horn의 모래언덕, 높은 산을 뚫고 도도히 흐르는 강물들, 북미에서 남미까지 펼쳐진 삶의 궤적들, 우리 지구의 옆구리에 놓인 초승달, 자그마한 혹처럼 보이지만 이정표처럼 선명한 후지산. 우리가 지나친 모든 궤적들은 하나하나가 모두 지구의 다른 부분들이었습니다.”

장엄한 우주를 바라보며, 저마다 특별한 빛을 발하는 별들을 지나치며 그녀는 마침내 이렇게 썼다. “모든 행성에서 발하는 살아 있는 에너지를 여러분도 느끼시기를 바랍니다.” 그녀가 느꼈던 ‘살아 있는 에너지’란 과연 무엇일까. 언어로 표현할 수 없는 그 무엇이리라. 치유의 광선. 생명을 유지케 하는 빛. 인류의 고통과 어두움을 일순간에 몰아내 버리는 광명.

로렐 씨는 우주에서 바라본 지구가 황홀하고 아름답다 표현했다. 그녀가 얼마 전까지 몸담았던 몸살하는 지구는 생각하지 못했을 것이다. 행복하지 않은 인간 군상, 피곤에 눌리고 권태에 빠진 인간들은 보이지 않았을 것이다. 가뭄과 홍수와 기근으로 허덕이는 지구, 고급재질로 포장된 악과 피비린내 나는 전쟁이 창궐하고 있는 지구는 떠오르지 않았을 것이다.

지구로 돌아오는 길, 기체 고장으로 대기권에 진입하면서 그녀는 산화되었다. 혹 그녀는 죽을 수밖에 없는 운명이 아니었을까. 그녀의 죽음은 이미 예정된 것은 아니었을까. 우주의 아름다움과 신비를 인간의 언어로 만천하에 공개한 그녀는 어쩌면 우주의 분노를 샀을지도 모른다. 그녀가 이 땅에 돌아와 아름다운 필설로 우주를 좀 더 공개하는 것을 막으려는 의도였는지도 모른다.

혹은 그녀의 무의식이 어쩌면 이 땅에 다시 돌아오고 싶지 않았을지도 모른다. 찬란한 빛으로 경이로운 우주, 생명의 빛으로 가득 찬 아름다운 우주를 보아 버린 그녀는 더 이상 지구에 어울리는 존재가 아니었다. 그녀의 영혼은 아름다운 추억을 가지고 그대로 사라지고 싶었는지도 모른다. 그녀는 깨달았을 것이다. 이 지구에 돌아오면 분명 또 다시 실망하고 고통할 것을. 건강한 에너지라고는 전혀 느낄 수 없는 퇴색한 빛과 주변을 둘러싸고 있는 암울한 어두움에 놀랄 것을.

오늘처럼 바람이 불고 쓸쓸한 날에는 로렐 씨와 함께 우주여행을 떠나고 싶다. 지구 주위를 도는 작은 우주선을 타고 미시건 호수 위를 나는 것이다. 위스콘신 주의 윈드 포인트를 보는 것이다. 순간순간마다 지구의 각각 다른 부분들을 보는 것이다. 그리고 마침내 우주의 행성들이 발하는 살아 있는 에너지를 받아들이는 것이다.

우리가 영위하고 있는 이 시간이 귀하게 인식되리라. 이 평범한 바람의 숨결과 기운이 우주에서는 아름다운 질서가 된다는 인식 하나만으로도 진정한 기쁨을 맛볼 수 있으리라. 우주에서 가장 아름다운 별에 존재한다는 자각, 가장 아름다운 창조물인 인간이라는 인식으로 새 힘을 얻게 되리라.

그리고 결심하게 될 것이다. 눈물을 씻고 일어나야지. 어두운 마음을 떨치고 피곤한 마음을 일으켜 세워야지. 순전하고 정직한 마음으로 새롭게 시작해야지. 스스로에게 용기를 주고 격려해 주어야지.

오늘처럼 우중충한 날이면 나는 늘 로렐 클라크 씨가 생각난다. 삶의 공허가 밀려드는 때면, 그녀가 맛보았던 우주의 경이, 충만하고 진정한 희열을 생각한다. 그녀가 경험했던 황홀한 빛을 상상한다. 그녀가 느꼈던 에너지, 우주의 각 행성들이 발하는 살아 있는 에너지를 갈망한다.

맑은 물 맑은 얼음 맑은 연정

물을 좋아하는 여자가 있다. 호수건 강이건 바다건 물만 보면 맥을 놓아 버리는 여자다. 그녀가 물의 나라 캐나다 앨버타 주 캘거리에 다녀왔다. 캘거리는 맑은 물과 맑은 얼음 천지였다. 그 물들을 속살처럼 품어 안고 있는 로키 산맥의 절경들은 그녀를 숨 막히게 했다. 물과 산맥이 마련해 준 천혜의 대지는 야생동물들과 식물들의 낙원이었다. 물이 있으므로 생명이 있고 생명이 있어 사랑이 존재하는 이치를 실물 교훈으로 보여주고 있었다. 캘거리는 어디를 가나 생명과 사랑으로 충만했다.

밴프Banff와 재스퍼Jasper를 오가는 1박 2일, 왕복 400여 마일의 여행은 환상이었다. 수많은 호수들과 우거진 산림들, 빙하들, 눈폭포들이 끊임없이 이어졌다. 사계절이 카메라 렌즈 한 컷에 모두 들어차는 현장을 목격했다. 야생곰과 사슴과 산양들이 무시로 도로를 가로지르고, 곧게 뻗은 캐나다 수목들은 잎과 빛깔이 연했다.

재스퍼 국립공원 안에서 머물렀던 샬레chalet를 그녀는 잊을 수 없다. 1940년대 통나무집 앞에는 아싸바스카Athabasca 강이 흐르고 있었다. 그녀는 수시로 강가에 나갔다. 그녀는 누군가가 쌓아놓은 돌탑 위에 돌멩이 세 개를 더하여 그녀의 기도도 함께 올려놓았다. 새벽에 홀로 나가 바라본 강물은 속도가 더 빨라져 있었다. 그녀는 하룻밤 사이에 흘러간 자신의 인생을 강물 위에서 보았다. 그녀는 결심한다. 강물처럼 살겠다고. 멈춤이 없고 미련이 없는 강물처럼 뒤돌아보지 않고 연연하게 흐르겠다고.

재스퍼에서 밴프로 되돌아 나오는 길에 만난 수많은 호수들은 다양한 물의 빛깔과 형태로 신비한 아름다움을 발산하고 있었다. 호수를 껴안고 있는 산들은 천년의 설빙을 머리에 이고, 깎아지른 절벽들마다 숲을 이룬 침엽수로 일대 장관을 연출하고 있었다. 곳곳에 자리 잡은 아이스필드는 태고의 침묵을 넓게 펼치고 있었다.

마침내 그녀는 영감의 섬, 스피릿 아일랜드Spirit Island를 만난다. 그 섬은 파란색과 녹색을 띤 물들이 30마일 넓이로 펼쳐져 있는 멀린 호수Maligne Lake 끝자락에 자리 잡고 있었다. 20그루의 나무가 둥그런 원모양으로 옹기종기 자라고 있는 땅. 물과 흙과 나무가 빚어낸 이 세상에서 가장 작은 성지. 섬이 품고 있는 상징성에 그녀의 가슴은 일시에 뭉클해졌다.

섬이 발산하고 있는 기운을 그녀는 깊이깊이 들이마셨다. 그 청정함으로 그녀의 영혼이 맑게 지켜지기를 소원했다. 이 섬이 오랫동안 변하지 않고 그 자리에 있어 수많은 영혼들에게 영감과 지혜와 위로를 주는 신의 선물이 되기를 간절히 빌었다. 섬을 떠나기 전 그녀는 영혼의 일부를 그곳에 내려놓았다.

캐나다를 벗어나는 구름바다 위에서 그녀는 인생의 하프 타임을 경험했다. 관용으로 과거를 내려놓았다. 관조의 눈으로 새로운 출발

점을 바라보았다. 그녀의 삶과 문학에 캐나다의 맑은 물과 차가운 얼음의 정기가 깊이깊이 베어들기를 소원했다. 맑은 물처럼, 차갑지만 뜨거운 얼음처럼, 맑고 뜨겁게 그녀의 삶과 문학이 꼴 지어지기를 바랐다.

그녀는 지금 캘거리에서 만난 물로 심한 상사병을 앓고 있다. 그녀는 이 병을 떨치고 싶지 않다. 시시때때로 아프고 흔들릴 테지만 물을 품고 있는 한, 생명과 사랑이 끊임없이 흐를 것이므로.

가슴에 담은 물이 또 출렁인다. 그녀는 엎드려서 가만히 그 흔들림을 관찰한다. 아름답다고 생각한다.

나이아가라 폭포에서

　나이아가라 폭포와 대면했다. 캐나다 토론토 상공, 헬리콥터 안에서 내려다본 폭포는 하얀 뭉게구름을 끊임없이 피워 올리고 있었다. 미국 측의 무지개와 면사포, 캐나다 측의 말발굽은 서로 어울리지 않는 각각의 이름을 지닌 폭포이지만 나이아가라라는 하나의 이름 아래 절묘하게 조화를 이루고 있었다.

　말발굽 절벽 앞에 섰다. 차가운 비가 온몸을 사정없이 적셨다. 그 비는 하늘에서 내려온 것이 아니라 조금 전 52미터 절벽으로 급하강했다가 그 반동에 의해 튀어오른 물이었다. 진리와 진실이 비취빛 눈물로 한 몸 되어 떨어지고 있었다. 이루지 못한 찬란한 꿈이 무지개로 떠오르고 있었다.

　천둥소리를 내는 거대한 폭포는 스스로 압도당해 있었다. 가벼운 간구와 급한 맹세, 차마 할 수 없었다. 회오와 회한의 눈물로 폭포를 더럽히고 싶지 않았다. 일상의 아픔과 슬픔으로 물의 길을 방해하고 싶지 않았다. 그것은 온전히 나만의 것, 오히려 내 가슴 속 깊은 곳에 간직해야 한다고 마음먹었다. 차고 넘치면 더 이상 아프지 않고 슬프지 않고 외롭지 않으리라.

　폭포의 뒷모습을 보기 위해 지하 38미터의 시닉 터널로 내려갔다.

온몸 부서뜨리며 곤두박질치는 열정 앞에 말문이 막혔다. 온몸 던져 보여 주는 사랑 앞에 두려움이 앞섰다. 한때 그리도 절실하던 말과 애타던 행동들이 눈물로 하염없이 추락하고 있었다. 인간의 모든 정서와 감정들이 갈래갈래 주름진 물보라로 울부짖고 있었다.

인간의 접근을 막는 월풀whirlpool 앞에 멈춰선 보트 안에서 망연했다. 월풀의 얼굴을 자세히 보고 싶어 언덕 위에 올랐다. 방향을 잃고 맴도는 파도의 거대한 소용돌이가 한눈에 들어왔다. 물 덩어리들은 지구의 중심으로 자꾸만 얼굴을 밀어 넣고 있었다. 몸둘 바를 모르고 뒤채는 인간의 갈피없는 속마음을 들여다본 듯 민망하고 안타까웠다.

밤 10시, 폭포는 오색등으로 장식되었다. 부끄러웠다. 속된 인위로 감히 저를 희롱하다니. 폭포는 그 찬란한 유혹에도 끝내 그의 마음을 열어 보이지 않았다.

밤 12시, 궁궁궁, 로즈와 조지*의 영혼이 목메어 울고 있었다. 폭포가 부르는 소리에 잠을 이룰 수가 없었다. 어느새 나는 어스름한 폭포 앞에 다시 서 있었다. 폭포의 벨 콰이어가 그들을 위해 진혼곡을 연주하고 있었다.

아침 6시, 날이 밝자 절반으로 줄어든 수량 탓에 그동안 수면 아래 숨어 있던 온갖 사물들이 정체를 드러내고 있었다. 내 마음 속의 굴곡도 그리 무성할 것이다. 결코 내보여서는 안 되리. 사람들이 득달같이 달려들어 네 온몸에 이방인의 낙인을 주홍글씨처럼 새기리라.

아침 8시, 폭포 상류에 자리잡은 두 개의 수력발전소는 10개의 수문을 차례로 열었다. 밤 동안 갇혀있던 강물이 굽이굽이 물의 층을 만들며 세차게 흘러나와 성난 모습으로 폭포를 향해 내달리고 있었다. 그 위력 앞에 전율이 일었다. ‘물밀듯 걷잡을 수 없는 그리움’ 이라는 표현은 이제부터 삼가는 것이 좋으리라. 그 격정과 열정을 어찌 감당할 것인가.

그 아침에 나는 목격했다. 열을 가하지 않아도 액체가 기체가 되는 현상. 물은 그렇게 환생하여 하늘로 돌아가고 있었다. 나도 날개가 솟을 건가, 내 어깨를 자꾸만 쓸어 보았다. 누군들 다시 일어서고 싶지 않으랴. 젖은 추락의 날개 다시 활짝 펴 날고 싶지 않으랴. 승화의 삶 빚고 싶지 않으랴.

나이아가라에서 마침내 물을 향한 오랜 세월의 갈증을 풀었다. 나는 마음으로부터 물을 내려놓았다. 세상은 돌고 도나니 언제든 어디서든 우리 반드시 서로 만날 것을 알았으므로.

나는 물에게 인사했다. 이제 너를 놓아주리라. 그래 가거라. 넓은 온타리오 호수로, 넓은 대서양으로, 더 넓은 세계로, 사차원의 세계로.

*1953년 마를린 먼로와 조셉 코튼이 주연한 영화 〈나이아가라〉의 비극적인 두 주인공.

겨울 여행

4월입니다. 추운 기운이 모두 가셨습니다. 을씨년스러웠던 지난 겨울, 여행지에서 보낸 시간들이 먼 꿈처럼 느껴집니다. 겨울 여행, 상상처럼 그리 낭만적이지 않습니다. 겨울이든 봄이든 어느 계절과 상관없이 떠나는 사람의 심리 상태가 중요하지요.

여행, 그래요. 지난 2월 중순에 떠난 여행은 잔잔했습니다. 잔잔한 여행이 있겠습니까. 저의 마음이 가라앉아 있었다는 의미겠지요. 여행지에 대한 기대 때문이 아니라 쉬고 싶어서 떠난 여행이어서 더욱 그런 생각이 들었는지 모릅니다. 아름다운 경치를 구경하기보다는 내 마음을 들여다보기에 넉넉한 시간들이었습니다.

여행은 사람으로 하여금 방만하게 만든다고 했던가요. 타인들이 나를 알지 못하고 나 또한 그들을 모르니 가슴 밑바닥에서부터 자유가 차오른다지요. 저도 어쩌면 그러한 환경을 원했는지 모릅니다. 그런데 아니었어요.

겨울 여행을 하려면 제일 먼저 마음을 단단히 여밀 필요가 있습니다. 잘못하면 마음을 빼앗기고 돌아오기 십상이니까요. 여행이 주는 유익은 고사하고 오히려 우울병을 얻어올 수 있습니다. 너무나 생소한 환경에 처하게 되면 몸 안에서 진행과 결과를 알 수 없는 화학

작용이 일어납니다. 전혀 예기치 못한 행동, 자신도 알지 못하는 행동을 하게 됩니다.

지난 겨울, 제가 그랬습니다. 그랜드 캐니언, 여러 번 갔었습니다. 때마다 찾아도 사진과 그림과 기억 속의 모습에서 크게 벗어나지 않았습니다. 그런데 이번엔 달랐습니다. 백설이 분분한 그곳에서 그랜드 캐니언의 또 다른 얼굴을 보았습니다. 갑작스레 내린 눈으로 계곡이 하얀 운무에 싸여 한 치 아래도 보이지 않았습니다. 다양한 빛깔의 단층이 보이지 않으니까 겁이 더럭 났습니다.

맙소사, 아무 것도 보이지 않는 계곡 아래로 아무도 모르게 그냥 추락해 버리고 싶은 거예요. 흔적도 없이 사라질 수 있는 절호의 찬스처럼 느껴져서 마음이 다급했습니다. 눈을 꼭 감고 낭떠러지 뷰 포인트에 설치된 안전대를 꽉 붙잡았습니다. 누가 뒤에서 밀며 강요하는 것도 아닌데, 떨어지지 않으려 철제 난간에 필사적으로 매달려 있었습니다. 떨어져 버리고픈 의지를 잠재우려 안간힘을 쓰면서요. 한번 뛰어내려 봐, 그 느낌이 유일무이할걸, 하는 내부의 충동과 속삭임에 귀를 막으면서 말이죠.

그날 밤새 내내 백설이 분분한 그랜드 캐니언 계곡 아래로 수없이, 한없이 추락하는 꿈을 꾸었습니다. 땀이 나고 가위에 눌려 신음했습니다. 잠을 깨고 나서 왜 그런 생각이 들었는지 이유를 몰라서 머리가 아팠습니다.

그 다음 날, 파월 호수에 갔지요. 세계 제2의 인공 호수. 처음 만난 파월은 경이 그 자체였습니다. 당신도 알다시피 그곳은 물 천지잖아요. 그랜드 캐니언에 물을 채워놓은 형상이죠. 비가 흩뿌리는 갑판 위에서 저는 어찌된 셈인지 검푸른 물위에 드러난 경치를 감상하기보다는 물속에 잠긴 캐니언을, 그 심연을 들여다보느라 목과 눈이 아팠습니다. 갑판 위에서 저는 전날 보았던 그랜드 캐니언을 생각했습니다. 그곳에는 지금쯤 눈이 내리고 있겠지, 아무 것도 보이지 않을 거야, 그곳에서 누군가가 나처럼 안전대를 붙잡고 안간힘을 쓰고 있는 것은 아닐까, 불안했습니다. 그러면서 파월 호수에 빠지지 않으려 안간힘을 썼습니다.

자이언 캐니언은 볼 때마다 새롭습니다. 봄과 여름과 가을과 겨울이 다릅니다. 아이맥스 영화를 보면서 서러웠습니다. 영적세계를 표현하려 애쓴 영상이 가슴 깊이 내려앉았습니다. 인디언의 영감적인 문화를 경시하지 않는 한, 미국은 결코 쇠퇴하지 않을 것이라는 생각이 들었습니다. 필름에서도 물을 보았습니다. 급류에 휩쓸리는 모든 생명체들을 바라보며 카타르시스를 느꼈습니다. 온몸에 전류가 흐르는 것이 아니겠어요? 마치 저 자신이 그 급류 속에 빠진 것처럼 생각되었습니다. 마지막 부분에서 내레이터가 한 말이 오랫동안 가슴에 남아 울렁거렸습니다. "I can not explain my feeling. 느낌을 설명할 길이 없습니다." 감동이 깊으면 말문이 막히는가 봅니다. 세상의 신비가 아닌가 싶습니다.

세도나에 들어섰습니다. 하늘을 향해 양팔을 쳐들면 자기장의 원리에 따라 온 몸에 기가 흐르는 느낌을 받는다지요. 인간의 생각이 얼마나 허무한 것인가를 실감하게 하는 곳이지요. 팔을 넓게 벌리고 형체를 알 수 없는 에너지가 내 몸속에 들어오기를 기다렸습니다. 아니 그 자기장 속에 저 자신이 녹아 들어가 버리면 좋겠다는 생각을 했습니다. 세도나를 장식하고 있는, 그 지대를 붙들고 있는 형형색색 아름다운 빛깔의 철분을 안고 있는 지층 속에 숨어 버리고 싶은 충동을 느꼈습니다. 저는 무엇이 잘못된 것일까요.

자연 속의 어느 한 부분이 되어 녹아 없어져 버리거나 사라져 숨어 버리고 싶은 충동, 그 느낌은 사방 천지에 형형색색 아름다운 가이저geyser들이 뜨거운 김을 뿜어내며 유혹하는 옐로스톤에 갔을 때, 절정에 달했습니다. 그곳은 울타리도 없고 떨어질 필요도 없는 곳이었습니다. 걸음을 멈추지 않고 물을 향하여 반듯하게 걸어 들어가기만 하면 되었습니다. 한없이 깊은 옥빛, 오렌지빛, 한번도 보지 않아 형용할 수 없는 빛깔의 물들이 곳곳에서 인정사정없이 마구 손짓하며 유혹했습니다. 그 뜨거운 심연 속으로 풍덩 빠져 버리고 싶었습니다.

그렇게 산만한 겨울 여행을 마치고 돌아왔습니다. 여행지에서 돌아온 뒤 가끔 계곡으로 떨어지는 꿈을 꾸기도 했습니다. 공중에 매달려 식은땀을 흘리며 나무 등걸을 붙잡고 있거나 철제 난간을 붙들고 추락할까, 붙잡을까, 망설이는 중에 잠을 깨곤 했습니다.

고소공포증, 혹은 추락하고픈 충동의식은 심리적으로 불안한 정신병리의 한 현상이라지요. 아직도 풀어내지 못한 상처들이 많이 있다는 얘기겠죠. 성장기의 어느 한 단계, 잃어버려 보상받지 못한 그 부분을 치유 받지 못한 탓이겠죠. 상담이 필요한 것일까요. 정신과

의사가 필요한 것일까요. 자신이 경험하지 않은 일들로 고통받는 사람들의 심리를 그들이 과연 이해할 수 있을까요. 이론과 공식에 맞추어 풀어내는 그들이 얼마나 저를 도와줄 수 있을까요. 차라리 제가 저 자신을 분석하는 것이 낫겠죠. 정직하기만 한다면 말이죠. 정신 상태에 대하여, 원하는 것에 대하여 마음을 적나라하게 열어야 한다는 조건이 붙겠지요. 아니요. 그럴 필요도 없습니다. 저는 이미 해답을 알고 있거든요.

이유가 무엇이냐고요? 금문교 다리를 걸을 때마다 물속에 거꾸로 처박혀 떨어져 버리고 싶은 충동을 억누르느라 긴장을 풀 수 없는 이유. 싱크대의 디스포설disposal을 사용할 때마다 빠르게 회전하는 그 기계 속에 손가락을 집어넣고 싶어 안달하는 자신을 달래기 위해 이를 앙 다물고 양 손가락이 빠져나가지 못하도록 꼭 움켜쥐고 그 소리와 진동에 진저리를 치는 이유. 깊은 물만 보면 풍덩 빠져 버리고 싶은 이유.

살고 싶은 것입니다. 제대로 살고 싶은 것입니다. 혼란과 오리무중의 미로를 헤메는 것이 아니라 명쾌하게 살고 싶은 겁니다. 대강 살고 싶은 것이 아니라 치열하게 살고 싶은 겁니다. 그랜드 캐니언에 가득 찬 눈을 본 날 밤, 밤새 추락하는 꿈을 꾸며 진땀을 흘렸던 것은 살고 싶다는 절규였습니다.

저는 보아 버렸습니다. 죽고 싶은 것이 아니라 살고 싶은 저의 속마음을. 죽고 싶었던 것은 원하는 삶을 살지 못했기 때문이 아닐까 싶습니다. 아무려나 저는 살고 싶다는 솔직한 결론을 얻어 내었습니다.

　지난 겨울, 여행을 다녀온 이후부터 어찌된 셈인지 저는 깊은 물
을 보아도 더 이상 빠지고 싶은 충동이 일지 않습니다. 정말 놀라운
일입니다. 제 내부에 무슨 일이 일어난 것일까요? 혹 아는 사람 계
셔요?

길

애리조나 주 야바 파인스Yava Pines 캠핑장엔 유난히 길이 많았다. 대로와 소로와 오솔길들. 캠핑장에 머무는 며칠 동안 가장 아꼈던 시간은 혼자 걷는 새벽 산책이었다. 이른 아침 새로운 길을 찾아 걷는 기쁨이 컸다. 마치 새벽 산책만을 위해 이곳에 온 것처럼, 산책을 마치고 나면 하루를 다 산듯한 충만함이 있었다. 맑고 청순한 공기 속을 걷노라면 어디서든 풀꽃 향기가 났다. 자연은 각자 자기가 있어야 할 곳에서 제 몫을 다하고 있었다.

길이 많음으로 인한 선택의 갈등은 없었다. 길은 길에 연하여 나 있어 어차피 모든 길을 다 갈 수 없다는 것을 이미 알고 있으므로. 길이란 서로 다른 방향으로 갈라지다가 결국 한곳으로 통하여 만난다는 것을 알고 있으므로. '아직도 가지 않은 길'에 대한 미련은 없었다. 길이 주체가 아니라 내가 주체이고 내가 인식하는 것만큼 의미가 있는 것이기에 결국 어느 길이든 상관이 없다는 것을 알고 있으므로.

가랑비가 흩뿌리는 어느 새벽, 새로운 길을 걷다가 소나무를 벌목하여 높게 쌓아놓은 통나무 더미를 지나게 되었다. 가지와 뿌리가 잘려나가 생명 잃은 원목들이 길게길게 누워 있었다. 마음이 삽시간에 경건해졌다.

나는 보았다. 수많은 나이테. 나무가 살아온 길. 나무들의 삶의 흔적. 나무들도 생각이 있는 것일까. 비슷한 장소와 비슷한 환경 아래 자랐을 테지만 각각 다른 모양과 빛깔을 지니고 있었다. 눈에 보이지 않는 시간의 흐름을 육안으로 고스란히 감촉할 수 있다는 사실이 새삼 경이로웠다. 너그러운 삶. 평화로운 삶. 고통스러운 삶. 유난히 거친 세파를 헤쳐온 삶. 갖가지 사연과 역사를 지닌 나무의 족적, 족적들.

겉껍질이 벗겨지거나 듬성듬성 회색으로 변해 있는 것을 보아 나무들은 베어진지 상당 기간 지났음을 짐작할 수 있었다. 작은 통나무 하나를 골라 나이테를 세어보니 일백 개가 훌쩍 넘었다. 겉껍질만 해도 수십 켜. 이 나무들 앞에서 내 삶을 논한다는 것은, 그동안 겪었던 삶의 설음들을 하소연한다는 것은 송구한 일이었다.

곱고 둥그런 나이테 중간 중간에 나이테 본연의 형태를 잃고 구멍이 뚫려 텅 빈 공간들이 있었다. 아픈 흔적들. 삶의 초기에 깊은 상처를 입은 나무도 있고 다 성장한 후에 고난을 당한 나무도 있었다. 하지만 어느 경우든지 상처 때문에 더 자랄 키가 자라지 못했거나 나무의 생명이 그 상처 때문에 지장을 받지 않았음을 알 수 있었다. 상처는 골이 패인 모습 그대로 굳어진 채 나무의 다른 부분과 연결되어 자라 있었다. 건강한 세포들이 아픈 상처들을 감싸 안고 같이 자란 흔적을 발견하고 눈시울이 뜨거워졌다. 비록 형태는 어그러졌을망정 더 많은 수액과 영양을 공급하여 상처를 다독여 준 흔적.

지난 세월, 영혼의 어두운 밤 지나느라 옆을 돌아볼 여유도 없었는데. 애증의 무성한 가지에 이는 바람에 흔들리는 마음을 지키느라 늘 괴로웠는데. 난 지금 여전히 살아 있다. 삶의 고난과 고통 때문에 죽지 않았다. 누군가의 보살핌으로, 아픔까지도 송두리째 껴안아 주는 사랑으로 지금까지 존재하고 있다.

옹이들도 보았다. 상처들. 흉터들. 어느 시인의 노래처럼 이 옹이에는 한때 부드럽고 향기 가득한 꽃물이 머물렀으리라. 눈부시게 싱싱한 수액 밀어 올려 푸른 잎을 피워 냈으리라. 앓는 동안 가장 단단한 버팀대가 되었으리라. 한때 순하고 여린 시절이 있었으리라. 하지만 옹이는 여전히 옹이. 고통의 대명사. 아픔은 여전히 아프고 슬픔은 여전히 슬프다.

지나온 나의 삶의 나이테는 어떤 무늬일까. 해마다 뿌리가 깊어지고 가지는 굵어졌을지언정 나이테의 형태는 여전히 향상되지 않았을 것이다. 쭉쭉 펼치지 못하고 움츠러든 나이테. 좁고 어둡고 단단한 나이테. 보일 듯 말 듯 가늘게 이어진 나이테. 20여 년 전 이민의 삶을 시작했을 때에는 분명 동서남북도 분간할 수 없었을 것이다.

미처 베이지 못하고 통나무 사이로 비쭉 솟아 나온 가지 하나를 꺾어 무심히 코에 대어 보았다. 이럴 수가. 신선하고 강한 향기. 베어진 지 이미 상당 기간 지났을 터인데 아직도 이만한 향을 간직하고 있다니. 아득했다. 죽어서도 품어 내는 향기. 생명이 다한지 이미 오래여도 여전히 향기를 품고 있는 나무. 나의 삶은 어떤 향기를 지니고 있을까. 나의 마음의 향기는 어떤 빛깔일까.

산책에서 돌아오는 길, 산 너머로 동이 터오는 모습을 바라보았다. 탱탱한 빛 하나하나마다 맑은 음악이 울려 날 것만 같았다. 호리의 오점이 없는 순수. 은총처럼 온몸을 감싸 안는 빛줄기. 빛의 세례. 빛의 다이아몬드가 수천 수만 갈래의 길을 타고 환상처럼 쏟아져 내리고 있었다. 그 순간에 나는 알았다. 다이아몬드가 귀한 이유. 희귀해서만도 아니요, 단단해서만도 아니요, 바로 그 내부에 수많은 길을 소유하고 있기 때문이라는 것을. 가장 작은 표면적에 가장 많은 길을 품어 안은 보석. 길이 있다는 것은 누군가 혹은 그 무언가가 그 길을 걷는 주체가 있다는 의미다. 그렇다. 다이아몬드에 난 길에는 빛이 걸어간다. 빛이 달린다.

다이아몬드 길에 들어선 빛은 영원히 밖으로 빠져나올 수 없다. 굴절과 반사와 순회를 거듭하며 쉼 없이 달리는 것이다. 어둠 속에서도 다이아몬드가 반짝이는 것은 이미 오래전 그 안에 갇힌 빛 때문이다.

다이아몬드의 가치는 크기나 무게보다, 선명도나 빛깔에 더 많은 비중을 둔다. 선명도나 빛깔은 절단에 의해 결정된다. 절단면이 얼마나 고르고 섬세하고 정교한지, 다른 절단면과 얼마만큼 정확한 각도와 조화로 구성되어 있는지, 들어온 빛이 도망할 여유를 주지 않고 연속방사를 할 수 있도록 얼마나 많은 절단면을 지니고 있는지에 따라 정해진다. 절단이 잘 되었는지는 빛으로 점검된다. 똑같은 양과 질의 빛이라 할지라도 절단면의 상태에 따라 탁하게 혹은 아름다운 무지개 색으로 투영되는 것이다.

내 인생의 절단은 무엇일까. 상실과 외로움. 혹은 고난과 절망. 절단 과정을 잘 견디어야 한다. 다이아몬드가 제련되는 것처럼. 자기 성찰과 삶의 성숙을 향한 통로이므로. 빛으로 가는 길이므로. 한 가닥 빛을 투명하고 아름답게 반사하기 위하여. 내 삶의 빛은 무엇일까. 나는 그 빛을 어떻게 반사해 내고 있을까.

모든 삶에는 길이 있다. 모든 사물에는 길이 있다. 살아 있는 것은 살아 있는 것대로 만들어진 것은 만들어진 것대로 생명이 있고 가치가 있다. 진리를 표상하고 진리로 인도하는 길이 있는 것이다.

인간의 마음속에도 길이 있다. 심리학자 스캇 펙은 사람들이 자기 자신과 씨름하면서 보다 높은 차원으로 성숙해 나가는 과정을 길로 표현했다. 그는 『아직도 가야 할 길 *The Road Less Travelled*』에서 영적 성장에 이르는 길은 복잡하고 험난하고 오랜 시간이 걸리는 평생의 일로 끝까지 포기할 수 없는 명제라 했다.

내게도 분명 가야 할 길이 있다. 때때로 그 길이 흑암에 갇혀 보이지 않는다 할지라도 확실한 것은 내 앞에 길이 있다는 것이다. 하늘의 수많은 별들도 그들만의 길이 있어 그들이 가야 할 길을 가고 있거늘. 어떤 별은 느리게 어떤 별은 빠르게. 밝은 별은 밝은 대로 어두운 별은 어두운 대로 각자의 몫을 수행하거늘.

그 길을 즐겁게 가고 싶다. 물이 막으면 강둑에 앉아 나룻배를 기다릴 것이다. 풀숲에 숨은 작은 얼굴의 애기꽃과 눈 맞춤도 하면서. 밤이면 모닥불 피워놓고 하늘의 별도 세어가면서. 결국 길은 어느 때든 끝나지 않을 터이므로. 모든 길 다 갈 수 없을 터이므로. 후회

하지 않으리라. 우리 인생이 가야 할 길은 선택할 수 있는 여러 갈래의 길이 아니라 오직 한 갈래의 길만 있음을 알고 있으니까. 때때로 호젓한 길 만나리라. 외로워하지 않으리라. 홀로 있음solitude을 즐기리라.

비스타 델 바에 마을 사람들

멕시코 국경을 넘을 때만 해도 들뜬 기분이었다. 교회에서 몇 주 동안 모은 의자며 옷가지며 먹거리를 가득 실은 벤이 앞장서 달리고 있었다. 가난한 나라 사람들에게 부유한 나라에 사는 우리가 호의를 베풀러 가는 길이라 생각했다. 낡은 교회 건물을 보수해 주러 가는 우리는 시간과 물질을 희생하는 거라고 생각했다. 자랑스럽고 의기양양했다. 마치 미국 땅이 내 개인소유라도 되는 양. 미국을 부유케 한 공로자나 되는 양. 수백 마일 상관거리의 멕시코인들이 못사는 이유가 마치 그들의 무지 때문인 것처럼. 미국에 살고 있는 나는 선하고 잘 나서 복을 받고 있는 것처럼.

아니었다. 하루 동안의 멕시코 방문은 이 모든 생각이 얼마나 잘못되었는지 확실하게 가르쳐 주었다. 내면세계로의 여행이었다. 과거와의 눈물겨운 재회였다. 멕시코에 오지 않았더라면 결코 떠올릴 수 없었을 유년의 편린을 만져보는 행운을 누릴 수 있었다.

국경을 넘어서자마자 풍경은 삽시간에 달라졌다. 초록 일색이던 생명의 빛깔은 시야에서 사라지고 지구의 원초적인 빛깔, 누런 황톳길이 전개되었다. 믿을 수가 없었다. 평행하게 나란히 자리 잡은 두 나라가 어찌 이리도 대조적일 수 있는가.

비스타 델 바예Vista Del Valle, The View of the Valley 마을 어귀에 있는 작은 예배당 마당에는 많은 사람들이 모여 우리를 기다리고 있었다. 순박하고 천진한 얼굴들에 담긴 함박웃음을 대하니 하늘나라 사람들이 바로 이들의 모습일 거라는 생각이 들었다. 잃었던 고향집이라도 찾은 듯 마음이 포근했다.

홈 디포Home Depot에 예약된 물건을 찾으러 몇몇 사람들이 길을 떠났다. 한 시간 반이면 돌아온다 했다. 남은 우리는 부서진 의자들을 마당에 내놓고 못도 치고 교회 안과 밖을 청소하며 시간을 보냈다. 두 시간이 지났는데 온다던 사람들이 함흥차사였다.

점심시간. 우리가 급조해 간 음식과 그들이 정성껏 마련한 음식이 상 위에 펼쳐졌다. 그 다양함이라니. 두 나라, 아니 미국, 한국, 멕시코, 세 나라의 음식이 한데 어울려 정다웠다. 차려놓은 음식들이 마치 그 나라 사람들의 성향을 대변이라도 하듯 이채로웠다. 냄새 없이 담백한 미국 음식은 개별 포장이 특징이다. 양념이 다양한 한국 음식은 쫄깃쫄깃 찰지다. 할라피뇨와 치즈를 앞세운 멕시코 음식은 매콤하고 진하다. 선인장과 토마토, 특이한 맛을 내는 식물성 향신료를 듬뿍 사용하여 입맛을 돋운다. 커다란 함지박만한 그릇에 살사나 전채요리들을 담아 한솥밥을 먹는다는 느낌이 강하다. 요리의 이름을 물어보고 조리법을 주고받으며 그들과 함께 점심을 먹는 동안 우리는 오랫동안 알아왔던 사람들처럼 가까워졌다. 속담이 맞다. 원수와는 결코 밥을 같이 먹지 않는다. 함께 밥을 먹는 행위는 친구로 받아들이는 것이다. 적어도 친구가 될 여지가 있다.

오후 3시. 초조해진 우리는 옹기종기 모여 앉아 길 떠난 이들이 무사히 돌아오기를 간절히 기도했다. 연락이 끊긴 지 오래였다. 멕시코에 온 목적도 이미 잊었다. 얇은 판자로 벽을 두른 교회를 겨울에는 따뜻하게 여름에는 시원하게 보온과 방풍 장치를 해 줄 작정이었다. 페인트를 칠하여 예쁘게 단장해 줄 계획이었다.

현지 사람들은 당연한 일상이라는 듯 아무런 동요 없이 삼삼오오 모여 한담을 나누며 태평했다. 어린 아이들은 새로운 장난감들이 신기한 듯 지칠 줄 몰랐다. 아무도 서두르지 않았다. 아무도 다른 사람을 탓하지 않았다. 잔잔하고 평안한 그들의 마음이 그대로 가슴에 와 닿았다. 커다란 눈동자에는 이상스레 물기가 많았다. 평온하고 다감한 얼굴들은 자신들의 가난에 대하여 일말의 회의나 불만이 없어 보였다. 많이 가진 자들에 대한 분노나 증오심이 전혀 느껴지지 않는 선량함이 있었다. 너그럽고 평화로운 몸짓, 맑고 선한 눈빛이 아름다웠다. 25세 어린 목사가 여섯 개의 교회를 돌보느라 자신들에게 별다른 신경을 쓰지 못해도 불만 없이 행복한 사람들. 부러웠다. 그들이 소유한 평안을 살 수 있을까. 선하고 순한 마음을 얻을 수 없을까.

창문도 없는 교회 건물 한구석에 앉아 졸다가 깨곤 했다. 사방이 숭숭 뚫린 화장실에 들어가 볼 일을 보고 밖에 나와 커다란 드럼통에 있는 물을 바가지로 퍼서 손을 씻고 그 물로 변기를 씻어냈다. 물엔 이끼가 끼고 이름을 알 수 없는 작은 연체동물들이 헤엄을 치고 있어 깨끗하다 말할 수 없었다. 물을 실은 트럭이 일주일에 한

번씩 들러 채워주고 가는데 20달러라 했다. '물이 돈'이라는 생각을 왜 이제껏 하지 못했을까. 이곳에서 위생은 부끄러운 말이다. 당장 먹을 물도 부족한데 청결 운운은 사치일 것이다.

와야 할 사람들은 아직도 감감무소식이었다. 무심코 동네로 발길을 향했다. 상점에 들어서니 미소가 절로 나면서 뭐든 마구 팔아주고 싶었다. 단단한 황토바닥은 고르지 않았지만 깨끗이 비질이 되어 있어 윤기마저 흘렀다. 칠이 벗겨지고 중간에서 휘어버린 낮은 선반들. 촛불을 사용한 듯 울퉁불퉁, 일정하지 않게 밀봉된 플라스틱 과자봉지들. 집 뒤뜰에서 따온 듯, 대바구니에 담긴 작은 사과 몇 알. 목이 메었다. 언젠가 어디선가 분명 본 듯한 낯익은 풍경이었다. 그랬다. 나의 어린 시절이 그곳에 있었다.

동네 한복판에 자리 잡은 유일한 상점, 구판장에 가면 어린 아이의 눈을 사로잡는 물건들이 많았다. 조잡스런 생활용품 몇 가지와 군것질 소품들. 아버지는 주인에게 부탁하여 당신 딸들이 먹을 것을 구하면 무조건 다 주라, 하셨다. 우리 자매들은 외상장부에 달아 놓고 먹고 싶은 것들을 맘껏 가져오곤 했다. 염치없다는 생각은 추호도 없었다. 늘 당당했다. 밤 11시에도 잠옷 차림으로 그곳에 가서 이제 막 나오기 시작한 버터 식빵을 가져와 이불 속에서 뜯어먹으며 희희낙락 긴긴 겨울밤을 보내곤 했다. 사과 한 상자를 사흘 만에 먹어 치우는 식성이었으니 아버지는 매달 외상값을 갚으며 입이 벌어지셨을 것이다. 아버지는 그 일로 우리를 한번도 나무라지 않으셨다. 대학에 다닐 때, 주말이나 방학이 되어 집에 돌아오면 아버지는 동네에서 잡은 소라며 다리 두 개를 짊어지고 오셔서 가마솥에 푹 삶으셨다. 도마 위에 고깃덩어리를 통째로 올려놓고 큼직큼직하게 썬 다음 참기름에 섞은 소금에 찍어 우리들 입에 넣어 주시곤 했다.

낡은 타이어로 만든 계단을 올라가니 산동네가 되었다. 집집마다 개가 있었다. 옆으로 길게 누워 있는 것이 특징이었다. 낯선 사람이 제 곁을 지나쳐도 짖기는커녕 일어나지도 않았다. 그저 흘깃 눈길 한 번 주었을 뿐. 집집마다 임의로 다져놓은 흙길들이 산만했다. 도무지 굴러갈 것 같지 않을 만큼 낡은 차들은 아무데나 달리고 아무데나 주차했다. 채소를 실은 리어카를 끌며 마이크에 대고 뭐라 외치는 사람을 보았다. 양 어깨에 끈을 달아 맨 나무판 위에 빵이며 쿠키를 팔러 다니는 사람을 보았다. 고향의 엿장수와 튀밥 장수와 아이스케이크 장수가 생각났다. 땅 냄새를 맡으며 동네를 걷는 동안, 나는 근원적인 어떤 영감에 휩쓸려 마음이 뜨거웠다. 타임머신을 타고 과거로의 여행을 떠나온 것만 같았다.

집에서 내어놓은 쓰레기들이 곳곳에 어지럽게 흩어져 있었다. 한 쓰레기 더미에서는 불을 놓은 듯 연기가 오르고 있었다. 아무도 불이 타고 있는 쓰레기를 주시하지 않았다. 불 탈 것을 염려할 만한 것이 주변에 없는 형편이기도 했다. 한동안 멈춰 서서 타고 있는 쓰레기의 내용물들을 감상하였다. 마음이 얼마나 평안하던지. 불현듯 치밀어 오르는 향수. 사람 사는 냄새가 왈칵 콧속으로 스며들었다. 설명할 수조차 없었던 그리움의 대상 중에 바로 이런 냄새가 있었지 않은가.

항아리가 묻힌 푸세식 변소는 여자가 많은 우리 집에 문제를 주었다. 딸 넷과 엄마. 한 달 내내 다섯 명 중 어느 누군가는 달거리 손님을 맞고 있는 형국이었다. 무명천을 쓰던 우리는 일회용 냅킨이 나왔을 때 환호했다. 혈액이 잘 지워지지 않는 무명천을 늘 삶아 빨아야 되는 수고를 하지 않아도 된다는 사실이 꿈같았다. 이제는 말만한 처녀들이 사는 집 마당 빨랫줄에 흰 기저귀가 걸리지 않아도 된다는 생각에 기쁘기만 했다. 일회용이 좋은 것만은 아니라는 사실을 깨닫기까지는 그리 긴 시간이 필요치 않았다. 항아리 속에 그 냅킨을 버릴 수가 없었다. 그것은 썩지도 않았다. 화장실 인분은 농사에 절대 필요한 거름이었다. 오래 삭혀야 인체에 해가 없다 하여 인분을 담아두는 콘크리트 컨테이너들이 동네 곳곳에 자리 잡고 있었다. 한여름과 한겨울을 보내며 푹 익은 인분은 겨우내 아궁이에서 나온 재와 섞여 소중한 거름이 되었다. 인부들이 인분 항아리를 청소할 때 흉물스럽게 남아있는 일회용 냅킨을 바라보는 것은 큰 부끄러움이었다.

우리는 넓은 뒤뜰 한쪽에 화장실 쓰레기를 한데 모아 불태우곤 했다. 점성이 강한 그것은 잘 타지도 않고 냄새마저 강했다. 아버지는 막대로 이리저리 저어가며 그것들을 깨끗하게 태우셨다. 아버지가 딸들의 마음을 다치지 않으려 무던히 애쓰셨구나, 수십 년 후 먼 외국 땅에서 새삼 깨닫는 동안 온몸에 잔털이 일었다.

신작로마다 집집에서 흘려보낸 하수물이 고랑을 이루어 흐르기도

하고 멈춰 있기도 했다. 하수도는 당연히 사람 눈에 띄지 않는 깊은 땅속에 묻혀 있어야 한다는 생각은 망각의 결과였다. 고향집 하수도는 이곳처럼 길 위에 나와 있어 작두나 우물 옆으로 흘렀다. 하수도보다 위에 있어야 할 상수도는 오히려 보이지 않는 깊은 곳에 있었다. 나는 시궁창 냄새를 잘 알고 있다. 어린 시절의 한 장면이 선명하게 떠올랐다.

무더운 여름날, 밖에서 친구들과 놀다가 집으로 돌아오니 동네 정기 아제가 우물가에서 닭을 잡고 있었다. 아제는 털을 벗긴 닭의 배를 길게 갈라 내장을 긁어내고 씻는 중이었다. 마당에서 놀던 닭들이 시궁창에 일렬로 머리를 처박고 뭔가 열심히 주워 삼키고 있었다. 한참 후에는 우물가로 올라와 내장을 집어먹으려 아우성이었다. 쫓아도 쫓아도 아랑곳하지 않았다.

"에이, 속창시 없는 것들. 천상 짐승이랑게. 앗따, 먹어라 먹어." 아제는 닭내장을 마당에 내던졌다. 닭들은 그것을 먼저 차지하려고 서로의 목을 쪼아대느라 정작 먹지도 못했다. 닭내장은 흙속에 파묻혀 형체를 알아보기 힘들었다. 동작이 날쌘 닭들이 그것을 잡아채곤 했다. 나는 닭들이 저토록 싸우면서 급하게 먹다가 체하지는 않을까, 저러다가 죽어 버리는 것은 아닐까, 겁이 났다.

비애라는 단어의 뜻도 알지 못하던 때, 막연한 슬픔을 맛보았던 것 같다. 사람과 짐승의 차이를 정리한 계기가 되었다. 짐승은 제 동료를 먹지만 사람은 사람을 먹지 않는다는 개념은 최소한의 보루였다. 어른이 된다는 것은 인식의 체험이다. 사람이 사람을 짐승보다 더 교묘하게 여러 모양으로 먹을 수 있다는 사실을 자라면서 알게 되었다.

어릴 적, 행복의 의미도 모르면서 행복했으리라. 나는 지금 행복한가. 인식 자체가 이미 진부하다. 생각하는 것은 타협하는 것. 적어도 이러이러하니까 행복한 거라고 자위하는 것. 나는 지금 행복하지도 불행하지도 않다. 행복하지 않다는 것은 불행하다는 것과는 거리가 있다. 불행하지 않은 것이 행복하다는 의미는 아니다. 아프지도 고통스럽지도 않다. 그냥 바라볼 뿐. 마음 한구석에 덜 녹은 동토덩어리같은 것을 안고 살아온 지 오래 되었다. 그 둔중한 아픔을 이제는 아픔이라 부르지도 않는다. 나이를 먹는다는 것은 세상으로부터 자신을 방어하는 방법을 다양하게 늘려가는 것이다. 그리움이라 이름 붙일 만한 대상이 없는 것도 아니다. 그냥 눈을 감기로 작정한 것뿐. 열망만으로 꿈이 이루어진 적이 있었던가.

낯선 땅에 땅거미가 내리기 시작했다. 동네에 나와 노는 아이들의 모습이 평화로웠다. 멀리서부터 낯익은 자동차가 다가오는 모습을 보고 마음이 뜨거워졌다. 마침내 도착한 사람들. 피를 나누지 않아도 형제가 될 수 있고 자매가 될 수 있음을, 그들을 위해서라면 목숨이라도 기꺼이 내줄 수 있음을, 그때 알았다.

미리 예약하고 여러 번 확인해 두었건만 막상 물건을 찾으러 가니 기다린다던 사람은 온데간데없고 물건은 커녕 확인해 볼만한 서류 한 장 찾을 수 없었단다. 시간상 일은 마무리 하지 못하겠지만 물건이라도 사주고 떠나려돈으로 주면 결코 목적대로 쓰이지 않는다는 것을 알기에 국경 가까이에 있는 홈 디포까지 갔는데 원하는 물건이 단한 가지도 없더란다. 오는 길이 막혀 이제야 도착한 사람들. 미국에서 온 사람의 핸드폰은 국제전화여서 안 되고 현지인의 전화는 배터리가 다 되어 연락할 수 없었다 했다.

마을 사람들과 작별인사를 나누었다. 가지고 간 라면이랑 옷가지들을 나누어 주며 서로 얼싸안았다. 물질을 주러 온 것이 아니라 마음을 주러 온 것임을, 아니 마음을 얻어가기 위한 것임을 그들과 작별하면서 알았다. 한 여인이 다가와 손을 굳게 잡고 흔들었다. 잔뜩 주름이 잡힌 눈자위에 물기가 얹혀 있었다. 내부 깊숙이 단단하게 빗장을 질러 놓았던 물탱크가 잠깐 출렁, 했다. 그 물이 밖으로 쏟아지지 않게 하려고 안간힘을 썼다.

하늘나라에서나 볼 수 있는 사람들을 만나고 돌아오는 길. 500 스퀘어 피트도 안되어 보이는 집들이 다닥다닥 붙어 있는 군락들을 지났다. 낮은 구렁마다 드문드문 박혀 금방이라도 꺼질 듯 흐리게 명멸하는 불빛들이 온순했다. 국경선 검문소 앞에서 3시간을 기다리며 비극이라는 낱말이 떠오른 것은 왜일까. 미국에서 내려오는 차량들은 고속질주를 하고 있었다. 미국으로 들어가려는 차량들은 십 리가 넘게 줄을 서 있었다.

금세 멕시코 땅을 벗어났다. 방금 헤어진 얼굴들이 그리움으로 다가와 마음이 서늘했다. 여태껏 알지 못했던 사람들. 순박한 웃음과 선량한 눈빛에 얼핏 어리던 슬픔. 물기 많은 눈동자에 가득 담긴 삶의 이야기들. 내가 사는 곳에서 그리 멀지 않은 곳에 따뜻한 심장과

피를 가진 사람들이 살고 있다. 사람을 그리워하는 사람들이 살고
있다.

언젠가는 그 땅에 다시 가고 싶다. 그들의 어깨를 토닥이며 잘 있
었느냐고 반가이 인사 나누고 싶다. 그곳에 분주한 나를 내려놓고
싶다. 쉬고 싶다.

나는 낯선 곳이 그립다

나는 가고 싶은 곳이 많다. 구본형 씨처럼 '낯선 곳에서 아침'을 맞고 싶다. 여행자 친구가 이메일로 보내주는 낯선 세상을 접할 때마다 나도 그곳에 가고 싶다. 닥터 키하다가 네팔이나 중국에서 겪은 이야기를 들려줄 때면 나도 그곳에 가고 싶어 몸살한다. 인도에 계신 부모님을 방문하고 돌아온 친구 마이틀리가 성스런 갠지스 강물에 네 몸을 담가 보아야 한다고 부르짖을 때면 나도 그렇게 하고 싶다.

낯선 곳이 그립다. 그곳에 가서 나의 외로움과 대면하고 싶다. 그곳에 있는 박물관, 식물원, 화랑을 돌아보며 일맥상통하는 인간의 생각을 확인하고 싶다. 멀지 않아도 좋다. 가까운 곳을 방문하여 새로움을 발견하는 맛도 좋다.

삶의 무게가 턱까지 차오를 때, 일상의 의무를 내려놓고 낯선 곳을 찾는다. 눈에 띄지 않는 한 귀퉁이에 초라하게 자리 잡고 있어 사람들의 손발이 많이 닿지 않은 유적지를 만나면 영혼의 고향이라도 발견한 듯 마음이 끌린다. 낯선 마을을 경유하다가 작은 규모의 식물원과 동물원, 낡은 박물관을 찾아 돌아보노라면 오래전 언젠가 똑같은 것을 보고 느꼈던 것처럼 익숙하고 편안하다. 과거에 수없이 오고갔을 발자국 소리, 옛사람들의 한숨과 환희와 꿈과 눈물이 오감을 통하여 고스란히 흡수된다.

낯선 곳에 자리 잡고 있는 낯선 존재들을 대면하노라면 숨어 있던 감성이 머리를 든다. 말없이 생각 없이 초점 없이 응시하기만 해도 만족스럽고 행복해진다. 마음속 깊은 곳에서부터 삶을 향한 열정이 서서히 기지개를 켜고 삶을 향한 희망이 은은하게 차오른다.

지난 여름에는 카탈리나 섬 곳곳을 걸어서 돌아보았다. 리글리 기념관과 식물원Wrigley Memorial & Botanical Garden을 발견한 기쁨이 컸다. 돌과 콘크리트와 타일의 조화가 빚어낸 1934년도 스패니쉬 스타일의 절묘한 예술을 대하며 서늘한 감동을 느꼈다. 기념탑으로 오르는 계단 입구에 견고한 청동문이 있었다. 문고리가 문에 부딪치며 울리는 깊은 소리에 가슴이 먹먹했다. 원시인의 숨결이 들려오는 듯 했다. 문에 귀를 대고 여음을 듣노라니 콩가Conga의 슬프고 아련한 리듬이 들리는 듯 했다.

데스 밸리의 탄광촌에서도 같은 느낌을 받았다. 두터운 강철로 만들어진 크고 넓적한 대문에는 철을 얇게 두드려 펼쳐 만든 각종 나뭇잎의 문양들이 빼곡히 붙어 있었다. 어느 나뭇잎 하나 같은 모양이 없었다. 거칠고 메마른 사막환경 속에서 인간의 손이 빚어낸 섬세한 예술이 초연하여 오히려 슬펐다.

철대문 앞에 서서 눈을 감고 두 손으로 그것들을 쓸어보고 만져보았다. 옛사람들이 작업하던 모습이 선히 보이는 듯 했다. 나는 혹시 이 문을 만들었던 시대에 태어났어야 할 사람이 아니었을까. 돌을 갈아 만든 뾰족한 바늘로 바구니를 짜고 천막 위로 쏟아지는 하늘의 별을 바라보며 잠이 들었던 인디언 여인으로 살아야 하지 않았을까. 그들과 영혼이 맞닿아 있는 듯한 느낌은 왜인지 모르겠다. 낯선 곳에 가면 유난히 박물관을 찾아 옛사람들의 숨결을 느끼고자 집요하게 구는 이유를 모르겠다. 팜 스프링이나 엘 센트로, 유레카 등 한적한 장소에 겸손하게 서있는 작고 낡은 박물관에서 원주민들이 그린 어둡고 원색적인 톤의 그림들을 대면할 때마다 그대로 숨이 멎을 것 같은 충격을 느끼는 것은 왜인지 모르겠다.

나는 빨리빨리 움직이는 이 세상이 겁난다. 나는 천천히 살고 싶다. 내가 살고 있는 환경을 충분히 음미하고 냄새 맡으며 살고 싶다. 사랑하는 님과 함께 집에서 멀리 떨어져 있는 남새밭으로 김을 매러 가다가 논둑길에 피어 있는 풀꽃 하나 꺾어 님이 내 머리에 꽂아 준다면 더없이 행복할 것 같다.

건널목 앞에서 칸칸이 푸른 밤기차를 바라보노라면 미지를 향한 그리움이 이글거린다. 어디로든 떠나고 싶다. 나는 아직도 먼 곳이 그립다. 낯선 곳에 가고 싶다.

랜초 팔로스 버데스 가는 길

오후 다섯 시, 남편이 운전하는 자동차는 57번 프리웨이 남쪽 방향을 향해 진입했다. 10번 서쪽 방향 프리웨이로 들어가기 위한 교차로 역할의 2마일 구간이다. 고맙다. 이 프리웨이가 없다면 국도를 한참 달려야 할 것이다. 프리웨이 교차로. 내 인생의 교차로. 나의 삶을 때에 따라 새로운 세계로 인도해 주고 전환시켜 준 은인들이 생각났다. 먹먹해지는 가슴.

마주 달려오는 자동차의 불빛들이 정답다. 지구의 한 자락에 매달려 동시대를 살아가고 있으되 바람처럼 지나쳐 알지 못하는 사람들. 한 사람이 가족 이외의 타인과 원만한 관계를 유지할 수 있는 최대 인원은 5~6명이라 했다. 서로를 돌아보고 챙겨줄 수 있는 범위가 턱없음에 아연해진다. 가족 이외에 나는 몇 명이나 진심으로 사랑하고 있을까. 가족 이외에 나를 사랑한다고 단언할 만한 사람이 과연 몇 명일까. 밀려오는 쓸쓸함. 생각을 바꾼다. 저 자동차 안에 있는 사람들은 자신을 사랑하는 누군가를 찾아 달려가고 있다. 저마다 사랑하는 사람들이 있다. 참을 수 없는 연민.

10번 프리웨이에 들어섰다. 석양이 붉다. 그 빛이 넓고 깊고 아득하다. 이 길을 지나는 남편의 마음을 안다. 어머니가 누워계신 코비나 힐스 포레스트 론Covina Hills Forest Lawn 공원묘지가 프리웨이 길섶에 있다. 비아 버데Via Verde 출구에서 내려 왼쪽으로 방향을 잡으면 묘지 정문과 마주친다. 10번 프리웨이는 자주 오가는데 어머니 묘소에 들르는 일은 쉽지 않다. 남편이 외친다. "엄니! 아이고, 우리 엄니! 불쌍한 우리 엄니!"

남편은 유난히 어머니를 사랑했다. 어릴 적 쌀장사를 마치고 저녁 늦게 들어오시는 어머니를 동구 밖까지 마중 나갔다 했다. 어머니가 드실 진지를 아랫목에 이불로 덮어 두었다가 상을 차려 드렸다 했다. 하나밖에 없는 누이는 일찍 외지로 나가 집에 없고 남자 형제만 여섯인 가정에서 남편은 늘 힘들고 지친 어머니를 대신하여 밥하고 빨래하고 청소를 했단다. 부끄러움도 불평도 몰랐단다. 오직 고생하는 어머니를 조금이라도 도와주고 싶다는 일념만 있었단다.

결혼 전 그는 누군가를 향해서라 할 것 없이 독백처럼 말했었다. 사랑하는 여자가 두 명 있노라고. 아주 불쌍한 여자들이라고. 미래의 자기 아내가 그 두 여자를 사랑해 준다면 더 이상 원이 없겠노라고. 한없이 사랑을 퍼주기만 하는 어머니와 결혼에 실패하여 이국땅에서 홀로 사는 누이. 낯선 두 여자를 사랑할 수 있을 거라고는 생각하지 않았다. 나의 관심사는 그렇게 말하는 남자에게 있었다. 여자는 보호받아야 할 약한 존재라고 여기는 사람이라면 세상을 바라보는 눈이 따뜻하겠구나, 생각했었다.

나는 돌아가신 시어머니를 사랑했는가. 살아 계신 시누님을 사랑하는가. 아니, 사랑이라는 단어가 과연 적합한 건가. 피붙이보다 더 진한 감정으로 밀착되어 살아온 세월을 사랑이라는 낱말로 간단명료하게 포장하는 일은 무심한 짓이다. 부딪치고 화해하고 아껴주고 격려하며 살아온 시간들, 공간들. 나는 어머니가 사랑하는 아들, 누님이 아끼는 동생을 빼앗은 얄미운 존재가 아니었을까. 어머니와 누님에게 남편을 빌려주는 마음으로 살아온 세월이 한동안 억울하고 야속했었다. 지나고 보니 서로 한 치도 양보하지 않은 팽팽한 시간들이었다.

3년 전, 어머니가 양로병원에서 운명하셨다는 소식을 들었을 때 먹먹했다. 학교에서 오전 강의를 듣던 중이었다. 나는 오후에 예정된 세미나 주제 발표자였다. 두 달 동안 힘들게 준비해 온 프로젝트였다. 친구와 함께 학교 맞은편 식당에서 점심을 먹는데 왈칵 눈물이 쏟아졌다. 건널목을 지나다가 숨이 턱, 막히더니 모든 사물이 노랗게 보였다. 세미나를 마치고 5일 후에 치를 중간고사를 걱정하며 양로병원에 도착하니 어머니는 이미 그곳에 계시지 않았다. 모든 것을 떨치고 달려오지 못한 자신이 원망스러웠다. "어머니는 이미 돌아가셨고 네가 온다 해도 지금으로서는 아무 것도 할 것이 없으니 수업을 다 마치고 오라"는 남편의 당부 때문이었을까. 아닐 것이다. 더 이상 고통이 없으실 거라고, 차라리 잘 쉬시는 거라고 상황과 타협했을 것이다.

죽음은 슬프다. 더 이상 살아있는 모습을 보지 못하는 것은 아픔이다. 함께 마주 보며 웃거나 울지 못하고 목소리를 들을 수 없는 것은 비극이다.

어머니가 누워 계신 이 지점을 혼자 지날 때면 출구로 빠져나가고 싶은 충동을 느낀다. 안된다, 마음을 다잡고 지나치는 경우가 대부분이다. "애야. 조금 멈춰가렴." "어머니 저 지금 바빠요." "네가 보고 싶어서가 아니야. 쉬엄쉬엄 살렴. 피곤하잖니. 세상살이, 한순간이다. 천천히 가도 돼. 너를 생각해서야. 이곳에 오면 하늘이랑 구름이랑 바람이랑 만날 수 있잖니." "아니에요, 어머니. 아무리 생각해도 오늘은 도저히 안 되겠어요. 약속 시간에 이미 늦은 걸요. 다음에요." 개스를 더욱 힘차게 밟는다. 오르막길이니까. 아니다. 어머니의 요청으로부터 애써 달아나려는 것이다. 다음에, 다음에를 뇌이면서. 멈춤 없이 현재진행형이어야 하는 삶이 얼마나 고달픈지 벌써 잊으셨냐고 오히려 어머니를 나무라면서.

어느 날엔가, 비가 몹시 내리는 날, 혼자서 이곳을 운전하며 지나다가 망설임 끝에 한 구간 다시 되돌아와 어머니 산소에 간 적이 있다. 분명 외로웠으리라. 아니면 고달팠을 것이다. 아무 고통 없이 생각 없이 평안히 잠들어 있는 어머니는 행복하신 거라고 생각했을 것이다.

어머니가 계신 곳에 오르자면 누워 있는 동판 비석을 20~30개 지나야 한다. 비에 젖은 잔디가 미끄러웠다. 언덕을 오르며 지나치는 묘비에 적힌 사람들의 생애를 읽었다. 1965년 7월 2일에 태어나 1997년 4월에 사망했다고 기록된 비석 앞에서 발길이 멎는다. 34세가 채 되지 않은 나이.

오르는 길에 조금 비껴 자리 잡은 한 묘지에 용기를 내어 다가갔다. 늘 궁금했던 묘지다. 늘 싱싱한 꽃이 놓여 있는 곳이다. 중년 부인과 건장한 두 청년이 가끔씩 찾아와 시간을 보내는 모습을 보았다. 그들은 야외 의자와 양산을 펴고 앉아 책을 읽거나 드러누워 한담을 나누곤 했다. 마치 해변에 휴양 온 사람들의 모습이었다. 크리스마스 시즌이면 비석 둘레를 금빛 색실로 싸고 원색의 전구들로 트리 장식을 해놓는 사람들. 1952년 5월 13일 출생. 2002년 9월 27일 사망. '사랑하는 남편이자 사랑하는 아버지 이곳에 잠들다.' 만 50세. 묘지 비석을 읽을 때마다 나이를 계산해 보는 것은 언제부터 시작된 버릇일까.

공원묘지에 갈 때마다 숙연해진다. 마음에 작은 파문이 인다. 사랑이 있기 때문이리라. 진실한 사랑. 영원히 변치 않는 사랑. 좋은 기억만 떠올리게 하는 사랑. 그곳엔 살아 있는 모든 이들이 갈구하는 사랑이 있다. 속임수도 갈등도 없다. 단단한 동판 비석처럼 견고한 사랑이 있을 뿐.

어머니와의 20년간의 인연을 생각하는 동안 자동차는 어느새 605번 프리웨이를 달리고 있다. 잠시 후 105번 동쪽 방향 프리웨이. LAX 공항 프리웨이라는 별명이 붙은 도로. 공항에 사람을 마중할 때나 배웅할 때 반드시 지나쳐야 하는 길. 기쁨과 슬픔의 감정을 주체키 힘든 길.

오늘은 아니다. 공항 가는 길이 아니다. 격한 감정을 짊어져야 하는 부담이 없다. 중간에 110번 프리웨이로 갈아탄다. 트래픽이 풀려 자동차들은 이제 80여 마일로 달리고 있다. 아, 모두들 이토록 빨리 어디로 가고 있는 것일까. 6마일을 더 달려서 퍼시픽 코스트Pacific Coast 하이웨이 출구로 나와 우회전. 버몬트Vermont에서 좌회전. 팔로스 버데스에서 좌회전. 이제 북쪽 방향으로 구불구불 산길을 오른다. 17~8년 전, 맨 처음 이곳에 오던 날, 나는 멀미를 했었다. 그날은 안개가 가득하여 산속을 한참 헤맸었다. 드디어 락킹 호스Rocking Horse 프라이벳private 도로에 진입했다. 마침내 목적지에 도착.

한 시간 반 동안 달려온 길. 이곳에 오기 위해 얼마나 많은 프리웨이를 지나왔나. 얼마나 많은 고개를 넘어왔나. 지금까지 살아오는 동안 얼마나 많은 일들을 겪었는지. 트레픽 잼traffic Jam처럼 시원치 않은 갈증과 안개 같은 막막함으로 살아온 시간이 있었다. 시원시원한 고속도로 같은 시기가 과연 있기나 했을까.

미스터 김과 미세스 김이 사는 집. 만 이 년 만이다. 얼마나 긴 인연인가. 맨 처음 이 두 사람을 만났을 때 이민자의 설움이 가시는 듯 했다. 그들의 두 딸 지나Jina와 수지Susie는 10대 초중반으로 중, 고등학생이었다. 이 집의 외동아들 아더Arthur는 5세로 유치원에 다니고 있었다. 이 가족과 함께 우리는 베스 레이크Lake Bass로, 엘리자베스 레이크Lake Elizabeth로 일주일씩 휴가를 떠나곤 했었다. 아더의 탄생 기념으로 미스터 김이 미세스 김에게 선물한 보트가 있었다. 이제 지나와 수지는 전문의 과정을 마치고 저마다 가정을 이루었다. 아더는 작년에 대학교를 졸업했다. 세월의 발자취. 세월의 표적.

차에서 내려 집으로 난 도로를 내려가자니 눈 아래 롱비치Long Beach 항구의 불빛이 찬연하다. 아침 해가 뜨면 무색해지리라. 인간의 마음 같다. 곧 소멸될 사랑 같다. 인간의 사랑, 허약하기에 늘 갈증이 난다. 인간의 사랑, 한계가 있기에 늘 아쉽다. 사랑 사랑 사랑. 끝나지 않는 사랑타령.

현관 문 앞에 서서 잠시 긴 호흡을 한다. 라면 끓여 함께 먹자는 초청에 응하기가 이리도 어려웠나. 세월, 무심한 세월. 미세스 김이 처녀 적에 그녀의 방 창문 아래에서 암호로 정한 뻐꾸기 울음소리를 내어 연인을 불러내었다던 미스터 김은 이제 머리에 하얀 서리가 내려 있다. 무심한 세월. 얼마나 더 살아야 면역이 될까. 우리 집에서 랜초 팔로스 버데스 오는 길이 이리도 먼데 내 인생 길은 얼마나 더 가야 완성이 될까.

지금까지 살아 온 일생의 절반에 버금가는 세월을 이국땅에서 살고 있다. 아니지, 더 이상 이국땅이 아니다. 내가 묻힐 땅. 내 아이들이 지나다가 "엄니"를 마음속으로 외칠 땅. 사랑할 수밖에 없는 땅.

초인종을 누르기도 전에 미스터 김이 환한 얼굴로 맞아준다. 이렇게 살면 되는 거지. 좋은 사람들이랑 어울려 먹고 마시고 웃으며. 슬픔은 각자의 몫이므로, 지극히 사적인 것이므로, 지금은 내색 없이 잠깐 접어두고서.

하늘에는 여전히 별들이 총총하고 하얀 보름달은 더욱 높아지리

라. 바닷물은 검은 빛으로 뒤척이겠지. 아는 척 모르는 척 이렇게
사는 것이다.

라. 바닷물은 검은 빛으로 뒤척이겠지. 아는 척 모르는 척 이렇게
사는 것이다.

2부

명상의 정원에서

2011. 7. 3 따라지

팜 스프링스 프리웨이에서

저녁 어스름이 내려앉는 시각, 팜 스프링스를 벗어나는 10번 프리웨이 서쪽 방향으로 진입했다. 사막 한가운데 외롭게 사는 친구를 방문하고 홀로 집으로 돌아오는 길. 오가는 차량이 한산한 프리웨이는 적막했다. 창가로 스치는 사막은 마지막 석양빛을 받아 태고의 신비를 반사하고 있었다. 끝없이 펼쳐진 사막 한가운데를 가로지른 프리웨이를 달리노라니 오랫동안 방치되었던 정서들이 마음의 수면 위로 떠올랐다. 라디오에서는 영혼을 뒤흔드는 듯한 요요마의 깊고 깊은 첼로 선율이 흐르고 있었다.

넓고 낮게 가라앉아 있는 황무한 대지. 한동안 달려도 풍경은 별반 달라지지 않았다. 오직 확실한 건 끝없이 다가오는 길이었다. 마치 지구의 한복판을 향해 달려 들어가는 듯했다. 영원히 달려도 좋을 것 같았다. 목까지 차오르는 자유. 혼자만으로도 만족스럽고 행복한 순간.

지평선. 결코 붙잡을 수 없는 실체. 도무지 가까워질 수 없는 관계. 보고 싶어도 볼 수 없는 그리운 얼굴들. 그들은 나를 그리워할까. 아니 기억이라도 할까. 이 길처럼, 드넓은 사막 한복판을 실낱처럼 가로질러 나있는 이 길처럼, 어느 누군가의 가슴속에 나라는 존재, 단 한번만이라도 그리움으로 가로질러 간 적이 있었을까.

프리웨이 양편에 길게 자리잡은 윈드 팜Wind Farm, 풍력 발전 지역을 지난다. 윈드 터빈Wind Turbine, 풍력 발전기들은 외로워 보이지 않는다. 커다란 날개를 달고 정답게 무리지어 서 있다. 완벽한 간격과 조화와 균형을 이루고 있다. 각각의 날개들은 서로 다른 방향과 속도로 돌고 있다. 어떤 날개는 빠르게 어떤 날개는 천천히.

이곳을 지나는 모든 바람은 이 날개들과의 만남을 피할 수 없다. 어느 날개 손에건 한번쯤은 붙잡혔다가 놓인다. 바람은 혹 누군가 자신을 붙잡아 주기를 바란 것은 아닐까. 사막을 건너는 바람은 분명 외로웠을 것이다. 인생이란 아름다움에 잠깐씩 붙잡혀 머물다 가는 것. 이 날개에 붙잡힌 바람처럼, 어느 누군가의 가슴속에 나라는 존재, 단 한순간만이라도 아름다움으로 머무른 적 있었을까.

이 커다란 날개를 움직이는 바람은 어떤 힘을 지닌 것일까. 아니 한 줌 가녀린 바람에도 반응할 수 있는 이 큰 날개들의 섬세한 감각은 어디서 비롯된 것일까. 눈에 보이지 않는 물체를 붙잡아 눈에 보이지 않는 에너지로 저장하는 이 날개들의 존재, 신비롭다.

나는 적지 않은 세월 동안 무엇을 하며 여기까지 왔을까. 바람 한 줌 붙잡은 적 있었던가. 사랑하는 사람, 감히 붙잡지 못했다. 사랑한다, 말 한마디 하지 못하고 떠나보냈다. 사랑한다는 사람, 호리만큼도 반응하지 못했다. 자유가 없었다. 천지가 자유인데 그 자유는 내 것이 아니었다. 삶이란 의미 조작이라고, 그러니까 결국 허무한 거라고, 사랑도 만들어낸 허상일 뿐이라고 생각했다.

혼자서 사막을 건너노라니 오르텅스 블루의 시가 생각났다. "그 사막에서 / 그는 너무도 외로워 / 때로는 뒷걸음질로 걸었다 / 자기 앞에 찍힌 발자국을 보려고." 통곡, 혹은 절규 같다. 위안. 외로워서 뒷걸음으로 걸어 본 적이 없는 나는 그러니까 시인보다는 덜 외로운 거다. 아니다. 뒤돌아보면 늘 혼자였다. 관계를 확장하는 일에 서툴렀다. 혹은 그 속도의 느림으로 인하여 쓸쓸함은 항상 내 삶의 배경이 되었다. 오랫동안 그래 왔던 것처럼. 마치 처음부터 그래 왔던 것처럼.

사위는 어느덧 어둠이 점령하여 마주쳐 달려오는 자동차의 불빛들이 선명하다. 어디쯤 왔을까. 달려도 달려도 가야할 길은 아직 멀다. 이렇게 달려서 마침내 어디에 도착하는 걸까. 궁극적인 도착지는 무덤이라는 것을 안다. 그곳까지 가는 길목에 이런저런 아름다움을 만나 여기저기 잠깐 머무는 거지.

아름다움을 발견했다 한들 어찌할 것인가. 마음만 아픈 것을. 그리운 사람, 가슴 깊은 곳에 사진 찍어놓은들 무얼 할까. 먼 이국땅에 유배된 수인은 사람을 그리워할 자격도 없는 것을.

지인의 전화. 혼자여서 나약한 거냐, 일침을 놓는다. 사랑을 한 번도 해보지 않은 사람 같다며 아픔을 준다. 사랑하면 만물이 아름다워 보이는 법이라고, 슬프다는 생각이 들지 않는다고, 그러니까 사랑하라고 타이른다.

사랑이 그리 대단한가. 사랑이라고 생각했던 지난 감정들, 낡은 보자기 하나에 모두 담아 바닷물에 풍덩 던져 버린다 한들 조금도 아쉽지 않은데. 사랑했다 한들 무엇이 남는가. 사랑하지 않았다 한들, 그리 큰 손해일까. 사랑은 언제나 현재진행형. 과거형이 되면 더 이상 사랑이 아니다. 반드시 대상을 필요로 하는 사랑. 혼자서는 결코 일어설 수 없는 사랑. 속절없는 사랑의 속성이 갈증과 허기를 유발한다. 이제 그만. 넌더리나는 사랑타령은 제발 이제 그만.

창가에 부딪치는 바람이 여전히 세차다. 아직도 사막이다. 언제쯤 이 사막을 벗어날 수 있을까. 내 인생 길은 어디까지일까. 알 수 없다. 그냥 가고 있을 뿐. 길이 있으므로. 오래전, 아주 오래전, 이 길을 수없이 스쳐 지나간 많은 사람들처럼. 그리고 이제 더 이상 존재하지 않는 사람들처럼.

첼로 음악이 끝이 났다. 생각도 끊긴다. 무심한 정면 응시. 자동차가 저 혼자서 달리고 있다.

델 루즈 산장에서

떠나는 것이다. 세상일 모두 접고 신선이 되는 것이다. 마음에 쌓이고 쌓인 세상의 먼지를 내려놓는 것이다.

테미큘라Temecula 시 부근에서 시작된 10여 마일의 산길. 세상과는 무관한 세계가 펼쳐져 있다. 숲은 생기로 가득하다. 올 겨울 유난히 비가 많더니만 이곳의 수목을 이토록 푸르게 키워 놓았구나. 일년이면 한두 차례 오가는 길, 눈에 익은 초목들이 반갑게 맞아준다. 지난 몇 달 사이 왜 이렇게 몸과 마음이 만신창이가 되었느냐고 묻는다.

운무로 인하여 하늘과 땅이 닿아 있다. 운무를 대할 때마다 마음이 먹먹해지는 이유를 이제야 알겠다. 높고 높은 하늘이 낮고 낮은 땅에 내려와 손잡아 주는 은혜의 현장. 어찌 감동 없이 바라볼 수 있는가.

1백여 마일의 길을 달려 마침내 목적지에 도착했다. ‘De Luz Retreat Center.’ 영혼의 쉼터. 지치고 찢긴 영혼들이 안위 받고 치유를 받는 곳. 동행이 있어도 좋고 없어도 좋은 곳. 자연의 품에 안겨 가만가만 숨을 고르는 동안 망가졌던 생체리듬을 회복하는 곳. 지난 세월, 내 영혼은 이 안에서 수없이 통곡하고 추스리곤 했다.

미리 와 있던 몇몇 정다운 얼굴들이 반갑다. 활짝 웃는 모습들이 이곳의 초목을 닮았다.

산장 뒤뜰 자두나무에는 꽃이 가득 피어 화사했다. 오렌지와 자몽은 사람 손 하나 타지 않은 채 혼자 농익어 제풀에 떨어지고 있었다. 어느 누구를 위해서 꽃을 피우거나 열매를 맺지 않는 나무들. 외롭다 소리치지 않고 춥다 불평하지 않고 태어난 자리에서 잎을 내고 꽃을 피우고 열매를 맺고 낙엽을 떨어뜨리며 세상을 관조하는 이쁜 것들. 무심해서 아름다운 풍경. 나도 그들처럼 무심해진다. 마음을 내려놓고 사물을 바라보니 느낌마저 세상 것 같지 않다.

산 능선을 바라보니 마음이 아련했다. 어렸을 적, 능선 너머에는 무언가 있을 것 같다는 생각을 늘 했었다. 바다 같기도 하고 피안의 세계 같기도 한 그곳에 언젠가는 가보리라 마음먹곤 했었다. 감당할 수 없는 현실의 고통을 피하고 싶었을 것이다.

산장 주변에 서있는 장미들이 각종 들꽃 속에서 외로워 보인다. 화려함을 벗고 주변의 들풀을 닮아 있다. 이곳에서는 장미보다 풀꽃이 차라리 행복할 것이다. 풀꽃으로 불리기에는 아직 상처가 많은지, 꽃도 없는 가지를 가득 채운 날카로운 가시가 스산하다.

쭈그리고 앉으니 땅 위에는 온갖 생명들이 무성하다. 벌레라는 이름을 지닌 이름 모를 온갖 생명체들이 생기에 가득 차 열심히 움직이고 있다. 며칠동안 심한 감기를 앓은 참이어서 기운이 없는 나는 그들의 활기가 부럽다.

흙덩이들이 여기저기 솟아 있다. 하얗고 연한 버섯들이 무거운 흙덩이들을 이고 있다. 경이로운 생명의 힘. 버섯 하나를 집어 올린다. 아기의 손바닥만한 버섯은 어느 한군데 손상한 곳 없이 온전한 원형을 유지하고 있다. 주름의 섬세함이라니. 갓 위에 얹힌 흙을 터는 순간, 힘없이 부서져 내리는 우윳빛 연한 살들. 세상에, 세상에, 그 무거운 흙을 떠받치고 있을 만큼 강한 생명체가 이렇듯 힘없이 무너지다니. 부드러운 결벽성에 일순간 망연해진다.

산장 아래 시냇물이 넓고 깊게 흐르고 있었다. 물이 차다. 물은 늘 기운차 보인다. 심심해 하지도 않는다. 미련도 없는지 급하게 흘러간다. 주변의 초목들도 물과의 짧은 만남을 아쉬워하지 않는다. 반듯반듯 반짝반짝 윤기가 난다.

물에서 벗어나 언덕을 오른다. 계곡 위로 이쪽 언덕과 저쪽 언덕을 이어주는 구름다리가 위태하게 걸려 있다. 중간에 버팀목 하나 없어 발걸음을 내딛을 때마다 몸체가 심하게 흔들리는 출렁다리. 가느다란 철제 난간을 붙들고 천천히 다리를 건넌다.

인생이란 이렇게 흔들리며 비틀비틀 혼자서 걷는 길 아닐까. 일단 들어선 길, 끝까지 걸어야 한다. 무서워서 눈을 질끈 감더라도, 멈추어서는 안 된다. 마음이 흔들리면 계곡으로 떨어질 염려가 있다. 인생을 한순간인들 멈출 수 있는가. 종착역까지 쉼 없이 달리는 게 임이다. 아득한 시간이 흘렀다. 멀미를 느끼며 눈을 드니 실편백나무가 엄지를 세워 보이며 기뻐한다. 고흐가 그토록 사랑했던 나무. 그의 그림 속에서 영혼을 얻은 나무. 고흐를 만난 듯 반갑다.

깊은 밤, 산장을 벗어나 집으로 돌아오는 길. 밝은 등불 아래 흥

겹고 정다운 사람들의 무리를 떠나 아무도 모르게 살짝 밖으로 빠져 나오는 길. 인생은 이처럼 다른 이들이 눈치 채지 못하는 어둠 속에서 혼자 않고 헤매는 시간들의 연결 고리가 아닐까.

자동차 불빛 속에서 짙은 안개가 이슬비처럼 마구 쏟아져 숲 위에 내려 앉았다. 달도 없는 한밤중, 한치 앞이 안 보이는 길. 언젠가는 이 산속을 벗어나겠지, 라는 희망을 가지고 이정표 하나에 의지하여 달려가는 길. 뒤를 돌아보니 어찌 지나왔나 싶을 만큼 암흑이다. 인생이란 이렇게 오리무중 캄캄하고 막막한 운무 속을 헤치며 달리는 길은 아닐까. 조금씩 조금씩만 열어 보여주는 일들을 감당하면서. 전체를 모두 다 보게 된다면 불안과 공포가 더 클 것이다. 미래를 알 수 없는 것은 어쩌면 신의 배려일 것이다. 동반자의 팔을 꼭 붙잡았다. 혼자라면 단 한발자국도 앞으로 내딛지 못하고 기절해 버릴 세상 아닌가.

산속을 벗어나 도시의 불빛 속에 안기며 한숨을 내쉰다. 세상에 다시 돌아왔다는 안도감과 신선의 삶이 어느새 끝나 버린 것에 대한 아쉬움이 담긴 긴 호흡이다.

삶을 더욱 뜨겁게 껴안겠다, 결심한다. 사랑하는 이들을 더욱 뜨겁게 사랑하겠다, 마음먹는다.

코비나 힐스 공원묘지에서

10번 프리웨이를 지나다 코비나 힐스 공원묘지에 내린다. 시어머님이 잠들어 계시는 곳이다. 길섶에 자동차를 주차하고 동산에 오른다. 어머니 묘는 언덕 위에 있다. 어머니에게 가려면 30여 개의 묘비를 지나쳐야 한다. 지나치는 모든 묘비를 꼼꼼히 읽는 버릇은 언제부터 들었을까.

30세의 젊은이가 누워 있는 묘비 앞에서 잠깐 발걸음을 멈춘다. '1976년 출생 2004년 사망, 만 28세, 사랑하는 아들, 사랑하는 남동생' 이라는 글귀가 슬프다. 그는 젊은 나이에 왜 잠들어야 했을까. 가족들은 그를 묻고 얼마나 애통해 했을까.

어머니 묘비 앞에 앉으니 바람이 소슬하다. 어머니는 아무 것도 모르고 이렇게 잠들어 계시지만 살아 있는 자들은 마음이 아프다. 죽은 자들을 기억해 주고 그들과의 추억을 기리는 것이 살아 있는 자들의 책임이자 의무라 했던가. 추억하는 것조차 무슨 소용이랴. 죽은 자는 가고 말이 없다.

발치 아래 풀꽃들이 무성하다. 자세히 바라보지 않으면 아예 피어 있는지조차 알 수 없을 만큼 작은 얼굴들이다. 흰빛이다. 더 자세히 보니 연보랏빛이다. 일주일에 한 번씩 오가는 잔디 기계에 기어이

치여 죽고 말 목숨, 그래도 여전히 피어나는 작은 들꽃들이다.

길가에 자동차 한 대가 선다. 10대쯤으로 보이는 두 소년과 젊은 부인이 내리고 있다. 한번도 말을 주고받은 적은 없지만 나는 저들을 알고 있다. 묘지를 철철마다 아름답게 장식하는 사람들이다. 아마도 두 아들과 그들의 어머니가 아닐까. 사랑하는 남편이자 사랑하는 아버지의 묘임에 틀림이 없다. 그들은 시간이 가는 줄 모르고 그곳에서 지낸다. 마치 소풍 나온 사람들 같다. 그들은 소쿠리에서 빵도 꺼내어 먹고 물도 마신다. 아예 의자 세 개를 가지고 와서 묘지 주변에서 하염없이 시간을 보낸다. 부인은 양산을 쓰고 책을 읽고 두 아들은 잔디밭에 드러누워 잠을 자기도 하고 숙제도 한다.

크리스마스 즈음이면 그 묘지엔 예쁘게 장식된 앙증맞은 크리스마스 추리가 선다. 묘비 주변을 은빛과 금빛의 반짝이는 실로 테두리를 두르고 사슴이랑 눈사람 등의 장식물을 추리 주변에 세워 둔다. 나는 성 패트릭스 데이St. Patrick's Day와 발렌타인 데이Valentine's Day, 부활절Easter과 독립기념일, 추수감사절 등 미국의 각 경축일과 기념일을 그곳에서 만난다.

삶과 죽음이 무슨 차이가 있을까. 내가 소유한 이 삶, 한바탕 꿈은 아닐까. 죽음 또한 삶의 여정. 삶은 죽음으로의 여정. 목숨 걸고 애달파 할 일이 무언가. 햇빛 한 소금에 스러져 갈 아침 이슬 같은 목숨 아닌가. 그렇다고 나고 살고 죽기까지 그 사이에 일어나는 일들을 어찌 소홀히 할 수 있으랴.

어제 다녀온 지인의 결혼식이 생각났다. 버뱅크Burbank 시 소재

산등성이에 아름답게 자리 잡은 캐스트 어웨이Cast Away 식당의 야외정원이었다. 장미향이 진동하고 사람들은 아름다웠다. 복을 비는 주례의 아름다운 단어들이 가닥가닥 햇살처럼 쏟아지는데 난 현기증이 났다. 우리는 무엇을 위하여 이곳에 있는 걸까.

근사한 저녁식사를 기다리며, 핑거 푸드 접시를 저마다 손에 들고 웃고 떠드는 사람들을 바라보았다. 향수 내음, 젊고 아름다운 연인들, 눈부신 자연이 비현실 세계처럼 느껴졌다. 행복이 오늘처럼 늘 함께 하는 것이 아니기에 오늘 이 시간이 더욱 값진 것이리라. 회의하지 말고 이 시간을 즐겨야 하리.

신랑 신부 키스하라고 포크로 잔을 두드리는 소리가 야단스러웠다. 신랑과 신부는 장난꾸러기들이다. 포갠 얼굴들을 냅킨으로 가리고 키스한다. 얄미운 것들. 신나는 댄스 시간. 신랑과 신부가 춤을 추고 신부와 신부의 아버지가 춤을 춘다. 경쾌한 아동 음악이 나오자 작고 깜찍한 어린이들이 뛰어나와 춤을 춘다. 아름다운 부인 두 명이 함께 나와 장단을 맞추고 모든 사람들이 아이들을 바라본다. 아름답다. 어린 생명들. 어떠한 일이 있어도 저들의 생명을 지켜 주어야 할 의무가 어른들에게는 있다.

결혼 케이크가 잘리고 건배를 하고 폐백이 차려진다. 사진사가 크게 복창한다. 아들 넷에 딸 하납니다. 딸 하나에 아들 하납니다. 아들 여섯에 딸 여섯입니다.

그렇지, 생육하고 번성하여 이 땅에 가득 차야지.

어느덧 해가 기울고 있다. 붉고 커다란 해가 서편 하늘가를 물들이고 있다. 이제 일어나야지. 나의 삶을 생각한다. 사랑하는 사람들이 떠오르고 그들과의 관계가 주는 의미를 생각한다. 나는 그들에게 무엇일까. 단지 불리는 명사적인 이름이 아니고 과연 무엇일까.

많은 추억거리들을 만든다 한들 한숨 같은 삶 아니냐. 시간이 조금만 흐르면 모든 것이 잊힐 것이다. 그렇다 해도 살아야 한다. 생각해야 한다. 삶의 수준은 사고의 깊이의 차이. 생각이란 삶의 도구가 아니라 삶 자체다. 꾸준히 가꾸고 길러야 하는 생명체이다. 지치고 병들었을 때일지라도 여전히 아름다운 생각을 할 수 있어야 할 것이다.

한적한 어느 날 오후, 코비나 힐스 공원묘지에 올랐다. 잠들어 있는 어머니 옆에 앉아 나는 어머니와 무관한 세상 일을 생각했다. 곁에 있는 사람은 생각하거나 그리지 않는 법, 나는 어머니를 생각하지 않았다. 석양이 완전히 사라진 후, 나는 묘지를 벗어났다.

파인 스프링스 랜치에서

메모리얼 데이Memorial Day 연휴동안 헤밋Hemet에 있는 산장에 다녀왔다. 휴대전화가 터지지 않는 지역이었다. 해발 5천 미터의 산길을 구불구불 내려와 평지에 이르자마자 전화기를 열었다. 어머나, 지난 며칠 동안 아무도, 단 한 명도 전화하지 않았음을 알게 되었다. 정신이 아득했다.

삽시간에 밀려오는 외로움이라니. 흔들리는 감정이 유난했다. 잘못 살아왔다는 자괴감마저 들었다. 통증까지 동반하는 걸 보니 분명 상처였다. '자신이 외톨이인 줄도 모르는 외톨이'였던 학창시절에는 전혀 외롭지 않았었다. 혼자서 가고 싶은 곳 가고, 머물고 싶은 곳에 머무는 것이 오히려 좋았었다.

솔바람 이는 한적한 숲속에 머물며 사람 냄새 없어서 좋다 했었다. 산장에 머무는 동안 평지에 두고 온 사람들이 조금도 그립지 않았었다. 이제 그들이 나를 기억하거나 필요로 하지 않았다는 허전함이 이율배반적인 이기심을 불러일으키고 있었다. 세상 속에 섞이러 가는 길에 새삼 외로움 타령이라니.

아, 알았다. 들꽃 때문이었다. 세상에나, 들꽃들이 오솔길과 모래밭과 들판을 구분하지 못하고 마구마구 가득가득 피어나 천지가 다

환했다. 땅을 물들인 그 화려한 색조가 하늘에도 호수에도 잔영으로 투영되고 있었다.

아침 산책길에 만난 들꽃은, 정말이지 경이였다. 바짝 마른 모래밭에 노란 들꽃들이 끝없이 펼쳐 있었다. 애써 눈여겨보지 않으면 그냥 지나쳐 버릴 만큼 얼굴 작은 꽃송이들이었다. 전력을 다하여 꽃을 피워 올리느라 줄기도 잎도 있는 둥 마는 둥 부실했다.

꽃들을 밟지 않고서는 지나갈 수가 없었다. 밤 사이 내린 이슬만 먹고 자란 꽃들. 치열한 삶의 결정체들. 나는 그 꽃들을 짓밟고 서서 하늘을 바라보거나 솔바람에 귀를 기울였다. 꺾이고 부러지고 망가졌을 수천 수만의 어여쁜 꽃송이들. 소리 없는 비명이 귀청을 때리고 낭자한 꽃물이 눈앞을 가렸다.

그들은 외톨이가 아니었다. 끼리끼리 무리지어 행복했다. 노랑과 하양과 보랏빛이 연둣빛 꽃받침과 꽃대를 배경삼아 서로의 빛깔을 강조해 주고 받쳐 주면서 사랑스런 교향악을 연주하고 있었다. 그랬다. 형태를 분간할 수 없는 상념들 사이를 비집고 불현듯 고백이 터져 나온 연유. 순전히 꽃무리의 둥그런 아름다움 때문이었다.

있잖아. 결혼을 하고 아이를 낳으면 그들이 내 편이 되는 줄 알았어. 외롭고 무지막지한 이 세상에 그나마 등 기댈 존재를 얻는 거라 생각했어. 사랑하는 사람은 시각이랑 느낌이 같을 거라 믿었어. 그런데 아닌 거야. 때때로 더 깊이 외롭고 더 많이 지쳐. 따뜻한 가정 아름다운 이웃이 있는데 나는 왜 수시로 외로운 걸까. 아무도 괴롭히지 않는데 나는 왜 때때로 마음이 무너지는 걸까. 내가 나를 다스리지 못해 스스로 아프고 허허로운 거 이해할 수 있니? 늘 먼 곳을 서성이는 마음을 다스리느라 하루해가 모자라지.

도시가 가까워 오는 동안 잠잠한 휴대폰의 액정화면을 다시 들여다보았다. 그리고 결심했다. 내가 먼저 전화해서 안부해야지. 지금 이 시간 그들도 나처럼 외로울지 모른다. 따뜻한 목소리로 토닥여 줄 사람 하나 없을지 모른다. 산길에서 만난 들꽃얘기를 해 주어야지. 그들처럼 살자고 말해 주어야지. 세상에게 짓밟힌다 해도 서로의 아픈 허리를 붙잡아 일으켜 세워 주고 서로에게 기댈 어깨가 되자고 부탁해야지.

사막의 밤기운이 차다. 헤밋의 들꽃들도 지금쯤 깊은 잠에 빠져 있을 것이다. 그 작디작은 꽃잎들을 오므리고 서로가 서로의 어깨에 기대어.

나는 알았다

카탈리나 섬에 갔다. 삶이 유난히 흔들린다 생각했다. 마음이 메말라 세상을 가볍게 보는 경향이 심해진 탓이라 생각했다. 맑은 바닷물에 마음을 적시고 싶었다. 무질서한 내면세계를 바로잡아 견고한 삶의 지표를 발견하는 계기를 마련하고 싶었다.

애초부터 흔들리지 않겠다, 마음먹었던 것은 아니다. 흔들리는 삶이 옳지 않다는 생각이 든 순간부터, 철이 든 순간부터, 흔들리지 않으려 안간힘을 쓰며 살아왔다.

1980년대의 회오리바람을 뒤로하고 낯선 이국땅을 밟았다. 애증의 무성한 가지들을 싹둑 잘라 태평양 바다에 미련 없이 던졌다. 멀리서 사랑할 수 있다는 선택은 특권이었다. 한국과 미국 사이의 거리만큼이나 자유가 확장되었다고 느꼈다. 천만에. 고국에서와는 다른 내용의 흔들림이 나를 기다리고 있었다. 그리움이 애증보다 더 뼈아프다는 것을 아는 데는 그리 많은 시간이 필요하지 않았다.

날마다 현기증이 났다. 이제껏 쌓아 왔던 의식들이 흔들려 무너지는 굉음에 귀가 먹먹했다. 견고하다 생각했던 관계들이 허무하게 깨어지며 그 파편들이 무차별로 가슴에 날아와 꽂혔다. 시차로 흐려진 판단력보다 더욱 심하게 망가지고 둔해진 방향감각은 동서남북을 유난히 밝히는 땅에서 속절없이 흔들렸다. 선명한 녹색으로 씌어진 길 표지판은 2월에 만난 낯선 녹음만큼이나 시야를 아프게 했다.

늘 흔들리다 보면 익숙해지는 법. 이렇게 살면 되나보다 싶으면 어느새 다른 방향의 바람이 나를 흔들었다. 흔들리지 않고 반듯하게 직립하여 산다는 일이 이다지도 서러운 일인가, 실감하는 나날이었다. 20여 년이었다.

카탈리나 바다 속으로 숨었다. 다른 세상을 훔쳐볼 권리가 과연 내게 있을까. 그들은 너그러웠다. 자신의 삶을 송두리째 보여 주면서도 의연했다. 원초의 생명을 껴안은 바다 속엔 경이가 펼쳐져 있었다. 바다 속의 모든 살아 있는 것들은 아름다웠다. 자연스럽고 자유로워 보였다. 그들은 흔들리고 있었다!

모든 살아 있는 것들은 흔들리고 있었다. 수십 피트 길이의 울창한 바다 식물들은 어느 방향이라 할 것 없이 자유자재로 유연한 몸을 흔들고 있었다. 물고기들, 각종 생물들은 유유하게 건강한 지느러미를 흔들면서 유영하고 있었다. 그 흔들림 속에는 부드러움이 있었다. 조화와 절제가 있었다.

그들은 외로워 보이지 않았다. 바다 식물들은 같은 종류들끼리 서로의 어깨를 기대거나 어루만져 주며 살고 있었다. 물고기들은 같은 빛깔, 같은 크기를 지닌 같은 종류끼리 서로의 지느러미를 간질이며 살고 있었다. 저리도 자유로울 수 있나. 부드러움이 저리도 아름다운 모습일 줄이야. 암흑 같은 가슴속에 한줄기 빛이 뚫고 들어왔다. 흔들려야 산다는 이치가 바다 속에 있었다.

바다 속에서 나오니 눈이 부셨다. 모든 것이 새로웠다. 안개가 걷힌 듯한 시야에 들어온 모든 사물이 흔들리고 있었다. 부두는 물 위에 떠서 흔들리고 있었다. 부두로 내려가는 사다리의 끝은 부두바닥에 맞닿아 있으면서도 분리되어 있어 사다리는 바람에 따라 부두는 파도의 방향에 따라 각자 다른 방향으로 흔들리고 있었다.

모든 살아 있는 것들과 사물들이 흔들림에 조응하고 있었다. 사슴도 갈매기들도 흔들렸다. 아침저녁으로 바라본 일출도 석양도 흔들리며 일어났다. 카탈리나 제일 높은 봉우리에 있는 공군 비행장 앞마당에 있는 선인장 꽃잎도 흔들리고 있었다. 무라리 식물기념관의 청동문 고리에서 나는 소리도 흔들리고 있었다. 검푸른 물결 위에 뜬 조각배도 흔들리고, 육지로 돌아오는 길, 바다 위에 뜬 헬리콥터도 흔들렸다. 흔들리지 않으면 오히려 위험하다는 것을, 흔들려야 산다는 것을 그때 알았다.

아! 알았다. 땅 위에서 사는 일이 고단한 이유. 땅 위에 단단히 두 발을 붙이고 살아야 한다고, 흔들리지 않아야 한다고 스스로를 다그치지 않았나. 자연은 흔들리는데 흔들리지 않으려 노력했으니 힘들 수밖에 없었다. 불협화음이 발생하는 것은 당연했다.

이제 알았다. 내면의 세계가 빈곤에 처할 때마다 물이 그리웠던 이유. 언젠가는 끝없는 심연으로 빠져버릴 것 같은 붕괴 직전의 위기감을 느낄 때마다 바다를 보아야 한다는 조급함으로 불안했던 이유. 사는 것이 이미 물속처럼 먹먹한데도 망망한 물이 그리웠던 이유. 익숙한 곳에서 해결하지 못한 문제, 낯선 곳에서 답을 찾을 수 없다는 것을 알면서도 마음이 무너질 때마다 바다에 가고 싶었던 이유. 흔들리고 싶지 않아서 찾아가는 곳은 늘 흔들리는 바다였다. 잘 흔들리는 법을 가르쳐 주려고 바다는 그리도 애타게 불렀던 것일까.

이제 알겠다. 마음의 뿌리가 흔들리지 않으려면 가지가 흔들려야 함을. 흔들리지 않으면 존재의 뿌리조차 뽑힐 수 있다는 것을. 애써 흔들리려 하지도 말 일이다. 뜨겁게 사랑하면 우주의 중심에 닿을 것이다. 우주의 흔들림에 일치할 것이다.

물질의 순도를 얻기 위한 일련의 제련방법이 있다 한다. 단결정 Single Crystal. 모든 물질에는 끓는 점과 어는 점이 있는데 끓는 점에 다다르면 원자들이 요동을 치면서 온갖 불순물들이 결정의 표면에 몰린다 한다. 그 상태를 순간 냉각시켜 윗부분을 잘라내면 고체 상태의 고순도 단결정을 얻을 수 있단다. 그런 과정을 반복하여 순도 100%의 물질을 얻는단다.

흔들리리라. 삶의 불순물들을 제거하는 과정 아니냐. 삶의 순도, 결정체를 얻기 위함 아니냐. 뼈아픈 상실도, 쓰디쓴 환멸도 삶의 순도를 높이기 위한 한순간의 흔들림이거늘. 우주의 부드러운 숨결에 순응하여 제대로 흔들리리라. 보라, 바다 생물들도 저리 잘 살지 않느냐. 자유롭게. 행복하게. 사이좋게. 넓게 넓게 깊이 깊이 원하는 만큼 살고 있지 않느냐.

나는 알았다. 카탈리나 섬에서는 모든 살아 있는 것들이 흔들리고 있었다. 행복하게 살고 있었다. 나도 흔들리고 싶었다. 나도 행복하고 싶었다.

곰과 나무와 인간

시다 폴스 산장Cedar Falls Ranch에 갔다. 뜰 한쪽에 곰 우리가 있었다. 이중 철창 안에는 검은 곰 한 마리가 무념하게 서있었다. 외롭겠다 싶었는데 곧 다른 곰 한 마리가 둥지 안에서 어슬렁 어슬렁 걸어 나왔다. 그러면 그렇지. 혼자서는 견디기 힘들지. 야생성을 펼칠 기회를 박탈당한 마당에 외롭기까지 해서야 쓰나. 사랑하는 상대가 있으면 그나마 한 세상 견딜 만할 게야.

부부냐고 물으니 아니란다. 둘 다 5년생 수컷이라 했다. 지미와 체스터. 둘은 하루 종일 싸우거나 장난치며 시간을 보낸다 했다. 그것도 괜찮다. 혼자보다는 훨씬 낫지. 원천적인 보금자리마저 잃었는데 암수관계에서 일어나는 화학적 감정을 놓친다 한들 대수일까. 어쩌면 이성 간의 애정보다 동성 간의 우정이 더 나을지 몰라.

곰 훈련 센터 조련사가 포기한 존재들이라 했다. 길들여지는 것을 거부한 곰들. 나는 그들이 일시에 좋아졌다. 왜 곰을 길들여야 하는가. 왜 사람을 길들여야 하는가. 곰은 곰답게 사람은 사람답게 살아야 한다. 훈련이란, 교육이란 결국 규격품 양산 아닌가. 지미와 체스터는 나보다 훨씬 이성적이다. 나는 사회에서 '정상' 판정을 받기 위해, 커뮤니티에서 소외되거나 털려나지 않기 위해, 오늘도 이리 안간힘을 쓰고 있지 않느냐.

아침식사가 제공되었다. 팬케이크와 야생 열매. 채식성이라 했다. 일 년에 한두 차례 산장 아래 호수에서 낚아 올린 물고기들을 포상으로 주는 것은 예외란다. 겨울이라 식사는 한 차례만 공급한다 했다. 동면 방해죄를 그렇게 타협하는 걸까. 여름철에도 그리 많이 먹지 않는다 했다. 허기를 느끼지 않아도 눈과 입이 원하는 대로 먹어 위를 괴롭히는 나는 곰보다 야만적이다.

날카롭게 벼린 긴 발톱들을 바라보았다. 넓고 깊은 숲을 누비던 완강한 힘은 전설이 되었는가. 기능을 잃어버린 용맹이 봄볕 아래 안쓰러웠다. 사육 곰은 17년, 야생 곰은 15년 수명이라 했다. 자유인가, 2년간의 수명 연장인가. 의문의 여지가 없는 질문에 회의하는 나는 저들보다 몇 배 더 사는 동안 비굴함만 늘었다.

곰 우리 옆에 수백 년 연한의 나무 둥치가 있었다. 470여 개의 나이테를 끌어안고 있었다. 1~20년 사이에 만들어진 나이테는 건강하여 간격이 넓었다. 300년이 넘은 뒤부터는 실처럼 가늘어 세기조차 힘들었다. 군데군데 벼락을 맞았는지, 혹은 병충해를 입었는지 세월을 가늠할 수 없는 부분들이 있었다. 그럼에도 여전히 나무는 꿋꿋하게 살아났음을 알 수 있었다. 나이테는 이 지역의 역사를 몸으로 기록하고 있었다.

내 마음의 나이테에는 무엇이 담겨 있을까. 내가 건너온 아픔과 상처가 오늘 내게 어떤 모습으로 드러나고 있는가. 포용과 인내를 배우지 못하고 여전히 편협하고 참을성이 없으니 부끄러운 일이다.

곰과 나무와 인간. 수명의 길고 짧음이 상대적이어서는 안 된다. 주어진 생애를 충분히 사는 일에 초점을 맞추어야 한다. 허락된 연한을 낭비하지 않고 완전연소 시키는 삶, 그 불꽃으로 세상을 좀 더 환하고 따뜻하게 밝히고 데우는 삶이어야 하는 것이다.

시다 폴스 산장에 다녀왔다. 엔젤리커스 옥스Angelicas Oaks 산자락에 앉아 있는 시다 폴스 산장에 다녀왔다.

명상의 정원에서

모후 성당Our Lady of Angels에 갔다. 직장 동료 프란시스코 Francisco의 초대가 있었다. 갓 돌을 지난 아들이 침례를 받는다 했다. 5.6에이커의 대지 위에 우뚝 선 11층 건물이 압도적이었다. 수용인원 3천 명. 각종 분수와 정원과 공원이 어우러져 세상과 무관한 독립 세계 같았다. LA 다운타운 한복판에 이만한 여유 공간이 있다는 사실이 놀라웠다.

성당 안팎 곳곳에는 수십 개의 촛불을 담은 상자들이 설치되어 있었다. 간절한 기도를 담아 촛불을 켠다 했다. 사람들은 무슨 희망과 염원이 이리도 많은 걸까. 너울거리는 불꽃들 사이사이로 이미 꺼져버린 싸늘한 초들이 절망처럼 쓸쓸했다.

침례 받은 아기들을 축복하고 기뻐하는 가족과 친지들을 바라보는 마음이 흐뭇했다. 그들에게서 발산되고 있는 생명의 빛에 눈이 부셨다. 때로는 슬프고 고통스런 말을 토해내던 입술로, 수없이 원망과 불평을 쏟아내던 혀로, 서로를 축복하고 격려하는 모습 속에서 그로테스크한 아름다움을 맛보았다.

갓 패런츠God Parents가 인상적이었다. 부모를 위한 천사 아닌가. 부모와 똑같이 물속에 들어가 의식에 참여하는 그들을 바라보면서 신앙으로 맺어진 소중한 사랑을 느꼈다. 외로운 이 세상에, 내가 아니더라도 내 혈속을 돌보아줄 존재가 있는 것은 얼마나 마음 든든한 일인가. 힘겨운 자녀양육에 협력하고 의지할 수 있는 존재가 있다는 것은 얼마나 큰 위로인가. 인간이 아니라 신에게 서원한 관계이니 얼마나 견고할까.

의식에 참여한 어머니와 아버지를 개별적으로 축복하고 친지들과 하객들에게까지 침례장의 물을 뿌려 함께 복을 나누는 의식이 상징적이었다. 커다란 초에 담긴 불을 각자의 초에 나누는 모습도 아름다웠다. 우리는 한 생명 한 공동체라는 말이 따로 필요치 않은 현장이었다.

성당 뜰에 명상의 정원이 있었다. 나무와 돌과 연못이 어울려 빚어낸 풍경이 고요했다. 참 이상하다. 한적한 자연 환경에 묻히면 많이 외롭다. 외로움 혹은 그리움이란 마음의 조화와 화평이 깨진 증거 아닌가. 어느 때나 모든 것 담담하게 보듬을 수 있을까. 삶 속에서 고요함을 유지하기란 얼마나 어려운 일인가.

울타리마다 화려한 흰 꽃을 매단 넝쿨들이 햇볕 아래 건강하게 반짝이고 있었다. 일본 시카모어 트리들이 빽빽한 정원은 녹색으로 물들어 어두웠다. 저들은 성장하고 있었다. 나는 마음이 착잡했다. 세월이 켜켜이 쌓여도 조금도 자라지 않는 내 영혼의 키를 어찌하면 좋을까. 시간의 지혜 속에서도 조금도 늘지 않는 마음의 무게를 어찌해야 하는가 말이다.

나는 요즘 힘들다. 사방에서 풍기는 삶의 싸구려 냄새에 질식할 것만 같다. 여기저기서 외로운 영혼들이 내뱉는 한숨소리에 가슴이 터질 것만 같다. 자연은 이토록 평화로운데 인간사는 왜 이다지도 격조 없이 싸디 싼가. 억압과 부자유가 판치는 이 세상은 왜 이다지도 쓸쓸한가.

명상의 정원에서 나는 오늘 슬프다. 아름다운 환경, 아름다운 사람들 속에서 나만 이방인 같다. 나무 사이를 거닐며 나는 기어코 울음을 터트리고야 만다. 무너진 마음 위로 깊어질 대로 깊어진 가을 바람이 스치고 있다.

문학은 내게 감성표출의 돌파구이다.

신물나는 세상사에 지칠 때,

나는 문학이라는 도피처 안으로 숨는다.

그 울타리 안에 들어서면 나는 조금도 두렵거나 외롭지 않다.

3부

문학의 향기, 사람의 향기

라흐마니노프 연주회에 다녀와서

월트 디즈니 콘서트홀에 다녀왔다. 세르게이 라흐마니노프의 작품이 연주된다는 말에 귀가 번쩍 뜨였다. 영화 〈샤인〉의 주제음악이었던 피아노 협주곡 3번을 수백 번도 더 들어 그의 영혼을 잘 아는 듯한 느낌이 드는 터였다. 그가 무척 아꼈다는 작품 'All -Night Vigil' 15곡 전체를 로스앤젤레스 매스터 코랄이 부른다니 웬 횡재인가 싶었다.

마침 내가 앉은 백 스테이지는 매우 높아서 지휘자는 앞모습을, 반원 형태로 선 합창단원들은 앞뒤와 옆모습을 한눈에 내려다 볼 수 있었다. 절대 음감을 가졌다는 지휘자 그란트 거션의 맑은 시음을 기초로 117명이 토해내는 아카펠라에는 독특한 깊이와 힘이 있었다. 미리 읽은 영어판 텍스트가 이해에 큰 도움이 되었다. 알렐루야, 이외에는 알 수 없는 러시아어 합창은 일종의 은유와 같아서 나는 오히려 절묘한 음의 조합에 신경을 집중할 수 있었다.

합창을 듣는 동안, 라흐마니노프와 차이콥스키의 아름다운 인간관계를 생각했다. 싸한 아픔과 함께 자유를 향한 몸부림 같은 열정을 지닌 라흐마니노프의 음악을 접할 때마다 차이콥스키가 떠오르곤 했다. 청아하고 슬픈 기운이 감도는 차이콥스키의 음악을 들을 때마다 라흐마니노프가 오버랩 되곤 했었다. 그들의 닮은꼴이 참 의아하다 싶었는데 나중에 그들이 멘토지간이라는 것을 알고 무척 놀랐다. 라흐마니노프의 피아노 협주곡 3번과 차이콥스키의 바이올린 협주곡 35번이 연주자에게 극렬한 인내와 고통을 요구하는 곡으로 잘 알려져 있는 것도 특이한 공통점이다.

지휘자 거션의 몸짓과 손짓을 보았다. 그는 온몸으로 무언의 노래를 부르고 있었다. 허공을 휘젓고 있는 그의 팔과 열 손가락은 수천 수만 형태의 동그라미를 그리고 있었다. 그 부드러움과 조화와 화합이 주는 메시지가 정녕 아름다웠다.

합창단 맨 앞줄 정중앙에는 다리 긴 의자가 하나 놓여 있었다. 휠체어를 타고 들어왔던 여성단원이 보면대에 손을 얹고 그 의자에 앉아 노래를 불렀다. 오랜 신문 기사 사진에도 앉은 모습이니 그녀는 분명 선천적이거나 후천적인 고질병을 앓고 있음이 분명했다.

맨 뒷줄 가운데에 서있는 나이 든 남성은 머리를 비롯하여 온몸을 심하게 떨고 있어 파킨슨병을 앓고 있음을 짐작할 수 있었다. 그는 보면대 위에 펼쳐놓은 악보를 한 장 넘기고 나면 곧바로 다음 페이지를 열 준비를 했다. 그의 손가락에 잡힌 악보는 심하게 떨었다.

합창단 자체가 감동이었다. 신체적인 제약들을 감싸 안은 합창단이 더욱 빛나 보였다. 하이 체어에 앉아 있는 그녀는 어쩌면 솔로이스트로 활동했던 음악가였는지도 모른다. 온몸을 심하게 떨고있는 그는 어쩌면 47년 역사를 지닌 이 코랄의 창단 멤버인지도 모른다. 단원들 각자가 지닌 다양한 삶의 빛깔들이 함께 어울려 아름다운 화음으로 피어나는 현장이 숙연했다.

콘서트홀을 나서는데 가슴 한구석이 시원했다. 막 도착한 가을바람이 밤하늘을 쓸고 있었다. 지난 여름 내내 반복해 앓았던 울증과 조증을 한꺼번에 치유 받았다는 느낌이 들었다. 오랫동안 끓고 있던 심열이 가라앉는 것 같았다.

실크소재 꽃무늬 원피스를 입고 손바닥만하게 큼직한 코사지를 옷깃에 달고 음악회에 다녀왔다. 행복한 저녁이었다.

문학의 아름다움으로 눈뜨는 세상

그대 N님이여. 저는 지금 숲으로 난 오솔길을 걷고 있습니다. 그대와 함께 산책할 수 있다면 얼마나 좋을까, 생각합니다. 동백나무 그늘을 방금 지나쳐 온 바람이 상큼합니다. 비 온 뒤의 밝은 햇살아래 새들의 지저귐이 청아합니다. 길게 자란 나무 가지들 사이로 보이는 하늘이 청명합니다. 순일한 자연에 마음마저 맑아집니다. 그대와 함께라면 삶이 곧 문학이라는 생각에 당장 동의할 것입니다.

그대 P님이여. 좋은 글감을 찾아 무작정 떠나고 싶습니다. 그대가 동행이 되어 준다면 최고의 문학기행이 될 것입니다. 끝없이 상상력을 부추기고 창작열을 지펴주는 그대는 최고의 문학 친구입니다. 간결한 언어와 아름다운 표현을 찾아 떠나는 여행, 신나고 행복할 것입니다. 좋은 문장을 향한 열망, 이해하시지요? 정제된 글, 골자만 추려진 글, 꾸밈없는 글. 간결하면서도 날카롭지 않은 글, 명확하면서 깊이 있는 글, 생생하지만 상세하지 않은 글. 아, 끝이 보이지 않는 그 길을 생각하면 갈증으로 속이 탑니다.

그대 S님이여. '그 밥에 그 국' 같은 글은 쓰지 말라는 충고, 감사합니다. 어디 가서 글 쓴다는 말 당초 입 밖에도 내지 말라는 말씀, 더욱 감사합니다. 자기만족을 위한 글, 일기 같은 글을 독자에게 내어놓을 때 부끄러운 줄 알라는 말씀, 뼛속 깊이 새기겠습니다. 글을 쓸 수 있다는 위안과 자만으로 순연한 독자들을 실망시킨 죄, 날마다 헤아리겠습니다.

그대 Y님이여. 그대의 문학관에서 발간되는 아름다운 책, 이국땅에서 글을 쓰겠다고 헤매는 이 사람에게 잊지 않고 늘 보내주셔서 송구합니다. 작년 여름, 문학관에 들렀을 때도 한 아름 책을 안겨주셨지요. 감사카드 한 장 없이 불쑥 드리는 전화에 "좋은 글 쓰세요. 이번에 보내 준 책이 공부하는데 도움이 되길 바래요" 하시는 그대여, 진정 감사합니다. 향취 나는 수필을 쓰라고 오래 전 문단에 세워주신 그대여, 용서하소서. 저는 그 시점으로부터 조금도 나아지지도 변화되지도 않은 박제 인생입니다.

그대 J님이여. 수필을 향한 그대의 사랑과 열정에 눈물이 납니다. 그대의 글을 읽노라면 그대가 외로울 때 다가가 말을 건네는 풀꽃이 되고 싶습니다. '산그늘 내릴 때의 산의 묵상'과 '바다에서 긴너온 바람의 잠언'을 느끼고 듣습니다. 자연 같은 그대의 마음이 가까이 만져집니다.

그대 K님이여. 대서사시, 성경의 세계를 소개해 주셔서 감사합니다. 최고의 문학 작품을 그대와 함께 탐구하는 스릴, 이 세상 그 어느 기쁨과도 바꾸고 싶지 않습니다. 타임머신을 타고 이스라엘의 대장정을 좇아가는 여행, 얼마나 신나는지요. 그대의 깊고 따뜻한 통찰과 시각은 이 땅에서 하늘 세계를 맛보게 합니다. 아, 이 세상 끝날까지 그대와 성경을 연구하고 싶습니다. 하늘에 가서도 그대의 성경 연구반에 들어가 공부하고 싶습니다.

그대 C님이여. 그대는 제가 지금까지 만난 독자 중 최고의 사람입니다. 한번도 대면한 적은 없지만 편지와 전화로 용기주시는 그대는 문학하는 기쁨과 의의를 되새기게 합니다. 그대의 격려와 충고는 문학을 향한 초심과 식지 않는 열정을 재생시켜 줍니다. 글의 책임과 사명을 재확인케 합니다. 음악과 영화와 미술, 문학과 사람과 철학에 대하여 넓고 깊은 소양을 지닌 그대는 진정 저의 스승입니다. 그대를 만나 기쁘고 행복합니다.

문학의 세계에 한 걸음씩 다가가게 도와주신 모든 이들이여, 감사합니다. 아직도 요원한 그 길, 외로운 그 길에 시원한 물병도 건네주시고 달콤한 사탕도 손에 쥐어 주신 그대들이여, 감사합니다.

문학의 향기, 사람의 향기

문학 행사 참여차 10여 일 동안 한국방문을 마치고 돌아왔다. 향취 높은 문학인들을 많이 만났다. 문학을 하는 것이 얼마나 아름답고 자랑스러운 일인가, 가슴 뿌듯하였다. 문학의 눈으로 바라본 한국은 자연과 사람 모두 지극히 문학적인 나라였다. 서울 인사동 골목을 비롯하여 방문한 장소마다 문학적이었다. 상호들조차 대부분 문학화되어 있었다. 공중화장실 벽에 붙어있는 표어 "아름다운 사람은 머문 자리도 아름답습니다" 는 이번 방문 중에 만난 가장 아름다운 문학 용어였다.

문학인들과 함께 방문한 강화도는 인상적인 곳이었다. 산과 들과 바다가 한곳에 어울려 있어 예술적인 감각이 물씬 풍기는 곳이었다. 섬 전체가 문학을 위해 조성된 공원 같은 느낌을 주었다. 고인돌들이 서있는 공원을 산책하노라니 아름다운 감성들이 일제히 고개를 들었다.

폐교된 초등학교 교사를 미술관으로 개조한 심은 미술관은 또 다른 감동이었다. 잘 가꾸어진 정원은 헌팅턴 도서관을 연상케 했다. 교실마다 마련된 그림과 조각품, 서예품들이 얼마나 정겹고 아름다운지 심신이 행복했다.

전등사도 아름다웠다. 대웅보전의 네 귀퉁이에 조각되어 얹혀 있는 나녀상을 바라보며 옛 선조들의 해학과 기개를 즐겼다. 벌거벗은 여인이 금욕적인 절 건물의 석가래 위에 웅크리고 앉아 있는 모습은 그대로 문학이요 예술이었다.

40대 초반의 여류 시인 N씨가 자비로 조성한 육필 문학관 방문은 충격이었다. 깊숙한 평야 한복판에 길을 내고 숲 속에 문학관 건물을 손수 지어 유명 문학인들의 육필 원고를 받아 아름답게 진열해 놓았다. 문학 심포지엄, 문학 캠프, 세미나를 비롯, 문인들이 원하는 기간동안 머물면서 글을 쓸 수 있도록 마련한 공간과 시설들을 돌아보며 가슴이 뛰었다. 아름다운 자연과 음악과 향기로운 녹차 등이 어울려 문학에 취하게 만드는 곳이었다.

문학이란 이렇게 신명 나는 것이구나, 실감했다. 그녀는 문인들과 더불어 살고자 하는 꿈을 실천하고 있을 뿐이라며 겸손해 했다. 열정을 쏟을 수 있는 대상이 있다는 것은 이렇게 아름다운 일이구나, 마음이 뜨거워졌다.

남산에 소재한 문학의 집 방문도 특별했다. S교수의 화석전과 함께 모 시인의 출판기념회가 마침 열리고 있었다. 서울과 지방 곳곳에 이러한 문학관이 여러 곳이 있고 문학교실에 대한 열기가 대단하다는 얘기를 듣고 나서 미주의 척박한 문학 환경이 생각나 마음이 무거웠다.

LA에는 문학 인구가 많다. 등단 문인들의 숫자도 적지 않고 문학을 사랑하는 동호인의 숫자도 만만치 않다. 실용적이면서도 아름다운 문학관이 LA에도 하나쯤 설 때가 되지 않았을까. 출판기념회를 비롯, 각종 문학 행사 등이 호텔이나 식당의 비싼 식대와 사용료를 치르며 이루어지고 있는 현실을 생각하니 다급한 생각이 들었다. 문학관을 마련하여 다양한 문학 행사와 전시회를 유치하는 한편, 문학교실을 개최하고 북카페를 운영한다면 현실적인 자금 문제도 해결하면서 성숙한 문학을 활짝 꽃 피울 수 있지 않을까. 한낱 꿈인가.

문인들의 자존심을 대변해 줄 수 있는 문학관이 이곳 LA에 속히 서는 날을 소망한다. 한국 문인들과 미주 문인들, 더하여 2세 영어권 문인들이 이곳에서 문학을 싹틔우고 꽃 피우고 열매 맺기를 꿈꾸어 본다. 영어로 번역된 한국 문인들의 주옥같은 작품들이 국제 문단의 주목을 받을 수 있는 모체가 되기를 꿈꾸어 본다. 문학의 향기가 곧 사람의 향기가 되는 미주 문단을 꿈꾸어 본다.

문학하는 즐거움으로

글을 쓸 때마다 구도자가 된다. 연인에게 사랑을 구걸하듯 문학의 혼이 깃들기를 염원한다. 자유로운 글, 갇히지 않은 글을 향한 손짓이 애절하다. 고립되고 막혀 있는 내가 자유에 대하여 무엇을 말할 수 있을까. 하여 내 글은 춥고 가난하다. 화려한 수식어로 예쁘게 치장시켜 주지도 못하면서 나는 그들에게 냉정하고 인색하다. 세상의 좋은 글들이 절망을 부채질한다. 누군들, 망치로 내리쳐도 다치지 않을 만큼 아름다운 근육질의 문장을 쓰고 싶지 않으랴. 싸늘한 아픔이 펜 끝을 쥔 손목을 덫처럼 붙잡는다.

갈등이 많았다. 나는 문학을 오해하고 있는 것은 아닐까. 상처를 치유하는 방편은 아닐까. 정처 없는 삶의 가벼움과 그에 엉킨 난해한 질곡들을 풀어 보려는 얕은 수작은 아닐까. 벗어날 수 없는 삶의 굴레를 두들기는 방망이로 여기는 것은 아닐까. 그렇다한들 어쩌란 말인가. 나에겐 선택의 여지가 없다. 문학하는 일에 이유가 있어야 하는 것은 아닐 것이다.

오래전, 한국 방문 중에 두더지 잡기놀이를 한 적이 있다. 방망이로 두드리고 두드려도 여기저기서 불쑥불쑥 머리를 내밀고 다시 일어서는 오뚝이, 오뚝이들. 나는 서너 번 내려치다가 그만두었다. 피비린내가 났다. 인간의 머리통을 무자비하게 내려치는 듯한 잔인성, 타인의 인격을 마구 짓밟는 듯한 비열함을 느꼈다. 우후죽순처럼 솟아나는 사유의 가지들을 냉정하게 자르고 꺾어온 지난 세월이 겹쳐 몸서리가 났다.

문학이 아니었다면 이민의 외로운 날들을 어찌 견딜 수 있었을까. 글을 읽고 쓰는 동안 다른 차원의 세계에 들어가 있는 자신을 발견하곤 했다. 문학으로 인하여 세상에 대한 낯가림과 미안함을 잠재울 수 있었다.

문학은 나의 생존방식이다. 문학의 힘으로 깊은 서정과 흔들리지 않는 순수를 경험할 수 있다고 믿는다. 선을 향한 의지를 굳게 하고 고통 속에서도 오히려 충만한 기쁨을 맛볼 수 있다고 확신한다. 세상사로 흐려진 생각을 가라앉혀 맑고 깊은 물로 떠올릴 수 있다고 생각한다. 현실의 고통과 외로움을 있는 그대로 바라보고 수용할 수 있다고 믿는다.

베르나르 베르베르의 문학론을 가슴에 품고 산다. "문학의 궁극적인 목적은 사람들로 하여금 더욱 멀리 꿈꾸도록 만드는 것이다. 종이의 이면을 꿈꾸게 하는 것, 죽음의 이면을 꿈꾸게 하는 것이 작가의 유일한 목표가 되어야 한다." 사람들로 하여금 더욱 멀리 꿈꾸도록 만드는 것. 이 화두는 나의 문학이 걸어야 할 방향을 알려주는 나침반이 되었다. 나의 글쓰기는 나만의 삶을 위한 것이 아닌 문학의 정체성을 밝힐 수 있는 사명으로 이어져야 하는 것이다. 쓰는 작가 자신과 읽는 독자를 성장시키고 마침내 함께 구제하는 것이다.

일전에 한국에서 수필가 P교수님이 오셔서 재미 수필가들을 위해 강연해 주셨다. 글 쓰는 이들의 아픔을 잘 아는 분이었다. "문학은 모든 예술의 최고의 경지다."라는 괴테의 명언으로 문학인들의 자존감을 뜨겁게 북돋아 주셨다. 문학하는 이들에 대한 최대의 위로이자 찬사가 아닐까 싶다. '문학은 최고의 예술' 이라는 의식은 어느덧 내 가슴에 별처럼 날아와 박혀 인장이 되었다. 그것은 때때로 질타하는 통증이 되기도 하고 반짝이는 자부심이 되기도 한다.

문학을 향한 구애의 세월 20여 년. 그에게 진 빚이 많다. 허약한 다섯 개의 감각으로 만만치 않은 세월을 편집하고 짜깁기한 죄가 크다. 그래도 써야 한다는 결론이다. 세상의 불안정한 것들을 조화롭게 이해하고 싶기 때문이다. 늘 불안한 내 마음에 정서적인 닻을 만들어 주는 일이기 때문이다.

교만과 편견이라 해도 좋다. 아름다운 문장, 정교한 표현에 더 이상 목말라하지 않을 것이다. 나의 초라한 글쓰기에 대하여 더 이상 가슴 아파하지 않겠다. 내 길을 가겠다. 글을 따라, 글이 흐르는 대로. 문학하는 즐거움으로.

집중의 아름다움

집중할 대상이 있는 사람은 행복한 사람이다. 집중은 간절함이요, 기도다. 꼭 이루어지기를 소망하는 염원이다. 집중하는 순간 세상사는 의미가 샘솟는다. 잡념이 있을 수 없다. 집중은 순수한 마음일 때만 가능하다. 악과는 거리가 멀다. 악이 연루되면 이미 집중이라 부를 수 없다. 욕심, 혹은 집착이라 이를 수 있을 뿐.

샌디에이고 토리 파인스Tori Pines 골프장에 갤러리로 다녀왔다. 제16회 US 오픈 골프 토너먼트 나흘째, 최종 결승 경기가 열리고 있었다. 현장에는 그곳에서만 느낄 수 있는 감흥이 있다. 생중계라 할지라도 화면을 통해서는 느낄 수 없는 그 무엇인가가 있는 것이다. 만나는 사람마다 더운 날씨에 장시간 동안 선수들을 좇아 먼 거리를 이동하느라 지친 모습이었지만 행복하고 즐거운 표정이었다. 한 가지 목적 아래 모인 단체의 아름다움이 피부에 와 닿았다.

누가 사람을 투기의 동물이라 했는가. 아름다운 사람들이 그곳에 있었다. 만만치 않은 가격의 티켓을 구입하고 먼 거리를 운전하거나 비행기로 날아 온 사람들. 뜨거운 뙤약볕 아래 겹겹이 둘러싼 인간 벽을 뚫고 자신이 응원하는 선수의 뒷모습을 조금이라도 보기 위해 애쓰는 사람들. 선수들의 일거수일투족에 열렬히 박수치며 환호하는 사람들.

그곳에서 타이거 우즈를 만났다. 영상이나 신문을 통해서가 아니라 바로 눈앞에서 실제로 움직이는 그의 모습을 바라보는 소회가 깊었다. 연장전 12회에 11승, 4대 메이저 대회를 모두 석권함으로써 얻는 커리어 그랜드 슬램 3회 달성, 4년 연속 메이저 대회에서 2차례 우승한 첫 번째 선수, 메이저 대회 14승, PGA 투어 통산 65승. 골프의 역사에 신화적인 그의 존재를 바라보는 것만으로도 기분이 좋았다.

그의 첫 티샷을 보기 위해 얼마나 뛰었던가. 그가 건물 밖으로 나오자 환호성이 터졌다. 그는 붉은색 셔츠차림이었다. 결승 경기가 있는 날 붉은 옷을 입으면 행운을 가져다 준다고 믿는 어머니의 조언을 따르는 그를 바라보며 마음이 흐뭇했다. 사람들은 그의 일거수일투족마다 탄식과 탄성을 자아내었다.

타이거 우즈는 확연히 다리를 절고 있었다. 무릎수술을 받고 아직 회복되지 않은 상태였다. 그 통증이 상당함을 느낄 수 있었다. 아픈 다리로 지난 삼일동안 강행군한 몸이었다. 다리를 구부려 라이를 읽을 때마다 통증이 심했을 테지만 그는 그 괴로움을 겉으로 드러내지 않았다. 한타 한타 정성을 다하여 쳤다. 그의 모습을 눈으로 쫓느라 심신이 녹을 지경이었다.

그가 라코 미디에이트와 동점으로 경기를 마쳤다는 소식을 들으며 현장을 빠져나왔다. 집에 돌아와 낮에 현장에서 보았던 경기를 해설이 곁들인 텔레비전 화면으로 보았다. 세상에나. 그의 옷자락이라도 행여 볼 수 있을까 하여 그토록 목을 빼고 노심초사했었는데, 깨끗한 화면 속에 그의 모습이 고스란히 보이는 것이 아닌가. 그러나 조금도 억울하지 않았다. 경기 시청이 예전 같지 않았다. 화면 속에 이는 바람의 속도까지도 피부로 느낄 수 있었다.

경기를 시청하다가 나는 현장에서 보지 못하고 놓쳤던 명장면 하나를 보게 되었다. 그는 퍼팅을 하려는 중이었다. 아픈 다리를 구부려 라이를 신중하게 읽고 뒤로 조금 물러나 그만이 지닌 특유의 자세로 클럽을 몇 차례 휘두른 뒤 이제 막 공을 치려는 찰나였다. 그 순간 작은 그림자가 스치듯 살짝 그린 위를 가로질러 갔다. 머리 위로 새가 지나간 것이다. 그는 이제 막 공을 치려던 자세를 풀더니 뒤로 물러났다. 잔디 라이를 읽으며 좀 전에 행했던 모든 과정을 그대로 다시 반복했다. 그가 치려던 공은 홀에서 그리 멀지 않아 그가 이제껏 보여준 역량으로 보면 그렇게 집중하지 않아도 무난히 성공시킬 수 있는 퍼팅이었다. 그는 방심하지 않았다. 그의 멋진 프로정신 발휘에 그만 감정이 고양되어 인간의 자존감마저 느꼈다. 보아라, 이래서 인간이지 않느냐.

다음 장면은 더욱 감동적이었다. 그는 어느 홀에선가 퍼팅을 준비하고 있었다. 꽤 먼 거리였다. 이글을 낚을 수 있는 기회이기도 했다. 그는 쭈그리고 앉아 공으로부터 홀까지의 거리를 가늠하며 잔디를 뚫어지게 바라보고 있었다. 나는 그때 보았다. 불타고 있는 그의 두 눈. 그의 눈은 집중하고 있었다. 그 눈빛에는 감히 범접할 수 없는 위엄과 간절함이 있었다. 그 눈빛은 모든 것을 녹이거나 혹은 흡

입해 버릴 만큼 강렬했다. 사람을 충분히 질식사 시키고도 남을 눈빛이었다. 집중. 그것으로밖에는 설명할 수가 없다. 그의 눈빛은 한순간도 흔들리지 않고 고정되어 있었다. 나는 그때 확실하게 알았다. 사자나 호랑이가 먹이를 사냥할 때 힘이 아니라 눈빛으로 먼저 상대를 제압한다는 것을. 불타는 눈빛 앞에서는 그 어느 존재도 감히 움직일 수 없을 것이다.

그는 다음 날 라코 미디에이트와 18홀 플레이오프로도 승부를 가리지 못해 7번 홀에서의 서든 데스까지 가는 접전 끝에 승리의 컵을 들어올렸다. 결과에 상관없이 아름다운 한판 승부였다. 그가 단지 승부기질이 강한 사람이라고 말하는 것은 무례이다. 그가 많은 경기에서 보여준 아름다운 집중력은 그의 성공을 뒷받침해 주는 든든한 배경이 아닐 수 없다.

집중의 아름다움을 느꼈던 다른 한 장면은 북부 캘리포니아를 여행했을 때였다. 유레카만 크루즈 선상에서 배가 떠나기를 기다리던 중이었다. 포구이어서인지 크고 작은 여러 종류의 바닷새들이 많았다. 바다 곳곳에 설치된 조형물 위에는 이름 모를 바닷새들이 옹기종기 모여 앉아 날개를 말리고 있었다. 부러웠다. 나도 내 속 깊은 곳에 가라앉아 젖어 있는 외로움과 아픔을 꺼내어 부드러운 햇볕에 널어 말릴 수 있다면 얼마나 좋을까.

유난히 눈에 띄는 새가 있었다. 펠리컨이었다. 바다 위를 낮게 선회하다가 갑자기 급강하하여 물속의 물고기들을 낚아채는 모습이 일품이었다. 물속에 수직으로 떨어지며 곤두박질치는데 그 동작이 얼마나 맹렬한지 죽음도 불사하는 모습이었다. 그들은 끊임없이 그런 동작을 반복했다. 저러다가 혹 강한 수압에 머리가 깨져버리는 것은 아닐까 염려될 정도였다. 먹이를 향한 맹렬성은 집중을 넘어서는 것이었다.

펠리컨 가까이에는 갈매기들이 있었다. 그들은 사이좋은 친구처럼 짝을 지어 날아다녔다. 높이 날던 펠리컨이 고도를 낮추어 바다수면에 가깝게 나르기 시작하면 거리를 두고 날던 갈매기 한 마리가 나타나 잽싸게 따라붙곤 했다. 펠리컨이 물속에 머리를 처박고 사냥을 하는 동안 갈매기는 물 위에 사뿐 내려앉아 기다렸다. 펠리컨이 물고기를 삼키면서 물을 뿜어내면 펠리컨의 주둥이 가까이에 달라붙어 무엇인가를 받아먹곤 했다. 물고기의 비늘 하나 혹은 살점 부스러기가 섞여 있으리라. 펠리컨이 물고기를 잡지 못하고 하늘을 향해 치솟아 나르면 갈매기도 무안한 듯 힘없이 물 위를 치고 올라갔다. 그 모습이 얼마나 초라하고 부끄러운지. 이곳 사람들은 갈매기를 얌체, 혹은 좀도둑이라 불렀다.

이해할 수 없는 것은 펠리컨이었다. 그들의 뒤를 쫓아다니며 귀찮게 거치적거리는 갈매기들의 야비하고 기생적인 행동을 용납하는 것이다. 그들은 덩치로 보아 갈매기들을 얼마든지 제지하거나 퇴치할 만도 하련만 너그럽기만 했다. 펠리컨의 입속을 청소해 주는 등, 분명 내가 알지 못하는 공생 관계가 있을 것이다. 그렇다 해도 펠리컨의 너그러움은 여전히 멋지지 않을 수 없다.

극히 짧은 시간 동안 펼쳐진 광경이지만 많은 것을 생각하게 했다. 부스러기나 얻어먹는 갈매기가 되고 싶지 않았다. 갈매기처럼 기생적인 인생을 살지 않겠다고 결심했다. 화려하지는 않을지라도 내게 허락된 몫의 삶을 충분히 살겠다고 마음먹었다. 갈매기처럼 힘센 존재에게 의존한 생명이 아니라 펠리컨처럼 약한 자에게 나누어 주는 삶을 살고 싶다 생각했다.

집중력을 발휘하는 모습은 아름답다. 어느 누구도 감히 범접할 수 없다. 집중하는 삶을 영위하는 사람은 사소한 일에 골머리를 앓지 않는다. 삶의 목표를 향해 혼신을 다하여 매진한다. 쓸데없는 곳에 에너지를 낭비하지 않는다. 행동 하나하나가 목표를 향한 일관성이 있다. 의미가 있고 연결성이 있다.

오케스트라 음이 진정 아름다운 것은 개개의 음표가 각자의 몫을 다하되 전체의 조화를 위해 헌신하기 때문이라 했다. 아무리 아름다운 음이라 할지라도 조화를 망치는 솔로 음을 만들지 않는 것이다. 집중할 줄 아는 사람은 자신의 삶을 충분하고 넉넉하게 살되 전체와의 조화를 생각하는 사람이다. 진정 아름다운 사람이다.

미도리와 미주 문단

유명 바이올리니스트 미도리를 만나러 칼텍 대학의 비커맨 오디토리움에 갔다. 대학이 마련한 커뮤니티와의 대화 행사에 그녀가 강연자로 나선다 했다. 예술가가 "음악과 과학의 연계"를 통해 자신의 인생을 얘기한다니 흥미로웠다.

미도리는 자그마한 체구의 여성이었다. 검은 투피스를 입고 머리를 뒤로 넘겨 하나로 묶은 그녀는 강연자라기보다는 소박하고 귀여운 소녀 같았다. 짧은 바이올린 소품을 한 곡 연주한 다음 20분간 얘기했다. 곧이어 그날의 주제인 관객과의 대화시간이 되었다. 관객들은 양쪽 객석 중간에 미리 마련된 마이크에 나가 질문했다. 온갖 기상천외한 질문들이 두 귀를 즐겁게 해주었다. 질문자들은 진지하고 질서정연했으며 미도리를 곤란에 빠뜨리는 무례를 저지르지 않았다.

강연을 들으면서, 관객과의 대화를 들으면서, 그녀의 삶을 자세히 알게 되는 기쁨이 있었다. 어린 새싹들에 대한 교육의 열정에 불타 여러 곳에 비영리 교육재단을 세우고 음악을 가르치는 그녀를 바라보노라니 교육의 산증인을 보는 듯 했다.

그녀는 프로였다. 음악가에게는 음악이 가장 깊은 언어일 터, 말에 대한 기대를 하지 않았다가 음악 못지않은 말솜씨에 그만 반해 버렸다. 심리학을 전공한 학자로서의 면모를 유감없이 발휘, 청중을 압도했다.

미도리의 성실성과 전문가다운 태도는 참으로 놀라웠다. 어느 질문 하나 소홀하게 취급하지 않았다. 성실하고 야무진 답변은 세계 석학들을 비롯하여 객석에 앉은 사람들의 마음을 흡족하게 만들어 주었다. 한 사람의 질문에 대한 답은 열 사람 백 사람의 궁금증을 풀어 주기에 충분한 것이다.

음악과 철학, 음악이론과 실기의 접목, 연일 지속되는 연주일정에 따른 스트레스 해소법에 이르기까지 그녀는 진솔하고 재치 있게 대답하여 마치 그녀와 함께 연주여행을 하는 느낌이었다. 한 개인이 그가 속한 커뮤니티를 위해 할 일을 찾아 열정을 쏟는 모습이 참으로 흐뭇했다. 조지 버나드 쇼가 미도리를 만났다면 기쁨이 컸을 것이다. "나는 내가 철저히 활용된 다음에 죽기를 바란다. 열심히 일할수록 그만큼 내가 더 사는 것이기 때문이다"라는 그의 철학이 가시화된 현장을 목격했을 것이다.

미도리의 강연회는 유익했다. 성공을 개인에게 한정시키지 않고 커뮤니티에게 환원하는 모습이 참으로 값져 보였다. 강사와 청중간의 성숙하고 아름다운 소통이 무척 부러웠다. 미주 한인 문단의 현주소를 생각하니 더욱 빛나 보였다.

미주 한인 문단에는 각 장르별로 많은 문학단체들이 있다. 한국의 문학인들을 초청하여 문학 강연과 세미나 개최가 활발하다. 그런데 힘들게 모셔온 훌륭한 강사의 강연을 짧은 시간 동안 들을 때마다 안타깝다. 고작 30분 혹은 한 시간의 주제 강연으로 어찌 그 작가의 진면목을 알 수 있겠는가. 재미 문학인들이 진정 알기 원하는 것은 작가의 문학론이 아니라, 작가 그 자신이다. 문학에 접근하는 전문가의 자세요 마음이다. 글을 쓰면서 절망하고 고뇌하는 미주 문인들은 초청 작가의 생생한 체험과 극복담을 통해 고무되고 위로받고 희망을 얻고 싶어 한다.

문학모임을 주관하는 지도자들이 순서 배정에 좀 더 숙고했으면 하는 바람이다. 가장 중요한 첫 순서에 긴 환영사나 참석자들의 문학 작품 낭독 등을 배치하여 정작 주 강사의 강연을 들을 때쯤이면 집중력이 떨어지거나 이미 깊은 시각이어서 강사의 좋은 말씀을 들으러 모처럼 외출한 사람들도 강연 중간에 혹은 시작 전에 자리에서 일어서야 하는 경우가 많다. 중요하게 취급되어야 할 질의응답 시간은 아예 생략되거나 형식적으로 급하게 마치는 경우가 허다하다. 그 시간을 잘 활용하면 예상치 못한 수확을 보너스처럼 얻을 수 있다. 질문의 수준이 미주 문단의 위상을 떨어뜨릴 만큼 낮고 사변적이라는 지적도 있다. 극복해 나가야 할 숙제다.

회원 작품 낭독이 나쁜 것은 아니다. 하지만 강연자로부터 작품평을 받는 것도 아닐진대 목적이 불분명하다. 강사에게 얼굴 도장을 찍는 목적이 아닌 바에야, 오히려 주제를 흐리는 것이다. 낭독 순서가 문학적 차원에서 꼭 있어야 한다면 강사의 작품을 낭독해야 한다. 강사에게 초점을 맞추는 것이 예의다. 소개와 환영은 간략하고 간소해야 한다. 한정된 시간 안에 강연자를 최대한 알 수 있도록 배려해야 한다. 미주 문단의 현주소를 가늠하게 하는 데는 회원 작품 집 한 권이면 충분하다.

한인 문단은 청년기를 지났다. 그에 맞는 인격과 태도를 갖추어야 한다. 문학은 혼자 하는 것이라지만 대중과 소통해야 한다는 이중적인 속성을 지니고 있다. 아무도 읽어주지 않으면 아무리 좋은 글을 쓴다 한들 무슨 소용인가.

거품을 제거하고 좀 더 본질적인 일, 정수를 길어 올리는 일에 에너지를 쏟을 일이다. 어떻게 하면 문학을 커뮤니티에 뿌리내리게 하여 아름다운 세상을 만들까가 주제가 되어야 한다.

딸기차를 마시면서

하늘은 짙은 잿빛이다. 사는 일이 유난히 서툴다고 느껴지는 아침, 음악을 연다. 바흐의 아리오소Arioso. 첼로 선율이 깊이 가라앉은 마음에까지 내려가 닿는다. 외로움은 아니다. 슬픔도 아니다. 그것은 오히려 많은 사람들 틈에 있을 때 느끼는 정서 아닌가. 삶의 원천적인 에너지가 빚어내는 서러움이 한기를 동반한다.

춥다. 지바고와 라라의 냄새가 난다. 더운 차를 마시고 싶다는 조급함이 정지된 공기를 휘젓는다. 세상을 구름처럼 떠도는 친구가 LA에 들러 가는 사이 건네준 독일산 딸기차를 고른다. 봉투를 열자마자 아득하게 퍼지는 감미로운 식물향. 물이 끓는 동안 봉투 겉면을 꼼꼼히 살핀다. 아크릴 질감의 봉투 사면엔 각종 꽃과 딸기들이 따뜻한 원색으로 무리지어 웃고 있다. 곳곳에 다양한 활자들이 빼곡하다. 모르는 언어는 예술작품 같다. 영어를 찾아내곤 모국어를 발견한 듯 기쁘다.

'Brombeere / Himbeere' 라 이름 지어진 차. 내용물이 현란하다. 무궁화꽃잎, 사과, 장미열매껍질, 빌베리라 이름지어진 월귤나무열매, 약딱총나무열매라는 한국이름보다 영어이름이 더 예쁜 엘더베리, 블랙베리, 라즈베리, 스트로베리.

한 티스푼을 컵에 넣고 끓는 물을 부은 다음 10분을 기다리라 한다. 맙소사. 두 사람이 마주보고 있는 것도 아니고 혼자서 마시는 차를 10분이나 기다리라니. 영화 장면이라면 삶과 죽음을 몇 번이고 넘나들겠다. 혼자 얘기할 수도 없고. 명상할 수도 없고. 음표 하나하나마다 주술을 걸어놓은 듯한 첼로의 무거운 현에 베인 가슴은 무너진 지 이미 오래라 했지 않은가.

시집 박남준을 편다. "봉두난발 같은 마음의 쑥대밭에 무너지는 한숨"을 쉬는 시인의 마음이 만져지는 듯하다. 마음속에 길이 하나 있고 그 속에 고여 있는 사람 하나 있다니, 그러니까 어쩌란 말인가. 아니다. 그를 탓할 일이 아니다. 그리움으로 고여 있는 사람을 떠올리는 것이 왜 괴로운가를 너무나 잘 알고 있는 내가 잘못이다. "한때 펄럭여 보고 싶었"지만 이제는 "사는 일이 가위눌리는" 시인의 청승이 내 것이 된다.

어제, 우리 글쟁이들은 거짓말쟁이들이니 빨리 죽어 버려야 한다고, 친구 시인과 함께 맞장구를 치다가 고개를 가로저었다. 작가가 선택한 시각이 전체인 줄 알고 속는 독자는 책임질 필요 없다고, 작가의 손을 떠난 작품은 생명을 얻은 유기체이므로 독자 개개인의 몫이라고, 결론지었다.

작가가 한정된 언어로 표현하고자 하는 아름다움이 거짓일까. 순간의 허상 속에서 보석 같은 진실 하나 건져내고자 하는 몸부림이 거짓일까. 문인은 눈에 고이는 풍경만 마음에 담는다. 느낌이 오는 것만 쓴다. 선별은 거짓이 아니다. 모든 것을 다 보여주는 것은 '사실'이지만 그것은 더 이상 아름답지 않다. 아름다움이 빠진 것은 문학이 아니다.

핏물처럼 붉게 우러난 차를 바라본다. 이렇게 화려한 차를 마실 자격이 내게 있을까. 남루한 일상에 어울리지 않는 차. 한 모금의 맛과 향을 음미한다. 넘어오지도 않고 내려가지도 않는 뜨거운 슬픔 하나가 턱, 숨길을 가로막는다.

음악이 끝이 났다. 찻잔에 다시 물을 채운다. 여전히 붉다. 묽어질 때까지 마시리라. 결심 하나가 꼿꼿하게 머리를 든다. 사람이든 사물이든 묽고 가볍게 대하기. 마음을 다치지 않을 것이다. 마침내 사는 일이 담담해질 것이다.

인간에 대한 예의

카탈리나 섬에 갔다. 바다 속 물고기를 만났다. 그들은 같은 크기와 같은 모양과 같은 빛깔을 지닌 것끼리 무리지어 있었다. 같은 방향으로 헤엄치고 있었다.

나는 보았다. 유유상종하는 무리에서 벗어나 바다 깊숙이 내려앉아 혼자 머물러 있는 물고기 한 마리. 그는 부동자세로 지느러미만 움직이고 있었다. 머리 위에서는 먹이가 우박처럼 쏟아져 내리고 있는데. 다른 동료들은 먹이를 좇아 높이높이 떠올라 우왕좌왕 에너지가 충천한데.

스스로 격리되기를 선택한 사색적인 존재로 그가 내게 다가왔다. 섬에 머무는 동안 그가 내내 생각났다. 그는 혹 인간이 상업수단으로 자신들을 이용하는 처사에 대하여 염증을 느끼고 있는지 모른다. 혹 마음의 상처로 인하여 우울증에 빠져 있는지 모른다. 그는 사랑하는 가족을 잃었는지 모른다. 그는 실연을 당했는지 모른다. 그는 왕따를 당했는지 모른다.

산 중턱에 오르니 아발론Avalon 항구가 한눈에 들어왔다. 배들은 주차장의 자동차들처럼 오와 열을 맞추어 정박해 있었다. 어느 배하나 규칙을 어겨 아무렇게나 놓여 있지 않았다. 정박되어 있는 배들 사이를 지날 때는 속도를 줄이고 경적을 울리지 않아야 하는 이유를 확실하게 알 수 있었다. 질서를 깨지 않는 것은 규칙 엄수 이전에 기본적인 예의이다.

산 정상에 있는 비행장에 도착했다. 헬리콥터 칠, 팔여 대가 활주로 양편에 나란히 나란히 열을 지어 앉아 있었다. 마당에 이제 막 착륙하는 헬리콥터를 보았다. 사람들은 헬리콥터를 움직여 다른 헬리콥터 사이에 일정한 간격으로 기착시켰다.

산정에서 만난 파란 하늘과 그에 조응하는 바다가 새로웠다. 세상의 부조리나 불합리와는 무관해 보였다. 3W, 새wing와 바람wind과 파도wave만이 육지와의 유일한 연결점이었던 카탈리나의 과거를 생각해 보았다. 눈을 감고 서서 옛 카탈리나를 그리노라니 맑고 진실한 삶에 대한 열망이 차올랐다.

육지로 돌아가는 사람들의 행렬을 보았다. 그들은 부두 한쪽에 한 줄로 늘어서서 긴 꼬리를 만들고 있었다. 앞사람의 뒤꿈치를 밟지 않으려, 뒷사람과 행여 부딪치지 않으려, 사람들은 일정한 간격을 유지하고 있었다.

어스름이 내리자 바다는 푸른빛이 도는 흑색이 되었다. 뒤채는 물결이 엄숙했다. 롱비치 항구로 돌아가는 동안 바라본 하늘과 바다가 적막했다. 작은 배 한 척이 전조등을 밝히고 떠가고 있었다. 우리 각자는 저처럼 어두운 밤바다에 나선 한 척의 배가 아닐까.

항구 가까이에서 내가 탄 배는 갑자기 엔진 고장을 일으킨 것처럼 속력을 늦추었다. 눈앞에 커다란 여객선 한 척이 떠 있었다. 잠든

배를 깨우지 않으려는 해상의 예의가 가슴을 먹먹하게 했다. 아름다웠다. 아, 사회의 질서와 규칙에 순종하리라. 인간에 대한 예의를 갖추리라.

물고기들이 제 가고 싶은 대로 달린다면, 배들이 아무 데나 정박한다면, 헬리콥터들이 활주로 한가운데 아무렇게나 기착한다면 어찌될까. 카탈리나 섬에서 만난 예의와 질서가 아름다웠다. 인간 정서의 갈피 없는 무질서를 생각하자 마음이 찢어질 듯 아팠다. 여전히 외롭다고밖에 표현할 수 없는 이 상황을 어찌하면 좋단 말인가.

카탈리나에서 돌아온 날 밤, 꿈을 꾸었다. 나는 낮에 보았던 물고기였다. 나는 무언가를 열심히 찾아 헤매고 있었다. 잡힐 듯 잡힐 듯 눈앞에 어른거리는 것은 사람 같기도 하고 형상 없는 안개 같기도 했다. 안타깝고 먹먹한 느낌이 현실처럼 선명했다.

한밤중에 잠에서 깨어나 나의 문학과 인생을 생각해 보았다. 문학하는 일에 슬픔과 외로움을 남용했다는 죄책감이 불현듯 들었다. 정말 슬픈 사람, 정말 외로운 사람은 슬프다 외롭다 함부로 말하지 않는 법이거늘, 반성해야겠다. 좀 더 깊이 외롭든지 혹은 좀 더 깊은 문학을 해야겠다.

『영원한 이방인*Native Speaker*』을 읽고

이창래 씨의 소설 『영원한 이방인*Native Speaker*』을 읽으며 행복했다. 진지하고 아름답고 쓸쓸한 작품이었다. 잃어버렸던 소설의 묘미를 새롭게 상기시켜준 작품이었다.

출간된 지 근 10년이 되었건만 읽을 생각을 하지 않았던 이유에 대하여 이창래 씨에게 미안한 생각마저 들었다. 오래전부터 그의 문학에 대한 뉴스를 간간이 접했으나 이민 2세이자 30대의 한 젊은이가 쓴 소설이 얼마나 깊이가 있으랴 싶었다. 반즈 앤 노블스*Barns and Noble's* 신인작가상을 비롯하여 여러 개의 문학상을 수상하고 두번째 작품 『제스처 라이프*A Gesture Life*』도 그에 못지않은 작품이라는 소식에도 선뜻 책을 구입해 읽고 싶은 마음이 일지 않았었다.

그러다가 우연히 그의 인터뷰 기사를 접하게 되었다. 그의 일갈은 오랫동안 의문으로 갖고 있던 나의 문학의 정체성에 대한 시원한 해갈이었다.

"다른 사람과 상관없이 얘기하는 게 예술이다. 난 여러분을 대변하는 게 아니라 내 얘기를 하는 것이다. 나만의 구체적인 얘기를 한다. 여러분이 공감할지는 모르겠다. 하지만 난 여러분을 대변하지는 않는다. 난 여러분을 모른다. 누구도 다른 사람을 대변해서 얘기할 수 없다.”

예술의 진면목을 보여주는 말이라 생각했다. 예술가는 타인에게 보여주기 위해서 혹은 누군가를 위해서 예술을 하는 것이 아니다. 하지 않으면 자신이 견딜 수 없으니까 한다. 누가 뭐래도 누가 말려도 한다. 하지 않으면 잠을 잘 수 없고 먹을 수도 없다. 그 열정이 타인의 공감을 얻는 것, 그것이 예술이다.

『영원한 이방인』을 읽기 시작했다. 연민과 카타르시스를 동시에 느끼게 하는 작품이었다. 언론 혹은 사석에서 쏟아 놓았다면 분명 문제가 될 만큼 심각한 인종주의적인 발상과 발언들이 소설이라는 보호 장치 속에서 그 속성을 맘껏 드러내어 통쾌했다. 답답하고 조심스러운 현실을 적나라하게 펼쳐놓음으로 문제해결을 향한 기폭제를 제공해 주었다.

지극히 미국적이면서도 지극히 한국적인 작품이었다. 한국인의 물기 많은 정서와 뒷심 없는 다혈질적 성향을 어쩌면 그리도 실감나게 그렸는지. 미국에서 태어나고 자란 젊은이가 아니면 결코 묘사할 수 없는 한국인을 만날 수 있었다. 외국 땅에 살면서 수없이 느껴왔던 정체모를 외로움이라든가 막연한 분노에 대한 해명 세미나를 연수받은 느낌이었다.

크리스피한 샐러드처럼 팡팡 튀는 대사 속에 암울한 사랑과 삶의 고뇌가 어둠 속에 갇혀 있는 보석처럼 섬뜩하게 빛나고 있었다. 많은 이야기들이 어깨를 비비며 나란히 독립적인 모습으로 서 있었다. 무심한 척, 그러면서도 끊임없이 상기되는 한 사건이 작품을 이끌고 있었다.

　일곱 살 때 허망하게 목숨을 잃은 아들에 대한 주인공의 고뇌와 분노는 사설탐정이라는 직업을 가진 그가 어떤 비정한 짓을 저지르더라도 용서하고 이해해야 한다는 설득이요 독자 스스로 그와 공모자가 되게 하는 장치였다. 560여 쪽의 긴 장편인데 어느 한구석 지루한 장면이 없었다. 언어가 주는 묘미에 흠뻑 취하게 만드는 소설이었다. 간결한 문체 속에 담긴 진실을 읽을 수 있어서 좋았다. 독자에게 숨 쉴 공간을 마련해가며 작가를 이해하게 만드는 소설이었다.

　주인공이 세상을 바라보는 방식이 무척 맘에 들었다. 인간을 향한 집요하고도 따뜻한 시선이 좋았다. 그것은 세상과 인간에 대하여 편견이 없거나 자신의 시각에 편견이 있음을 스스로 인식한 사람만이 지닐 수 있는 특장特長이다. 세상에서 오는 위로를 별로 기대하지 않는 주인공, 세상에 그다지 매혹을 느끼지 못하는 주인공을 향하여 감정이입을 느끼게 하는 작품이었다.

　이민 연대가 길어질수록 한국적인 것을 무시하기 쉽다. 언어가 자유로워지고 사는 방식이 자유로워지면 정체성을 잃기 쉽다. 이 책은 척박한 외국 땅에서 우리 이민자가 어떻게 살아야 하는지 스스로에게 질문을 던지게 한다. 어정쩡한 한국인이 되느니 확실한 한국인이 되어야 한다고 역설한다. 결코 깰 수 없는 이민자의 아픔과 허무를 인정해야만이 진정 희망이 있다고 암시한다.

　격조 있는 소설, 문제의식을 지닌 소설 한 권 읽고 싶다면, ‘나는 누구인가' 에 대한 정체성으로 고민하는 사람이 있다면, 이 책을 권하고 싶다. 결코 시간 낭비했다고 느끼지 않을 것이다.

『사이버리즘과 수필미학』을 읽고 나서

『사이버리즘과 수필미학』은 사이버리즘, 혹은 수필미학을 얘기한 책이 아니다. 너무 깊고 넓어서 깊이나 넓이를 알 수 없는 내용을 겸손하게 감추느라 가장 소박한 제목을 애써 찾아 달았지 않나 싶다. 수필이라는 이름을 빌어 인생을 풀어놓은 한마당 잔치 같다.

저자 박양근 님은 미적 감각과 인식이 탁월하신 분이다. 까만색 와이셔츠에 노란색의 넥타이를 절묘하게 소화하는 사람이다. 레이스 소재의 까만색 차이나 칼라의 셔츠를 입으셨을 때는 그 화려함에 조금도 기가 눌리지 않고 잘 어울리는 모습을 보았다. 반짝이는 재질의 색동비단으로 만든 카메라 가방을 멘 모습조차 무심한 일상으로 보였다. 그런 차림으로 강변이나 산속에 난 오솔길을 몇 마일이든 지치지 않고 걸으실 분 같다. 발에 차이는 돌멩이랑 머리 위의 나뭇잎, 하늘, 바람, 구름, 그 어느 것에서든 반드시 미를 찾아내실 분 같다.

그의 수필미학 이론은 현 문학계의 절실한 시대적 요청에 응한 자연스런 반응이라고 생각한다. 미를 아는 사람만이 미를 얘기할 수 있으므로. 미를 아는 사람이 미를 얘기하거나 쓰지 않으면 몸살할 것이므로. 저자는 '미학이란 단순히 예술의 아름다움을 설명하는 이론이 아니라 왜 문학이 있어야 하고 어떤 형식과 내용을 가져야 하고 타 예술과의 관계는 무엇인가를 설명해주는 분야라고 했다. 영문학영어는 이 세상에 존재하는 언어 중 가장 deep하고 rich하다고 배웠다.을 가르치는 대학 교수로 해박한 사이버리즘 지식에 신조어 같은 새로운 개념의 수필미학을 접목시켰는데 언뜻 보면 서로 어울릴 것 같지 않은 두 단어가 책의 제목으로 나란히 서서 서로를 받쳐주는 느낌이다.

저자 박양근 님은 그 자신에게 무척 엄격한 사람이다. 세상에는 관대하면서 세상으로 나가는 자신의 발걸음에는 많은 선을 그어놓은 사람이다. 수필을 대하면 더 심하다. 마치 수필을 위해 목숨이라도 내건 사람 같다. 그이 앞에서 "수필은 그냥~ "이라고 가볍게 말했다가는 뺨이라도 한 대 호되게 맞을 것 같다. 수필을 쓴다는 사람들이 그가 세워준 수필가들의 자존심에 마냥 기분 좋아하기에는 머리 뒤통수가 머쓱하게 당길 만큼 야릇한 과제를 던져주는 사람이다. 수필을 대하는 마음을 비장하게, 혹은 옷깃을 여미게 하는 부담감을 주는 사람이다. A4 용지 두 장에 프린트된 수필입문자의 허술한 글을 밤 2시에 한 시간 동안 읽어 주는 사람이다. 그리고 한 문장 위에 37자의 의견과 감상을 적어놓는 사람이다. 그가 화산이라면 너무 뜨거워서 불타 버릴 것이다. 그가 물이라면 그 높은 파도 속에 갇혀 질식해 버릴 것이다. 수필을 읽고 있는 그 앞에서는 함부로 움직이지 말고 숨도 가만히 쉬는 것이 예의이다.

『사이버리즘과 수필미학』은 "학學"자가 들어간 만큼 진지한 연구 서적이다. 이제껏 내가 읽은 책 중에 낯선 단어들이 가장 많이 등장하는 책이었다. 베르나르 베르베르가 신과 인간의 세계를 대서사적 파노라마로 그린 6권의 연작 소설 『신神』에서 접한 단어들보다 모르는 단어가 더 많았다. 처음에는 노트를 옆에 놓고 필기를 하다가 아예 그것을 집어치우고 밑줄을 그으면서 읽었다. 별모양과 느낌표를 한 개, 두 개, 혹은 서너 개씩 붙여놓고 다시 되돌아와서 그 의미를 재음미해야 한다는 결연함을 안고 읽었다.

나는 생각을 정리해야 할 때나 정신적으로 힘들 때, 결단을 내리기 전, 시간을 버는 마음으로 고행하듯 일부러 깊이 있고 까다로운 책을 골라 읽는다. 삶의 고비에는 C .S. 루이스와 토인비, 중국사와 영국사와 미국사, 제임스 조이스 시리즈가 있다. 영혼이 맑아지는 경험을 하곤 했다. 집중하여 읽노라면 내가 처한 막막한 현실이 책의 내용과 아무 상관이 없는데도 불구하고 "그래 맞아, 이거야, 그래도 사는 거야, 살아야만 해", 하고 이상스런 힘을 얻곤 했다.

『사이버리즘과 수필미학』이 그랬다. 나는 인생의 전환기에 있다. 사람이 이렇게까지 외로울 수가 있을까, 신기하게 느껴지는 나날이다. 이제는 정말 진지하게 살아야 한다고, 이제는 정말 껍데기 같은 삶은 살고 싶지 않다고 입술을 깨무는 중이다. 책을 들고 몇날 며칠 뜸을 들였다. 이 책에 한번 빠지면 다른 어느 것에도 집중할 수 없다는 것을 알기에 워밍업이 필요했다. 광대한 지식의 바다로 헤엄쳐 나가기 전, 제전과도 같은 마음의 준비 의식이 선행되어야 했다.

정말 재미있었다. 끝 모를 지식의 분화와 축적된 정보의 폭발에 머리가 어지러웠다. 높은 음을 켜는 바이올린 현의 떨림처럼 고도의 긴장감을 늦출 수 없었다. 때로는 광폭한 바람에 휘둘리는 감정의 기복을 맛보아야 했다. 휴! 하고 마음을 내려놓을 수 있는 징검다리가 곳곳에 놓여 있지 않았더라면! 농축된 정보와 빠른 속도감으로 인하여 잔뜩 긴장한 마음인가 싶으면 어느새 시원하고 유려한 문체와 정감이 뚝뚝 묻어나는 글귀로 이끌려 나도 모르게 눈을 감고 명상하는 마음이 되었다. 인간의 마음을 훤히 꿰뚫어 아는 심령술사의 의도가 깃든 책처럼 느껴졌다.

참 이상했다. 딱딱한 이론서인데 왜 나는 이 책을 읽으면서 정감적이고 이지적이고 따사롭다고 느꼈을까. 아니다. 좀 더 솔직해지자. 나는 왜 문학이니 수필이니, 대화소통에 관한 이야기로 가득한 이 책을 읽으면서 에로틱한 감정을 느꼈을까. 수필이 소설보다 더 강도 높은 에로티즘을 안고 있다는 것을 이 책을 읽으며 새삼 알게 되었다. 어쩌면 저자가 그런 뉘앙스를 풍기는 수필예화를 의도적으로 곳곳에 산소통처럼 들여놓았는지 모른다. 혹은 저자 자신이 낭만적이고 에로틱한 사람이어서 자신도 모르게 그러한 예화만 뽑아 놓았는지도 모르겠다. 에로틱한 사람이라고 단정하기에는 불안한 마음이 없지 않다. 저자를 잘 안다고 말할 수 없어서이고 경상도 사나이에게 부드러움을 느껴도 되는 건지 의아해서다. 하지만 오래 만나야만 상대를 안다고 말할 수는 없을 것이다. 어쩌란 말인가. 세상은 천 가지 색으로 화려하되 내 시야에 들어온 칼라로 인식할 수밖에 없는 것을. 그러므로 내가 저자를 섬세하고 부드러운 심성을 가진 사람, 혹은 여인의 비단 옷 스치는 파동만큼 여린 감성의 소유자라고 느낀들 비난받을 일은 아닐 것이다.

감히 독후감을 쓰겠는가. 처음엔 두고두고 나 자신에게 만족감을 줄만한 독후감을 써볼까 생각했지만 참 어설픈 짓이다. 어떻게 이 책에 감히 감상 한 줄인들 덧붙일 수 있단 말인가. 수필의 진솔함을, 수필의 품격과 품계를 이미 다 말해 놓지 않았는가. 썼다 지웠다를 여러 차례 하다가 드디어 결론을 내렸다. 차라리 내 마음에 와 닿은 문장들을 발췌하는 것이 속 편하겠다고. 마음에 와 닿았다는 것은 동감하는 것이고 그렇게 간절히 바라는 것이니까. 그런데 한 줄 건너 친 밑줄의 내용을 이 지면에 어떻게 다 옮긴단 말인가. 더구나 진짜다, 정말이다, 어머나, 와와와! 를 밑줄의 굵기와 개수로 구분하고 각종 별표와 느낌표로 칠해 놓은 것은 또 어떻게 전달한단 말인가. 따라서 나는 독후감 쓰는 것을 포기했다. 포기하고 나니까 편하다.

"사랑의 감정 없이 수필 한 구절을 얻으려는 것은 맨 땅에 머리를 부딪치는 것보다 무모하다."는 단언에 어찌 감히 반박할 수가 있을까. "수필가는 표현에만 관심을 기울이는 필경사가 아니라 사물에 대한 의미화를 병행하는 문장가"라는 깊은 의도를 어찌 감당할까. "사물의 속살에 감추어진 순수성을 파악하는 감수성을 키우도록 노력하라."는 주문에 어떻게 대응해야 하는가 말이다. "따뜻한 성품이 우러나는 글, 정직한 글, 재치 있는 글, 시원시원한 글, 팍팍 속도감을 내는 글, 적절하게 외래어로 간을 맞춘 글"을 어떻게 하루아침에 쓸 수 있단 말인가.

나도 이 책의 저자가 주문하는 글을 쓰고 싶다. "간소하고 자연스런 문체"를 구사하고 싶다. "담백성과 소박미를 갖춘" 문체를 소유하고 싶다. "미사여구나 수식어를 사용하는 매끄러운 미문이 아니라 간결한 표현 가운데 자유로운 연상이 가능한" 글을 쓰고 싶다. "높은 곳을 바라보되 독자와 함께 호흡하려는 진솔한 문장"을 쓰고 싶다. "맑고 담백하고 깊이 있는 문장"을 쓰고 싶다. "脈이 있는 글, 감동과 인식을 일깨우는 穴이 적재적소에 자리하고 문학적 상상이 가능한 氣가 고르게 퍼져 흐르는 글, 맥혈기가 결속되어 살아 있는 글"을 쓰고 싶다. "작가의 기를 문장으로 옮긴다는" 각오로 쓰고 싶다. "내공이 충만한 글, 사람 냄새가 깔린 글"을 쓰고 싶다. "난삽하지 않고 탄탄한 구성력"을 갖춘 글을 쓰고 싶다. 그렇다. 이 모든 것을 위하여 "수필적인 삶"을 살고 싶다.

필독을 권하고 또 권한다. 미국에 있는 우리 수필가들이 열심히 공부하고 공부하여 수필을 함께 잘 써서 미국에는 수필 잘 쓰는 사람들이 많이 있다는 말을 들었으면 좋겠다. 지방적 공간적 한계 때문에 어쩔 수 없이 내려앉는 것이 아니라 탄탄한 실력으로 한국 문단 시스템에서 소홀히 취급할 수 없는 재미 수필 문단이 되었으면 좋겠다. 이 책 곳곳에 인용되어있는 아름다운 예문들의 작가들과 어깨를 나란히 하여 한국의 수필비평가들이 재미 수필가들의 글을 예문으로 즐겨 사용하고 자랑스럽게 소개하는 날이 하루 빨리 왔으면 좋겠다. 수필 잘 쓰는 재미 수필가들 틈에 나도 도매로 편승하여 수필입문자로서의 자부심을 갖고 싶다.

『사이버리즘과 수필미학』. 수필이란 무엇이냐, 라고 묻는 사람들에게 수필이란 바로 이런 거다, 라고 자랑스럽게 보여줄 수 있는 책이다. 저자의 또 하나의 역작 『좋은 수필 창작론』과 함께 수필의 실체와 품격을 잘 나타낸 저서이다. 수필가들의 자존심을 지켜주는 보루같은 책들이다. 이 시대가 수필평론가 박양근 님을 소유한 것은 수필계와 문학계에 큰 위로이자 축복이 아닐 수 없다.

나의 글쓰기 습관

일단 마음의 그물에 걸린 생각은 어떤 방식으로든 글로 표현하려고 노력한다. 일단 마음의 덩굴손에 붙잡힌 소재는 어떤 형태로든 글에 써먹어야 직성이 풀린다. 수년째 1,600자 일간지 칼럼을 매 격주마다 쓰는 탓에 글에 묶여 산다.

써야겠다고 마음먹으면 가족들을 모두 쫓아낸다. "아들아, 체육관에 가서 몸 좀 만들지?" "당신, 누님이랑 동생 안 보고 싶어요? 너무 오랫동안 찾아뵙지 못했잖아요."라며 어른다. 글을 시작하면 죽이 되든 밥이 되든 방해 받지 않고 초고를 마치고 싶기 때문이다. 더구나 오랫동안 소재가 머릿속에 굴러다니면서도 첫 문장이 생각 안나 괴롭다가 문득 이거다 싶으면 맘이 조급해진다.

여의치 않을 때는 가족들이 모두 잠든 밤 시간을 이용한다. 컴퓨터 앞에 앉으면 일사천리로 쓴다. 지워야 할 것, 버려야 할 것이 많다는 것을 알기에 첫 글은 반드시 컴퓨터를 이용한다. 어쩌다 컴퓨터가 없는 환경에서 글을 쓰려면 억울하다. 초고를 다시 컴퓨터에 입력할 것을 생각하면 맥이 빠진다. 종이에 볼펜으로 쓰자면 생각이 손가락보다 먼저 달려서 답답하다. 고전적인 필기방법만이 줄 수 있는 정돈감과 리듬감각을 얻는 유익은 뒷전이다.

그렇게 쓴 글을 프린트한다. 한숨과 절망의 시간. 빨간 볼펜을 들고 가차 없이 자르고 떼어낸다. 어순을 바꾸고 표현을 달리 한다. 종이가 새빨갛다. 내가 고쳐놓고도 뭐라 했는지 모를 만큼 빽빽하다. 수술을 마친 후 봉합한 바늘구멍마다 터져서 솟구치는 피 같다. 눈썹 하나 까닥하지 않는다. 팔 다리 모두 잘려서 몸통만 남은 불구처럼 보이지만 속은 시원하다.

글 한 편을 쓰면 마감 직전까지 손을 본다. 밤에 고친 것을 출력하여 다음 날 직장에 가지고 가서 틈틈이 읽어보고 고친다. 마지막 날까지 그 일을 반복한다. 신기한 것은 아무리 많이 고쳐도 새로 프린트한 원고를 읽을 때마다 뭔가 고칠 것이 반드시 눈에 띈다는 것이다. 그것이 그렇게 고소할 수가 없다. 이것 봐라, 이 미욱한 것, 여태까지 용케도 살아남았구나, 싶다.

고치고 또 고치다 보면 톡 쏘는 신선감, 최초의 기발했던 영감들이 빠져나간다는 생각으로 억울하지만, 원래의 열정적이고 상큼했던 분위기는 어디론가 사라지고 맥없이 늙어버려 처진 단어들만 캑캑거리는 것 같아 불쌍하고 아쉽지만, 글이란 일단 나긋나긋해야 읽는 사람들이 편안할 거라고 생각한다. 정돈된 부드러움과 낮고 평이한 표현들이 오히려 가슴을 적시고 벽을 뚫을 수 있다고 생각한다. 소금을 잔뜩 쳐서 숨을 팍! 죽여 놓아야만 직성이 풀린다.

교정볼 때 특히 집중하는 부분은 쓸데없는 단어를 잡아내는 일이다. 서너 번 프린트하여 고치고 나면 그동안 눈에 띄지 않았던 중복된 단어들이 눈에 들어온다. 조사 부사도 더 뺄 것은 없는가 살핀다. 셰익스피어는 한 문단에 똑같은 단어를 사용하지 않았다는 것을 늘 염두에 둔다. 구양수는 한 문장을 10년 동안 고쳤다는 일화에 당당하다. 무지막지하게 고친 스타인벡도 위로가 된다. 문법에도 주의를 기울인다. 잘 된 글은 아닐지라도 어법이 맞으면 부드럽게 읽혀서 중간은 간다는 생각이 있기 때문이다.

그동안 맘에 맞는 수필작법 혹은 수필문장론을 만나지 못했었다. 이태준 님의 『문장강화』만 여러 번 읽는 형편이었다. 2009년도에 두 눈이 확 열리는 책을 발견했다. 수필평론가 박양근 님의 『좋은 수필 문장론』이 그것이다. 공부하면서 무릎을 쳤다. 그동안 내가 그토록 목말라하던 모든 것들이 한곳에 오롯이 예쁘게 자리 잡고 앉아 나를 기다리고 있었다. 이 책의 행간에 스며있는 의도까지 내 것으로 만들 때, 나의 글쓰기는 분명 도약하리라 믿는다.

원고가 어느 정도 모양을 갖추기 전까지는 어느 누구에게도 보일 용기가 나지 않는다. 마치 어렵고 어려운 손님에게 세수하지 않은 얼굴로 인사드리는 느낌이다. 원고를 보내기 전날 밤, 남편에게 읽어달라고 부탁한다. 남편은 꼼꼼히 읽어준다. 이해가 안 가는 부분은 물음표를 해준다. 논리가 맞지 않거나 휠휠 나는 사고는 틀림없이 잡아낸다. 남편이 보통 수준의 독자라고 생각하기 때문에 그가 이상하다고 생각하는 부분은 반드시 고친다. "당신 때문에 내가 수준 낮춘다."고 큰소리치지만 남편이 고맙다.

그는 어느 땐 'B+' 혹은 'B', 라고 담백하게 한마디 하는데 'C'라고는 하지 않는다. 영 맘에 안 차는 글에 대해서는 "나같이 이해력

부족한 사람한테는 별로네."한다. 정말 아니올시다 싶을 때는 "어디 가고 싶은 데 없어? 우리 글감 캐러 가자." 한다. 그는 깊은 곳에 잠자고 있는 나의 잠재력을 말살시키거나 미래를 향한 발목을 붙잡지 않으려 애쓴다. 내 자존심의 마지막 보루를 끝까지 지켜준다. 잘못 건드렸다가는 "나 글 안 쓸래." 식의 문학적 슬럼프나 우울증에 빠지지 않을까 염려하는 것이리라. 그러면서도 긴장을 놓지 않게 하는 기술을 가지고 있다.

"별로" 라는 평을 받으면 자존심이 무척 상하지만 애써 그 흔적을 감춘다. 읽어달라고 부탁할 때마다 한번도 싫은 기색을 하지 않는 정직하고 성실한 독자 하나 잃어버리면 이득될 게 없다는 계산 때문이다. 그런 날은 밤을 새운다. 마감이 코앞이라 시간이 없는 탓이다. 어느 때는 지겹다는 생각을 한다. 나는 왜 밥도 국도 안 나오는 이 짓거리밤을 새다보면 이런 생각이 절로 든다.를 하는 걸까. 명예도 물질도 가져다주지 않는 이 바보 같은 짓을, 사람들이 알아주지도 않는 이 거지 같은 짓을 왜 하는 걸까, 한숨이 나온다.

새벽에 남편을 깨운다. 눈조차 뜨지 못하는 그에게 다시 한 번 읽어달라고 부탁한다. 남편은 "에구, 글 쓰는 여자하고 사는 남자에게 주는 상은 없나." 하면서 실눈을 뜨고 읽어준다. 내가 출근하기 전에 송고해야 하니 별 수 없다. 그는 마지못해 "어제 것 보다는 낫다." 거나 혹은 "어제 것이 더 낫다." 고 한다. "어제 것이 더 낫다." 는 소리는 한마디로 재앙이다. 어젯밤 별로라는 점수를 받았던 글이 더 낫다면, 그렇다면 밤새 그 별로인 글을 고치느라 고생한 대가는 뭐냔 말이다. 더구나 시간이 없는데 나더러 어떡하란 말인가.

나는 일단 이메일로 원고를 보내놓고 그 원본을 직장에 가지고 가서 눈치 보아가며 부랴부랴 고친다. 대충 마무리가 되면 남편에게 전화하여 내가 이른 것을 한자도 틀리지 않게 고치라고 협박한 다음 다시 내게 읽어달라고 명령한다. 협박과 명령은 궁지에 빠진 쥐가 사용하는 마지막 수단임을 알기에 그는 고분고분하다. 그가 신문사에 글을 다시 보내고 나면 기자에게 전화해서 이전 것은 버리고 새 것을 취해달라고 부탁한다. 미안해하는 내게 기자는 말한다. "글을 쓰려면 그 정도 근성은 있어야죠."

또 다시 한숨. 조금 일찍, 미리미리 써놓으면 될 것을, 무슨 못된 습관인지 나는 그게 안 된다. 암탉이 알을 품고 꼼짝하지 않듯, 마감 시간 직전까지 손을 놓을 줄 모른다. 한 가지를 붙들고 있는 동안에는 다음 것을 손댈 엄두를 내지 못한다. 일단 글을 하나 떠나보내고 나면 바로 다음 글을 구상한다.

나는 분명히 주부이고 직장인이고 생활인인데 내 속에는 현실과는 전혀 관계 없는 또 하나의 내가 산다. 삶의 모든 것이 글을 쓰는 일로 인하여 의미가 있고 빛이 난다. 글을 교정보거나 새로운 글을 시작하지 않으면 몹시 불안하다.

잡지든, 신문이든 글이 발표되면 타인의 눈으로 다시 읽는다. 글이란, 참 이상하다. 지면에 발표된 글에는 어찌 그리 허점과 구멍들이 많이 보이는 걸까. 간밤에 눈이 짓무르도록 읽을 때는 눈에 띄지 않았던 거친 가시들이 '용용 약 오르지', 하는 표정으로 여기저기

말갛게 떠있다. 당장 컴퓨터를 켜고 고친다. '박격포 받아라, 이것들아. 미안하지만 죽어주어야겠어.' 입술까지 깨문다. 복수를 하고 난 심정이 후련하다. 오랜 시간이 흐른 뒤 심심하면 글을 모아둔 폴더를 열어 다시 한 번 읽어본다. 머리를 쥧는다. 아유, 어찌 이리 유치할까, 싶다. 다시 한숨.

초고가 잡히고 난 뒤에도 일주일 정도 마감 여유가 있을 때는 소설과 시편들을 읽는다. 그때 읽는 글은 얼마나 달고 감칠맛이 나는지. 왜 이렇게 글 잘 쓰는 인간들이 많은 거야, 코가 석자나 빠지지만, 곧 나 자신을 추스린다. 내가 뭐 다른 인간들 때문에 글을 쓰나, 이것밖에는 재주가 없는 나 자신을 위해서 쓰는, 나의 삶의 방식인 걸, 하고 자위한다. 마음이 조금 풀린다.

나는 죽을 때까지 쓰고 고칠 것이다. 조만간 유언장을 써야겠다, 마음먹고 있는데 그 중에 한 가지가 내 컴퓨터에 저장되어 있는 미수정란 글들, 발표하지 않은 글들을 모두 없애달라는 것이다. 얽히고설킨 매듭 투성이어서 미친년 머리 같은, 엎치락뒤치락 횡설수설 정신분열병자의 고백 같은, 농약 먹은 메뚜기 날뛰듯 도무지 맥을 종잡을 수 없는, 도무지 글이라 말할 수 없는 부스러기들을 사람들이 들여다보는 것이 싫기 때문이다.

살면서 지은 죄가 많지만 그중에 가장 큰 죄는 종이낭비다. 나처럼 종이를 함부로 많이 쓰는 사람은 흔치 않을 것이다. 내가 쓴 글뿐만이 아니라 각종 인쇄물을 출력하느라 프린터는 늘 앓는 소리를 낸다. 프린터 종이뿐만 아니라 페이퍼 타월, 티슈, 냅킨 등, 나는 겁

없이 종이를 쓴다. 나무에게 신이 있다면 나는 큰 벌을 받을 것이다. 그러나 어쩌랴. 이 세상에서 가장 만만하고 제일 정겨운 것이 종이인 것을. 책인 것을. 종이로 만들어진 것임을. 부드럽고 순한 식물성향의 종이는 막막한 내 인생길의 커다란 위로물인 것을.

나의 글쓰기 습관. 이 제목으로 쓴 글을 평생 고치게 될 것이다. 한번 읽어 보라고 이 글을 남편에게 주었더니, 읽기도 전에 "너무 길어!" 한다.

4부..

나비처럼, 벌처럼

빅 브라더를 이기는 지혜

달포 전, 필라델피아 주 피츠버그 존스타운에 다녀왔다. 공항에 내리니 휴대폰의 시간은 어느새 현지 시간으로 바뀌어 있었다. 며칠 후 LAX에 도착하니 시간은 또 스스로 알아서 몇 시간 뒤로 물러나 있었다.

지난 주, 연례 가족 여행차 캘리포니아 인근의 주들을 다녀왔다. 애리조나 주 소재의 레이크 파월에서 크루즈를 기다리는 동안 10분 거리의 유타 주에 있는 바닷가에 수영하러 갔다. 장소를 옮기는 동안 휴대폰의 시간은 저절로 앞서갔다 물러가기를 반복했다.

유타 주 소재 자이언 캐니언 관광을 마치고 귀가하는 중에 손가방을 잃어버렸음을 알게 되었다. 이미 유타 주를 벗어나 애리조나 주를 거쳐 네바다 주 라스베가스에 도착한 직후였다. 유타의 허리케인 시에 있는 작은 식당에 있는 가방을 찾으러 3시간 동안 왔던 길을 다시 되돌아가는 동안 무선 인터넷 카드로 식당 주소와 전화번호를 검색할 수 있었다. 낯선 도시, 이름 모를 거리, 스치듯 잠깐 머물렀던 장소를 이동하는 자동차 안에서 입체적으로 찾을 수 있다는 사실이 신기했다. 휴대폰의 시간은 주의 경계를 넘을 때마다 수시로 바뀌었다.

베르나르 베르베르의 연작 장편소설 『신神』에는 예비 신들이 지구성 7호를 상대로 자신들의 괴력을 실험하는 장면이 나온다. 자신들의 모든 은밀한 행위가 수정 구슬 속처럼 낱낱이 드러나는 줄도 모르고 움직이는 인간들을 그들은 맘껏 비웃는다. 초현실 공상 소설인데도 현대인의 본질을 드러낸 묵시적 감각이 소름을 돋게 한다.

누군가가 나를 주시하고 있다. 조지 오웰의 현대판 빅 브라더Big Brother가 곳곳에 산재한다. 우주에 설치된 감시 카메라가 앵글을 이리저리 돌리며 나의 일거수일투족을 지켜보고 있다. 사적인 공간은 이제 더 이상 어느 곳에도 존재하지 않는다. 현대인은 네트워크라는 거미줄에 걸린 곤충이다. 페이스북과 트위터에 올린 글들은 믿을 수 없을만큼 빠른 속도로 인터넷의 바다를 헤엄쳐 다닌다.

빅 브라더의 개념과 맞물려 구글이 추진 중인 G드라이브에 대한 논란이 뜨겁다. 디스켓이나 CD롬, USB 메모리가 필요 없이 PC에 저장된 것을 언제 어디서나 끄집어내어 작업할 수 있는 장치다. 이를 통하여 구글은 나에 대한 정보를 무제한으로 수집할 수 있다. 나의 관심과 취향은 물론, 작성 중인 문서 내용, 어디에서 누구를 만나고 무슨 물건을 사는지 실시간으로 알 수 있다.

G드라이브 방식 활용의 대표주자는 단연 마케팅이다. 맞춤형 광고와 취향을 고려한 구매 추천은 기본이다. 백화점에 있는 나의 모습이 대형 빌보드 스크린에 뜨는데 손에는 광고주가 팔고자 하는 제품이 어느새 들려있는 식이다. 맘에 드는 옷을 들고 서 있으면 그 옷을 입은 모습을 스크린을 통해 볼 수 있는 것이다.

성형수술 후나 머리스타일을 바꾼 후 나의 얼굴이 어떻게 보일 것인가, 혹은 치아 교정 후 얼굴 윤곽이 어찌 변할 것인가, 스크린을 통해 미리 알 수 있게 된 것은 이미 오래전 일이다. 그러나 그것은 어디까지나 개인 정보이고 기밀 유지가 되었다. 이제는 무작위로 내 얼굴이 인터넷에 오르는 것이다. 화상 채팅 등으로 거리와 공간 개념이 사라진 지 오래지만 내가 알지 못하는 빅 브라더가 공개하고 싶지 않은 나의 일상을 지켜보는 것은 그리 유쾌한 일이 아니다. 빅 브라더나 G드라이브보다 더 심각한 문제는 개개인이 이런 추세를 대책 없이 받아들일 수밖에 없다는 것이다. 인터넷을 매개로 한 세계 단일정부의 지침에 나도 모르는 사이에 세뇌되는 것이다.

무엇이 두려운 걸까. 남의 시선을 의식한 행동과 아무도 보지 않을 때 행동이 그리 차이나는 걸까. 요점은 내가 미처 알지도 못하는 사이에 타인이 나를 지켜보는 공포다. 남들의 시선을 의식하지 않고 일관된 의식을 유지하며 살 수 있다면 얼마나 좋을까. 아직도 가슴 속 깊은 곳에서 용솟음치는 작고 내밀한 생각들을 소중한 가치로 여기는 우리가 그나마 저항할 수 있는 대안은 진정 없는가.

아, 있다. 신사임당이 율곡 선생에게 가르쳤던 '신독愼獨' 정신을 연마하는 것이다.

"아무리 작은 일에도 정성을 담는 습관을 들여라. 혼자 있어 보는 사람이 없을 때일지라도 도리에 어긋나는 일이나 부끄러운 일을 하지 말고 자존감을 가지라. 사실상 혼자 있을 때란 없다. 하늘이 항상 내려다보고 있음을 잊지 마라. 비록 혼자 있어도 너만은 너를 보고 있지 않느냐. 네가 너를 받들어야 남도 너를 받든다.”

빅 브라더가 24시간 잠행 추적을 하든 말든 떳떳하고 당당하게 내적 일관성을 유지하며 살 수 있도록 힘을 길러야 하겠다. 신독을 통해 나의 가치와 본분을 다시 점검해야겠다.

형식과 내용

아름다움을 느끼는 대상도 가지가지다. 아름다움에 대한 인식도 세월에 따라 바뀌는 걸까. 시간과 상황에 따라 그 범위가 확장되고 인식 또한 깊고 강하다. 예전에는 결코 아름답다고 여기지 않았을 일에 눈물까지 난다. 산타마리아 소재 미국인 교회에 방문했다가 뜻하지 않게 감동적인 장면을 목격했다.

헌금 순서가 되자 앞쪽에 앉아 있던 네 명의 남자들이 일어났다. 모두 허리가 구부정한 노인들이었다. 그중에 한 명은 다리를 절고 있었다. 얼마나 심한지 상체가 앞뒤 45도 각도로 움직였다. 굴곡진 손마디였지만 사지가 균형을 이루고 있는 것으로 보아 소아마비를 앓은 사람 같지는 않았다. 그는 절룩거리며 자신의 책임을 묵묵히 감당하고 있었다. 그의 행동거지는 무척 자연스러웠다.

저토록 다리를 절 정도면 관절이 망가져도 한참 망가졌을 것이 틀림없다. 통증은 무지 심할 것이다. 하루 이틀 앓은 것이 아니요 오랫동안 진행되어 온 질병임을 알 수 있었다. 그는 흔들리는 상체와 절룩이는 발을 옮기며 앞의자와 뒷의자 사이의 좁은 공간을 뚫고 지나다녔다. 마음이 약한 사람은 금방이라도 벌떡 일어나 내가 대신할 테니 당신은 쉬라 권하고 싶을 정도였다. 그는 마침내 소임을 마치고 자리에 앉았다.

아름다웠다. 파격적인 아름다움이었다. 그가 움직이는 동안 나의 심장은 이상하게 쿵쾅거렸다. 저 아래 깊숙이 가라앉아 있던 온갖 물기가 출렁 올라와 요동쳤다. 그 물은 일시에 뜨거워져서 눈까지 데우고 있었다. 로스앤젤레스에서 출발하어 3시긴 동안 달려오면서 만났던 아침 바다가 온통 내 마음속에 들어와 있는 것 같았다.

멍했다. 떳떳하고 당당한 모습에 충격을 받았다. 있는 모습 그대로 드리는 산제사가 생각난 것은 우연이 아니었다. 주어진 것에 만족하고 감사하여 온전히 드리는 헌신을 생각하게 된 것은 내 감성 탓이 아니었다.

그의 봉사가 자연스럽게 받아들여지고 있는 미국 교회의 성숙한 시스템이 아름다웠다. 미국 교회를 방문할 때마다 '내려놓으면 가벼워지는' 자유에 대한 인식이 새로워진다. 자신의 은밀한 죄와 드러내고 싶지 않은 사적인 불행을 회중 앞에 솔직하게 털어놓고 기도요청을 하는 모습을 대할 때마다 나도 그 무리 속에 섞여 내 속을 다 털어놓고 싶어진다.

거친 생각들이 마구 떠올라 아우성쳤다. 이러한 모습을 과연 한국인 교회에서 기대할 수 있을까. 몸이 조금만 아파도 은혜가 안 된다며 예배를 빼먹기 일쑤고 특히 안내나 봉사책임을 맡았을 경우 보기에 안 좋다며 자타가 제외시키지 않는가. 멋없고 뻣뻣한 남자들이 볼썽사납게 의자 사이를 왔다 갔다 해야 되느냐고, 혹은 사내 주제에 자존심이 있지 초라하게 헌금 바구니 같은 것을 들고 서 있어야 하느냐고 불평하지 않는가. 나긋나긋 젊고 예쁜 여집사들이 봉사해야 한다고 이구동성으로 말한다. 아무도 이의를 달지 않는다. 교회의 주인에게 예배드리러 온 것이 아니라 자신들의 두 눈을 즐겁게 하려는 수작이 아니런가.

장래 꿈이 스튜어디스였던 친구들이 있었다. 8등신 미인의 조짐이 호리도 없었던 나는 스튜어디스는 언감생심, 감히 꿈도 꿀 수 없는 무지개였다. 이민 초기에 국내비행기를 탈 때마다 의아했었다. 나이 60은 족히 되어 보이는 여성, 누가 보아도 예쁘다할 수 없는 얼굴, 4척 단구의 여성들을 바라보며 어떻게 그 어려운 시험을 통과했을까, 궁금했었다.

미국은 흔히 형식의 나라, 겉모양만 중요시하는 나라, 혹은 동포애도 없는 나라라고 말한다. 정말 그럴까. 잘 짜인 형식과 시스템 속에서 안정과 신뢰와 정성과 감동을 느끼는 경우가 얼마나 많은가. 어려움에 처한 사람들을 만나면 시간과 장소를 불문하고 온갖 손해와 고통을 감수해 가며 돕는 천사의 손길이 흔한 것은 어떻게 설명해야 하는가.

미국이 형식을 중요시 한다면 이유가 있지 않을까. 혹 내용이 너무나 소중하여 그 귀한 내용을 감싸고 보호할 수 있는 장치를 마련하고자 하는 노력 아닐까. 남을 탓하거나 감정에 휩쓸려 일을 그르치지 않으려는 합리성과 논리성의 표출 아닐까. 미국이 형식만 챙기는 나라라고 흉보는 사람들은 혹 형식으로 내세울 만한 내용이 없기 때문 아닐까.

　내용과 형식은 뗄 수 없는 유기적인 관계다. 내용이 알차면 형식 또한 아름답다. 좋은 형식은 아름다운 내면을 잘 드러내 주고 보호해 주는 훌륭한 울타리이다.

동서양의 태교학과 그 차이

10월 초 〈타임〉지 특집기사는 '태교'였다. 여러 괄목할 만한 연구 진들의 실험 결과와 성과를 들어 출생 전 태내 환경 9개월이 일생의 건강을 좌우한다는 것을 설득력 있게 기술했다. 암, 심장병, 비만, 우울증, 당뇨, 고혈압, 천식 등의 원인이 유전, 혹은 생활습관에서 비롯된 성인병이라는 전통적인 이론들을 일거에 뒤집는 글이다.

임신부의 건강 상태에 따라 태중 아기가 성인이 되어서 각종 질병에 걸릴 확률을 도출해 낸 부분이 흥미롭다. 비만한 엄마에게서 출생한 자녀는 비만한 성인이 된단다. 당뇨를 앓는 엄마에게서 저체중으로 태어난 아기는 나중에 당뇨가 될 확률이 높다 한다. 우울증이나 불안증을 앓는 임신부는 미숙아나 저체중아를 출산하기 쉽고 그 아기들은 나중에 정신병을 앓을 확률이 많단다. 또 사회적인 격동기나 기근이 심할 때 태어난 이들은 정신분열증을 앓게 될 빈도가 높다 한다. 심장병은 산모의 영양 부족으로 인한 저체중 출생과 강력한 연관이 있단다. 브로콜리나 배추 등을 많이 섭취한 엄마에게서 태어난 아기는 발암물질에 노출되어도 암에 걸릴 확률이 현격히 감소된단다.

마치 이색적인 내용이나 혁신적인 발견이라도 되는 양 특집기사는 의기양양했다. 많이 아쉬웠다. 수많은 연구와 검증을 거친 과학적이고 통계적인 문장들인데 뭔가 빠진 느낌이었다. 비록 세분화된 결과를 제시하기는 했지만 이토록 단순한 결과를 얻기 위해 쏟아 부은 재정과 인력과 시간을 생각하니 아쉬움이 컸다.

산모의 정서와 건강이 태아의 기질 형성과 미래의 건강에 깊은 영향을 미치는 것은 당연하다. 이제 막 걸음마를 뗀 서양의 태교학이 그나마 대견하면서도 초보라는 생각을 떨칠 수가 없었다. 동양의 태교학을 한 문장만이라도 소개했더라면 얼마나 넉넉하고 만족스런 기사가 되었을 것인가.

동양 태교학의 역사는 3천 년이다. 연륜만큼 깊고 고상하다. 태중 9개월을 인격과 품성을 꼴 짓는 기간으로 간주하여 유년기에 출중한 스승에게 배운 10년보다 더 소중하게 여긴다. 좋은 공기와 좋은 책을 가까이 하고 바이러스 감염을 조심하라, 잡된 음식을 먹지 말고 기울어진 자리에 앉지 말고 몸을 단정히 하라 등의 권유는 얼마나 과학적이고 현실적인가. 수백 년 전 허준은 『동의보감』에서 〈타임〉지 특집기사 6쪽 분량의 내용을 단 한 문장으로 명쾌하게 표현했다. "임신부가 화를 내면 태아의 피가 멍들고, 두려워하면 정신이 병들고, 근심하면 기운이 병들고, 크게 놀라면 간질을 갖게 된다."

불교에서 보는 태교의 기본은 올바르게 보고 올바르게 생각하고 올바르게 말하고 올바르게 행동하는 것이다. 영진 스님은 태교의 시작을 인삼재배에 비유했다. 발아율이 20%밖에 안 되는 인삼을 얻기 위해 만 3년간 토양을 휴식시키며 관리하듯 태교를 위해서도 임신

전 모체의 건강을 철저히 돌보아야 한다 했다.

〈타임〉지 특집 기사를 모든 가임기 여성과 그 배우자들에게 권하는 바이다. 단 동양의 태교 문헌을 비교 보완해서 살펴야 한다는 조건을 붙이고 싶다. 서양의 태교가 공상과학이 아니듯 동양의 태교 또한 뜬구름 같은 철학이 아닌 필수교육과정에 도입되어야 할 실천과학이라고 생각한다.

나비처럼, 벌처럼

"나비처럼 날아가서 벌처럼 쏘아라."

전술 혹은 경영전략적인 말이다. 또 있다. 무하마드 알리가 그의 전성기에 남긴 유명한 말이다. 또 있다. 한국에서 방문 온 지인 한 분이 거실에서 아이들에게 즉석 테니스 강좌를 벌이며 해준 말이다.

테니스를 대하는 몸과 마음의 자세를 가르치는데 철학이 따로 없었다. 왜 테니스를 하는가, 스스로에게 확인시키는 과정이 있어야만 테니스를 깊이 사랑할 수 있다 했다. 라켓에 볼이 머무는 시간이 많을수록 볼이 산다고, 지체가 몸에서 가까울수록 강한 힘을 낼 수 있다고 역학의 원리를 곁들여 설명해 주었다. 몸이 좋은 자세를 기억할 수 있을 때까지 한 달이고 두 달이고 볼 없이 연습하는 것이 중요하다 했다. 연습하다 보면 볼의 움직임이 눈앞에 그려진다 했다. 라켓과 볼을 몸이 읽을 줄 아는 경지, 참으로 자유로울 것이다.

아름답고 자유로운 동작으로 나비처럼 움직이고, 볼이 라켓에 닿는 순간 온힘을 실어 벌처럼 쏘라 했다. 이는 집중적인 연습을 통해서만이 획득할 수 있는 것으로 다른 왕도가 없다 했다. 볼을 친 후에 기본자세로 되돌아가는 것은 마음의 평정과 힘의 규합에 절대 필요한 의식이라 했다. 테니스 레슨을 받는 것이 아니라 도를 전수받는 것 같았다.

시범으로 보여주는 그 움직임이 얼마나 시원하고 유연한지. 그는 동작 하나하나를 몇 십번씩 반복하여 보여주었다. 아이들의 머릿속에 모든 동작들이 영상으로 남아있기를 바란다고 했다. 맨 처음 테니스를 배울 때, 자신은 하루에 천 번씩 각 동작을 연습했다고 했다. 말이 천 번이지, 쉬운 일인가. 그가 대학시절 테니스의 일인자라 불렸던 명성은 거저 얻은 것이 아니었다.

테니스를 진정 사랑하는 사람의 참모습을 그는 말이 아니라 행동으로 가르쳐 주었다. 라켓을 든 일거수일투족이 얼마나 진지하고 성스럽고 예술적인지. 그 마음이 얼마나 깊고 뜨거운지. 그의 동작은 아름답다 못해 슬프기까지 했다.

나비처럼 유연하게, 벌처럼 뜨겁게 살 수 있다면 얼마나 좋을까. 우리 인간은 나비가 아니기에, 벌이 아니기에, 나비처럼 날아가서 벌처럼 쏘기 위해서는 피나는 훈련이 필요하리라. 원하는 삶을 살기 위해서는 천 번의 동작연습에 상응하는 간절한 염원과 행함이 필요하리라. 소망과 실천이 있는 삶은 무료하거나 두렵지 않을 것이다.

괴로운 기색 하지 않고 나비처럼 가볍게 살 수 있다면 얼마나 행복할까. 깊고 높은 삶의 목표에 눌리지 않고 밝게 천천히 살 수 있다면 얼마나 유연할까. 삶의 목표를 붙잡았을 때 생명까지 소진시켜 버리는 벌처럼 그렇게 맹렬하게 돌진할 수 있다면 얼마나 행복할까.

수필가 L씨의 연꽃 시리즈 유화 전시회에 다녀왔다. 드디어 해냈구나, 마음으로부터 큰 박수가 나왔다. 나비 같고 벌 같은 삶을 사는 그녀 아닌가. 연습에 연습을 거듭하면 도가 보이는 걸까. 어두운 색조 위에 무심히 떠있는 흰색의 선 하나하나는 순수한 생명력과 깊은 애정으로 빛나고 있었다. 그녀가 팸플릿에 쓴 문장 중에 "연습, 연습, 또 연습"이라는 글귀가 인상 깊었다.

당송 팔대가의 한 사람 구양수는 문장 한 구절에 10년을 두고 퇴고를 거듭했다 한다. 문장에 생명이 깃들 때까지 고쳤다 한다. 나는 언제쯤이나 향기 나는 글 한 편 쓸 수 있을까. 언제쯤이나 살아있는 글 한 편 쓸 수 있을까.

어떻게 하면 아름답게 살 수 있을까. 사랑도, 삶의 목표도, 나비처럼 벌처럼 접근할 수 있다면 얼마나 좋을까. 이 땅에 머무는 시간이 길고 짧음은 하등 문제가 되지 않을 것이다.

교육의 가치와 힘

교육의 가치와 힘은 누구도 부인할 수 없다. 사람은 교육으로 만들어진다. 인간다운 삶을 살기 위해서 교육은 필수다. 그 의미가 광의적이든 협의적이든 교육은 아무리 강조해도 지나치지 않는다.

UC 계열의 합격자가 발표되었다. 한인학생들의 입학이 지난 2년 동안 계속 감소되었다는 소식이다. UC 계열이 주립대학교이어서 비교기준이 되었을 뿐, 우리 한인 자녀들의 실력이 낮아졌다는 의미는 아닐 것이다. 이 캘리포니아 주에 좋은 대학교들이 얼마나 많은가. 교육열이 높은 한인 1세 부모들이 한두 해 사이에 그 의식이 달라졌을 리 만무하고 타주에 소재한 대학을 비롯하여 신문에 발표되지 않은 대학에 다수 진학 했으리라는 것을 넉넉히 짐작할 수 있다. 어느 학교든 우리의 젊은이들이 멋진 미래를 꿈꾸며 면학에 힘쓰는 것을 생각할 때 마음이 뿌듯하다.

버클리 398명, LA 575명, 샌디에이고 990명, 어바인 1,139명이라는 숫자를 보면서 탄성이 나왔다. 나머지 5개 UC 캠퍼스, 아니 UC 계열 이외의 대학까지 감안해보면 해마다 많은 한인 자녀들이 대학에 입학을 하고, 또 그와 비슷한 수가 졸업을 하여 사회에 진출한다는 얘기다. 주류 사회에 뿌리를 내리고 힘을 발휘하는 우리의 자랑스런 아들, 딸들을 생각하니 어깨가 으쓱해진다.

좋은 학벌과 좋은 직업을 갖는 것은 좋은 일이다. 자신이 좋아하는 대학에 가서 원하는 공부를 하고 원하는 직업을 갖는 것은 더 좋은 일이다. 어느 곳에 있든지 좋은 사람들과 더불어 좋은 인연을 맺고, 하고 싶은 일을 하면서 보람을 느낀다면 성공한 인생이다. 몸과 마음이 건강한 시민으로 인생을 의미 있고 기쁘고 즐겁게 살 수 있다면 더 이상 바랄 것이 없을 것이다. 평범하고 소박하지만 교육이 아니면 이룰 수 없는 꿈이다. 참된 교육이란 삶에 유익한 결과를 가져오도록 우리의 기능을 사용하는 능력을 기르고 연마하는 것이다.

우리는 좋은 삶을 사는 사람들에게 '행운아'라고 말한다. '행운', 참 까다롭고 미묘한 단어다. 엄밀하자면 행운이란 없다. 좋은 삶이란 올바르고 가치 있는 일에 정성을 쏟고 피땀을 흘린 노력의 과정이자 결실이기 때문이다. 그러니까 프로 골퍼 타이거 우즈는 천재도 행운아도 아니다. 그는 코치의 지도 아래 피나는 훈련을 한다. 골프 세계의 1인자가 코치의 지도를 받는 것은 언뜻 이론적이지 않다. 그는 코치보다 골프를 더 잘 치기 때문이다. 그런데 왜 코치가 필요한가. 나쁜 습관들을 교정하고 나쁜 습관에 빠지는 것을 방지하기 위해서다. 정직하고 정확한 안목의 피드백이 필요하기 때문이다.

"아는 것이 힘이다."를 실감나게 해주는 유명한 일화가 있다. 수도 기술자 이야기다.

어느 집에 하수도 고장으로 물이 빠지지 않아 온 집안에 역한 냄새가 진동했다. 주인은 자신이 고쳐보려 했지만 어디에 이상이 있는

지 도무지 알 수가 없었다. 그는 결국 기술자를 불렀다. 기술자는 망치로 하수도를 한두 번 툭툭 쳐보더니 몇 분도 안 되어 다 고쳤다며 손을 털고 일어났다. 그가 나중에 보낸 청구서에는 500불이 적혀 있었다. 주인은 황당해서 너무 많은 돈을 청구했다며 불평했다. 기술자가 말했다. "망치를 친 것에 1달러, 망치로 어디를 쳐야 할 지 안 것에 499달러.1 dollar for hitting hammer and 499 dollars for knowing where to hit the hammer." 주인은 아무 반박도 할 수 없었다 한다.

다소 과장되었지만 지식의 힘을 새삼 느끼게 한다. 망치를 때리는 일이 노력이라면 망치로 어디를 쳐야 할지 아는 것은 지식이다. 교육이다. 이제 무작정 노력하는 것만으로는 살기 힘든 세상이다. 알아야 한다. 모든 것을 무작정 아는 것이 아니라 무엇을 왜 알아야 하는지 알고 노력해야 한다.

인생은 다면체이다. 지식과 교육의 정도만으로 삶의 질이 평가되어서는 안 된다. 그 지식과 교육이 다각적으로 적용될 때 진정한 의미가 있는 것이다. 수도 기술자든 골퍼든 우리가 처한 상황에서 보람을 느끼고 행복할 수 있다면, 세상을 너그럽게 볼 수 있는 눈이 있다면, 우리는 진정 교육의 가치와 힘을 대변해 주는 증인이라 할 수 있을 것이다.

참된 성공

한국에서는 쌍기역 4개가 있어야 성공한다고 한다. 꿈, 깡, 끈기, 끈. 어찌 한국에서만 적용되는 개념일까. 인간사회 어디서나 필요한 기본 정서요, 조건들이다.

꿈의 중요성은 아무리 강조해도 넘치지 않는다. 사람의 무게는 꿈의 무게, 사람의 크기는 꿈의 크기, 사람의 가치는 꿈의 가치에 따라 결정된다 했거늘, 꿈은 바로 그 사람이다. 사람의 됨됨이를 재는 척도다.

깡과 끈기는 같은 의미로 해석해도 무방할 것이다. 뒤돌아보거나 곁눈 팔지 않고 목표를 향해 내닫는 신념이다. 때때로 흔들리겠지만 꺾이지 않아야 한다. 타인에게 고집으로 비칠 수 있겠지만, 느리고 부족해 보일 수 있겠지만, 확신을 붙잡고 전진할 때 어느새 자신이 원하던 고지에 다다랐다는 것을 깨닫게 된다.

끈에 대한 편견은 정당하지 않다. 아무에게나 끈의 효용성이 통하는 것은 아니다. 무능한 자에게 주어진 화려한 끈은 무용지물이요, 오히려 재앙이다. 자격과 능력을 갖춘 자만이 끈을 활용하고 소화시킬 수 있다. 타인으로 하여금 자신의 든든한 끈과 배경이 되도록 하기 위해서는 자신이 먼저 타인의 훌륭한 배경이 되어줄 수 있을 만큼 갖추어져 있어야 한다. 좋은 인연을 만나려면 자신이 먼저 타인에게 좋은 인연이 되어야 한다. 인간관계를 넉넉하게 발전시키고 성장시킬 수 있는 사람이 성공하는 것은 당연한 귀결이다.

참된 성공을 아름답게 묘사한 사람이 있다. 랠프 에머슨이다. "자주, 그리고 많이 웃는 것. 현명한 이에게 존경을 받고 아이들에게서 사랑을 받는 것. 정직한 비평가의 찬사를 듣고, 친구의 배반을 참아내는 것. 아름다움을 식별할 줄 알며 다른 사람에게서 최선의 것을 발견하는 것. 건강한 아이를 낳든, 한 뙈기의 정원을 가꾸든 사회 환경을 개선하든, 자기가 태어나기 전보다 세상을 조금이라도 살기 좋은 곳으로 만들어 놓고 떠나는 것. 자신이 한때 이곳에 살았음으로 해서 단 한 사람의 인생이라도 행복해지는 것. 이것이 진정한 성공이다."

아름답다. 성공의 정의와 공식이 모두 들어있다. 이 세상의 허무를 견딜 만한 적당한 이상주의와 이 땅에서 생명을 누리는 자가 예의로 갖추어야 할 현실감각이 알맞게 조화되어 있다. 행간을 읽노라면 성공이 결코 쉽게 얻어지거나 아름답게 즐기는 것만이 아님을 대번에 알 수 있다.

고통 속에 있을 때 유머감각을 잃지 않고 자주 웃을 수 있으려면 깊은 수양이 있어야 한다. 현명한 이에게 존경을 받으려면 현명한 사람 이상이 되어야 한다. 어린아이에게 사랑을 받으려면 어린이만큼 순수해야 한다. 친구의 배반을 참아내는 일, 커뮤니티를 조금이라도 살기 좋은 곳으로 만드는 일은 단순하거나 쉬운 일이 아니다.

겸손과 자아부인이 있어야 하고 눈물과 땀이 요구된다. 자신으로 인하여 단 한 사람이라도 행복해지기를 소망하는 것은 소박하지만 쉽지 않은 꿈이다.

흔히 성공을 위해서는 집중적인 주의력, 엄밀성, 신중과 대담성이 필요하다고 말한다. 벅차다. 쉽고 간단하게 성공힐 수 있는 지침은 없을까. 아! 있다. 앙드레 모로아가 80 평생을 통하여 얻은 삶의 지혜이다. "최소한의 것을 선택하여 완벽하고 철저하게 하라. 그 분야에서 최고가 될 수 있다."

무엇이 성공인가. 왜 성공하고 싶은가. 성공은 목적이 될 수 없다. 자기 자신과의 중단 없는 싸움과 극기의 과정 속에 절로 얻어지는 선물이다. 참된 성공은 나도 살고 타인도 함께 사는 것이다. 내가 성공하기 위해서 누군가가 마음이 아프고 실패해야 한다면 아름다운 성공이라 할 수 없다.

주변을 돌아보면 모든 사물이 말한다. 당신은 성공할 수 있어요. 타인을 향해 조금만 더 미소를 보여 준다면. 길거리에 흩어진 쓰레기 하나 줍는다면. 무숙자에게 깨끗한 지폐 한 장 건네준다면.

하루하루의 승리와 성공이 쌓여 언젠가 큰 성공이 될 것이다. 그 성공을 향한 노력은 오늘 시작해도 늦지 않다.

新솔개론과 新꿀벌론

솔개의 평균 수명은 40년이라 한다. 질병 때문이 아니요, 솔개 특유의 신체조건 때문에 굶어죽는다 한다. 부리는 길게 구부러져 가슴을 찌르고 발톱은 무디어져 더 이상 사냥할 수 없게 된단다. 날개는 두텁고 무거워져서 더 이상 멀리 혹은 높이 날 수 없게 된단다. 이쯤에서 죽음을 받아들이는 것이 통상적인데 그중 70세까지 장수하는 솔개들이 있다 한다.

그들은 신체 변화가 인식되면 높은 산에 홀로 둥지를 틀고 약 6개월간 갱생의 시간을 갖는단다. 제일 먼저 바위에 부리를 갈아 없앤다. 새로 돋아난 날카로운 부리로 굳은 발톱을 모두 뽑는다. 새 발톱이 솟기를 기다려 그 발톱으로 유연성을 잃고 무겁기만 한 날개를 모두 뽑아버린다. 새 깃털이 돋아나 마침내 새로운 신체를 갖게 된 솔개는 30년을 더 산다 한다.

꿀벌은 몸통에 비하여 날개가 너무 작아서 제대로 날 수 없는 몸의 구조를 가지고 있다 한다. 그런데 꿀벌은 자기가 날 수 없다는 사실을 모르고 당연히 날 수 있다고 생각하여 열심히 날갯짓을 함으로써 정말로 날 수 있게 되었다 한다.

솔개론. 전쟁터 같은 경쟁사회에서 하나의 작은 기업이 살아남기 위한 몸부림이요 경영과 구조조정의 은유로 곧잘 활용하는 논리이다. 제2의 인생 설계 관리에 적절한 비유일 수 있다. 나 개인이 수용하기에는 무거운 개념이다.

주어진 40년 수명을 누리는 것만으로도 감사하다는 생각이다. 고통과 외로움을 40년 동안이나 겪었으면 족하지 않은가. 그러한 세월을 연장하기 위하여 제 살을 깎는 그 큰 고통을 더하란 말인가. 더하여 다른 솔개가 누리지 못하는 30년을 덤으로 얻어서 무엇을 하겠다는 것인가. 사회를 아름답게 하는 일에 아무 공헌도 하지 못하고 이기적인 삶에 모두 소모한다면 오히려 장수가 부끄러운 일이다.

꿀벌론도 그렇다. 날 수 없다는 것을 알고서도 굳이 날려고 애쓰는 것은 시간낭비 아닌가. 날 수 없어도 할 수 있는 일이 얼마나 많은가. 미래지향적이고 창조적이고 형이상학적인 목표도 평안을 구하는 삶 앞에서는 헛된 욕심일 뿐이다. 주어진 조건 아래서 얼마든지 행복할 수 있는 길을 찾는 것도 지혜다. 여왕벌을 사랑하여 그토록 열심히 일한다면 아름다운 일이다. 기계적인 삶의 타성에 젖어 몸이 부서져라 날개를 친다면 허망한 일이다. 꿀을 얻겠다는 목적 달성뿐 아니라 진정 꽃의 가치를 느끼고 그와 교류를 나누는 재미도 있어야 한다.

나이 든 솔개와 날지 못하는 꿀벌을 생각한다. 이들을 향한 연민이 고개를 든다. 감정이입을 느끼는 의식 저변에는 두려움과 회의가 깔려 있다.

나는 혹 나이 든 솔개가 아닐까. 젊을 때는 나를 표상해 주고 지

탱해 주는 의미요, 힘이었던 부리랑 발톱이랑 날개가 어느 사이 걸림돌이 되어 나를 죽게 만드는 것은 아닐까. 부리가 가슴을 파고들어 피가 나게 하고, 높은 창공으로 인도해 주었던 그 날개가 무거워 땅에 떨어지게 하고, 아무 쓸모없는 발톱으로 타인을 상처내고 있는 것은 아닐까.

나는 혹 날지 못하는 꿀벌 아닐까. 날 수도 없으면서 날 수 있다고 착각하여 본질적인 것을 구하는데 사용해야 할 삶의 에너지를 단지 날고자 하는 일에 모두 탕진해 버리고 지쳐 버린 것은 아닐까.

아니다. 나는 인간이다. 지혜로운 솔개처럼 다시 태어나는 법을 알지 못한다 해도, 부지런한 꿀벌처럼 날개를 쳐서 날 수 없다 해도, 그들보다 나은 인간이다. 순연한 삶을 받아들일 수도 있고 거스를 수도 있는 인간이다.

단지 생존만을 위하여 굳은 부리랑 무디어진 발톱이랑 무거워진 날개를 뽑고 싶지 않다. 단지 물리적인 충동에 의해 죽자사자 날개 치고 싶지 않다. 삶의 소명이 확실하게 느껴질 때 갱생을 위한 발걸음을 내딛을 것이다. 의미가 확실해야 극심한 고통을 끝까지 견딜 수 있기 때문이다.

삶은 진행되어야 한다

애재라. 무상한 인생이여. 『타임』지에 실린 천연색 사진들이 끔찍하다. 침수된 도로 한가운데 엎어져 반쯤 물에 잠겨 있는 중년 남자. 누워 있는 것이 아니라 엎어져 있으니 숨쉬기가 곤란할 것이다. 아니, 이미 숨 쉬는 일과는 무관한 모습이다. 비 오는 날 웅덩이에 빠져 죽어 있는 새 한 마리 대하듯 사진의 배경은 그렇게 무심하다.

통재라. 허리케인 리타Leeta가 다시 쓸고 간 뉴올리언스 제9지역. 허리케인 카트리나Katrina로 무참했던 그 지역이 다시 침수되면서 지난 몇 주 동안의 복구 작업이 수포로 돌아갔다는 소식. 이제 막 집에 돌아와 진흙더미 속에서 가재도구를 건져내어 말리던 중, 다시 덮친 물에 망연자실하는 사람들. 말문이 막힌다.

새옹지마도 옛말인가. 일단의 불행이 훑고 지나가면 잠시 동안이나마 평안과 안정의 시간이 주어지는 것이 세상 이치거늘, 불행 뒤에 낙이거늘, 겹친 고난은 어찌된 일인가. 액땜 했노라, 그곳의 형제자매들에게 건네줄 위로의 말이 무색하다.

한인 마켓에 갔더니 지진 대비 식량과 물을 사라, 선전이 요란하다. 수년 전부터 닥친다던 LA 대지진이 조만간 온다고 술렁인다. 쓸데없이 라면 한 박스를 사들고 집으로 돌아오면서 쓸쓸했다. 비상식량을 비축한들, 한 달 동안 마실 수 있는 물이 있다 한들, 생명의 보전을 누가 장담할 수 있으랴. 살아남을 가족들과 이웃을 위하여, 라는 변명으로 쓸쓸함을 달랬다.

자연이 통곡하는 것만 같다. 조화와 균형이라는 또 다른 이름을 지닌 자연, 그 자신 무서운 얼굴로 사람들을 공포에 떨게 하고 싶지 않았을 것이다. 가난한 마을을 덮치며 바람도 물도 울었으리라. 진정 이렇게 하고 싶지 않았다고. 그저 거센 압력이 밀려왔을 뿐이라고. 그러니까 왜 이기와 탐욕으로 자연을 거슬러 이런 고통을 당하느냐고 울부짖었으리라.

동부에서 방문한 한 지인에게 위로의 말을 건넸다. 따끔하게 일침을 놓는다. 동부 사람들은 막상 태풍을 두려워하지 않고 잘 적응하며 사는데 유난히 서부 사람들이 걱정해 준다며 당신 자신들이나 지진으로부터 잘 돌보라 한다. 뉴올리언스의 참사는 예외지만 어떤 태풍도 서부 지역의 지진보다 낫다고, 태풍은 덮치기 몇 시간 전에 미리 알고 피하기라도 하지, 지진은 아무 경고 없이 무차별로 닥치기 때문에 더 무섭다 했다.

같은 나라 한쪽에서는 삶의 터전을 잃고 생사문제로 울부짖는데, 다른 지역에서는 태양빛이 화사하다. 웃고 마시고 떠벌린다. 어쩌란 말인가. 지진이 임박했다는 소문에도 불구하고 오늘 꽃나무 한 그루 들여와 뒤뜰에 심어 놓고 얼마 후 피어날 꽃송이들을 상상하며 즐거워하는 것이 잘못된 것인가. 낡고 망가진 부엌 식탁의 전등을 섬세한 유리장식이 반짝이는 샹들리에로 바꾸는 사람에게 한치 앞도 모르는 사람이라고 손가락질 할 수 있는가.

오늘을 사는 것이다. 매 순간을 사는 것이다. 사는 날까지 사는 것이다. 행복할 때 기뻐하고 평안을 누리는 것이다. 시련이 닥칠 때 인내하고 소망하는 것이다. 슬플 때 깊은 사색 속에 우주를 명상하는 것이다. 실패했을 때 겸손을 연습하고 성공했을 때 건배 하는 것이다.

의연하게 사는 것이다. '웃고 있지만 소리 없는 꽃처럼.' 억울해 하지 않는 것이다. '간밤에 피었다가 새벽에 떨어져도 원망 없는 꽃잎처럼.' 앞으로 나아가는 것이다. 괴로운 중에도 아픈 중에도 흐르는 물처럼. 삶의 파도에 몸을 맡기고 리듬을 타는 것이다. 거스르지 않는 것이다. 사랑하고 보살피는 일, 뒤로 미루지 않는 것이다. 그렇게 사는 것이다.

윈윈(win-win) 인생 게임

나는 게임을 싫어한다. 다른 사람을 상대로 이기거나 지는 일에 흥미가 없다. 진정한 실력보다는 요행과 술수가 더 많은 역할을 한다는 생각 때문이다. 아니다. 누군가와 뭔가를 함께 하는 일에 그다지 유연하지 못하기 때문이다. 아니다. 눈치가 빠르지도 않고 요령도 없는 나는 대부분의 게임에서 늘 지기 때문이다.

게임의 내용과 종류에 따라 정도 차이는 있지만 패배했을 때의 낭패감은 실로 파괴적이다. 자꾸 뒤가 돌아보아지고 자신 혹은 타인을 원망하게 된다. 승자를 흠뻑 축하해 주기가 힘들다. 게임을 하는 동안에는 평온하고 온전한 정신을 유지하기가 쉽지 않다. 상대의 움직임에 부정적인 관심이 많다. 상대가 넘어지거나 떨어뜨리거나 늦으면 짜릿한 기쁨을 느낀다. 상대의 실수는 곧 나의 승리와 직결되기 때문이다. 타인의 실패와 눈물과 고통을 밟고 쟁취한 승리가 진정한 승리일까.

게임이라 해서 반드시 이기거나 져야 할 당위성은 없을 것이다. 함께 이기는 게임은 진정 없을까.

풍선 터뜨리기 게임이 있다. 자신의 발목에 묶인 풍선을 보호하면서 상대방의 발목에 달린 풍선을 터뜨리는 게임. 친구도 팀도 없다.

모두가 적이다. 아수라장 같은 시간이 지나고 마침내 한 명이 남는 순간까지 잠시도 마음을 놓을 수가 없다.

이 게임은 어느날 새로운 양상을 띠게 되었다. 지체부자유 아동들에게 주어진 것이다. 그들은 웬일인지 선생님의 지시를 이해하지 못했다. 그들은 타인이 아니라 자신의 발목에 달린 풍선을 터뜨리기에 분주했다. 선생님은 게임을 바로 잡기는커녕 새로운 형태의 게임에 오히려 몰입했다.

거동이 유난히 힘든 소년이 있었다. 그는 자신의 풍선을 고정시키려 애를 썼으나 풍선은 막무가내로 쉴 새 없이 달아났다. 그것을 본 한 소녀가 다가와 약하고 건들거리는 팔로 그 소년의 풍선이 움직이지 않도록 붙들어 주었다. 힘들게 풍선을 터뜨린 후 기쁨에 들뜬 소년은 같은 방식으로 소녀를 도와주었다. 마지막 남은 학생이 마침내 자신의 풍선을 터뜨리자 교실은 일대 환호성이 울리고 축제 분위기가 되었다.

모두가 이긴 것이다. 그들에게 이 게임은 모두가 이겨야 자신도 이기는 것이었다. 한 명이라도 낙오가 되면 자신도 함께 지는 것이었다. 타인의 것을 망가뜨리는 게임이 아니라 자신과의 싸움이요 극기의 시험장이었다. 자기 자신과 싸워 이긴 상대방을 축하해 주고 축하받는 광경이 된 것이다. 멋진 게임이요 아름다운 인간애다.

어차피 피할 수 없는 게임이라면, 함께 이기고 함께 기뻐할 수 있는 게임을 하고 싶다. 주변의 상황에 미동함 없이, 싸움을 하지 않고도 눈빛 하나만으로 상대방을 제압하는 싸움닭의 대명사 목계木鷄

의 카리스마도 없을 바에야, 상대를 도와주어야만이 내가 이길 수 있는 게임을 하고 싶다. 약한 팔, 약한 다리로나마 상대의 흔들리는 목표물을 붙들어 주고 싶다. 넘어야 할 산이나 어려움에 압도당하지 않도록 도와주고 싶다. 상대가 그것의 실체를 두려움 없이 바라볼 수 있도록 해주고 마침내 이기게 해주고 싶다. 상대의 기쁨이 나의 것이 되는 게임을 하고 싶다.

인생을 게임이라 한다. 지상 최고의 게임이 아닐까 싶다. 나 혼자서는 치를 수 없는 게임. 타인이 도와주어야만이 살아날 수 있는 게임. 같이 이겨서 서로 상대방을 축하해 줄 수 있는 게임. 나는 인생의 게임만큼은 이기고 싶다.

우리 모두는 각자 힘겨운 인생 게임을 하고 있다. 우리 모두가 서로의 장애물을 붙들어 준다면 얼마나 아름다울까. 상대를 괴롭히는 문제의 실체를 붙들어 줄 수 있다면, 상대가 현실을 직시할 수 있게 한다면 얼마나 큰 도움이 될까. 앞에서 옆에서 뒤에서 서로 도와주고 함께 뛰어주는 이웃과 친구들이 있다면 얼마나 위로가 될까. 선택의 여지조차 없이 날이면 날마다 삶이라는 게임에 나서는 마음이 더 이상 외롭거나 처절하지 않을 것이다.

원수의 머리에 쌓는 숯불

B.C. 550년 경, 시리아 왕이 이스라엘과 전쟁을 하고 있었다. 그는 신하들과 은밀하게 의논하여 여러 곳에 진을 쳤으나 번번이 실패로 돌아갔다. 선지자 엘리사가 신통한 병법으로 이스라엘의 왕을 돕고 있다는 것을 알게 된 그는 엘리사를 붙잡기 위해 군대를 보낸다. 엘리사는 신법으로 그 군인들의 눈을 어둡게 만들어 이스라엘의 한복판 사마리아 도시로 인도한다. 이스라엘 왕이 그들을 군대로 칠 것인가, 엘리사에게 묻는다.

엘리사가 대답한다. "치지 마소서. 그들을 칼과 활로 사로잡았다 해도 그렇게 해서는 아니 되거늘 하물며 신의 도움으로 잡은 그들을 어찌 쳐 죽이려 하십니까? 떡과 물을 그 앞에 두어 그들로 먹고 마시게 하고 그 주인에게로 돌려보내소서." 왕은 잔치를 크게 열어 그들로 배불리 먹고 마시게 한 다음 시리아 땅으로 돌려보내니 그로부터 다시는 이스라엘 땅을 침략치 아니하였다.

원수가 주릴 때 먹이고 목마를 때 마시게 하는 것은 숯불을 그 머리에 쌓아두는 것과 같다는 성서의 잠언이 그대로 적용된 아름다운 이야기다. 원수를 선대하는 것은 악에게 지지 않고 선으로 악을 이기는 평화의 병법이다.

이라크에서 김선일 씨가 피살되었다. 무고한 그가 희생을 당하였다. 공포 속에서 며칠 동안이나 생명의 위협을 겪다가 결국 죽음을 당하였다. 군인도 아니요, 정치인도 아니요, 죄를 지은 사람도 아닌데, 참수를 당하였다. 외국의 민간인이 무기로 무장한 집단의 인질로 잡혀 살해되었다.

원통하여라. 그의 주검이 길가에 함부로 버려졌다. 하마터면 아무도 모르고 지날 뻔하였다. 머리가 잘린 채 훼손된 그의 시신이 이역만리 낯선 땅에 내동댕이쳐진 일은 그가 희생당한 사실 못지않게 분노할 일이다. 그의 주검에 대해서 저들은 최소한 인도적이어야 했다.

어떻게 하면 골수에 새길 수 있을까. 어떻게 하면 원수의 머리에 숯불을 얹는 것이 될 수 있을까. 저들의 목적은 분노를 자극하는 일이다. 분노가 사람을 어찌 만든다는 것을 아는 사람들이다. 신중하고 냉철해야 한다. 분노의 에너지를 인류 평화를 모색하는 큰 걸음으로 만들어야 한다. 개인이 원수를 선대하는 것은 어렵고 힘든 일이다. 그러나 국가는 가능하다. 편협한 시각이 아니라 거시적인 안목과 지혜로 오늘의 충격과 분노를 다루기 원한다. 평화를 추구하는 성숙한 외교를 통해 원수의 머리에 숯불을 쌓기를 기대한다.

김선일 씨는 이제 역사의 아들이다. 우리의 형제요, 친구다. 그는 유관순과 다르다. 신념 때문에 죽는 것은 두렵지 않다. 그는 명분 없이 희생되었다. 후세는 그의 죽음을 더욱 심도 있게 다룰 것이다.

한국 정부는 충격과 경악에 빠진 국민들에게 성숙한 자세를 보여야 한다. 김선일 씨의 죽음이 모든 지구인의 가슴에 길이 남게 해야 할 숙제가 한국 정부에는 있다. 그의 희생을 빌미로 비굴하게 나라의 유익을 구걸하지 않기 바란다.

그의 희생이 정치적 수단이 되어서는 안 된다. 한시적인 이벤트가 되지 않기를 바란다. 졸속 판단이 유보되기를 바란다. 제2, 제3의 김 씨가 없기를 원한다. 무조건 파병 반대로 목소리를 높일 일이 아니다. 피켓을 들고 거리로 나서는 일과성으로 끝나서는 안된다. 나비의 후태풍이 되어 세계인의 마음에 경종이 되어야 한다. 전쟁과 증오의 황폐성을 지구인 한 사람 한 사람의 가슴에 깊이 새기는 계기가 될 수 있도록 해야 한다.

안타까운 아침이다. 온 지구가 그의 희생을 아파한다 해도 별반 달라질 것이 없을 나라 간의 행태와 패권주의를 생각하니 더욱 절통하다.

옛날 옛날에

삶에 지칠 때, 우리는 종종 과거를 그리워한다. "옛날에는 이렇지 않았는데" 혹은 "그때는 쉽게 해결이 되었는데"라고 쉽게 말한다. 힘들었던 때조차도 달콤하게 회상하면서 "그때가 좋았다."고 서슴없이 말하는 것이다.

그러나 회상해 보라. 과거에 그대는 항상 행복했던가. 아닐 것이다. 기억의 한 편에는 눈물과 한숨과 아픔이 고여 있을 것이다. 그 당시에도 고통스러운 때가 많았고 행복할 수 없는 여건들이 도처에 많이 있었다. 삶의 어느 단계를 회상해 보아도 늘 유약하고 미숙한 자아가 있었고 제한된 자유가 있었다.

살아온 지난 세월이 처절하게 아프고 고통스러웠음에도 불구하고, 생명에 위협을 느낄 만큼 험난한 시절이 있었음에도 불구하고, 옛날에는 사람 사는 맛이 있었고 훨씬 여유로웠다고 말한다. 어느 민족도 겪기 힘든 일제의 압박과 6 · 25와 분단의 비극과 온갖 반공법 등에 얽매어 자유롭지 못한 세상을 건너왔음에도 불구하고 때때로 그리움으로 그 시절을 추억하는 것이다.

지금은 모두 지나간 일이 되었기 때문이다. 그 모든 어려움을 지나 현재까지 살아남았기 때문이다. 오늘 우리의 건재는 결론적으로 그 모든 고난을 성공적으로 극복했다는 의미이므로. 나의 현존 자체로 모든 과거를 용서하는 것이다. 아무리 쓰라린 과거도 너그럽고 달콤하게 포장하여 감싸는 것이다.

과거가 현재의 삶에 미치는 영향은 무시할 수 없다. 현실이 힘들 경우, 그 과거는 여러 가지로 해석될 수 있다. 좋았던 과거에의 향수 때문에 오늘의 힘든 현실을 받아들이기가 더욱 힘들다고 변명할 수 있다. 혹은 과거에 기반을 마련하지 못한 탓에 오늘 이런 고통을 당한다고 불평할 수 있다.

지난 일은 일단 접어두는 것이 현명하다. 이 시간, 과거에 대하여 끊임없이 되뇌고 고민하고 노력한다 해도 이미 일어난 과거를 한순간인들 우리 힘으로 바꿀 수 있는가. 오늘을 충분히 살 수 없을 뿐더러 미래도 망치기 십상이다. 내일을 위해 열심히 투자하고 건설해야 할 오늘이라는 귀한 시간을 낭비함으로써 결국 미래까지 손해 보는 것이다.

그러니까 오늘, 서럽고 억울한 일이 있다 해도 그 감정을 빨리 털어 버릴 필요가 있다. 어둡고 부정적인 생각에 침몰 당하기 전, 긍정적인 상태로 마음을 바꾸려고 노력해야 한다. 우리 인간의 생각이란 가만히 두면 한없이 나쁜 쪽으로 흘러가는 경향이 있으므로 자주 점검하여 바로잡아 주지 않으면 안 된다. 올바른 생각이 건설적이고 창조적인 궤도 위에서 잘 달리고 있는지 수시로 살펴보아야 하는 것이다.

행복한 오늘과 내일은 좋았던 과거가 만들어 주지 않는다. 과거가 어떠했든지 간에 오늘을 어떤 시각으로 바라보느냐에 따라, 어떤 마음 자세로 현실을 대하느냐에 따라 행, 불행은 결정된다. 과거를 교훈으로 혹은 방해꾼으로 받아들이는 것은 자신의 선택이다. 결국 매 순간 자신을 발견하고 응시할 줄 아는 사람, 자신의 현실을 객관적으로 바라볼 줄 아는 용기를 지닌 사람이 알찬 미래의 주인공이 될 수 있는 것이다. 그런 사람은 과거와 상관없이 현실을 잔잔하고 평온하게 받아들일 수 있다. 그런 사람은 다른 사람의 과거도 너그럽게 받아주고 용서할 줄 안다.

인생에는 모든 단계마다 나름대로 고통과 즐거움이 따르게 마련이다. 감당할 수 있을만한 일들이 그때그때 주어지는 것이다. 그러니까 오늘 비록 고통스런 시간 속에 처해있다 할지라도 사건의 핵심을 잘 파악하여 현명하게 대처한다면 몇 년 후에는 틀림없이 좋았던 과거가 될 것이다.

우리는 옛날을 그리워하지만 그때로 돌아갈 수도 없고 그때처럼 살 수도 없다. 우리에게 허락된 선택의 폭은 오늘이라는 시간에 한정되어 있다. 과거에 붙잡혀 시간을 낭비하느니 오늘이라는 시간을 충분히 음미하고 즐기는 편이 훨씬 좋다. 닥쳐올 미래를 두려워하지 말고, 오늘, 기분 좋은 사람들과 더불어 우정을 나누며 창조적이고 아름다운 삶의 목표를 향해 한 걸음씩 앞으로 나아가는 것이다.

세상에는 많은 가치가 있다.

내겐 신앙과 문학이 있다.

나를 내려놓을 수 있는 곳, 나를 표현할 수 있는 장치를

소유한 것에 큰 위로와 감사를 느낀다.

5부..

낭비된 사랑

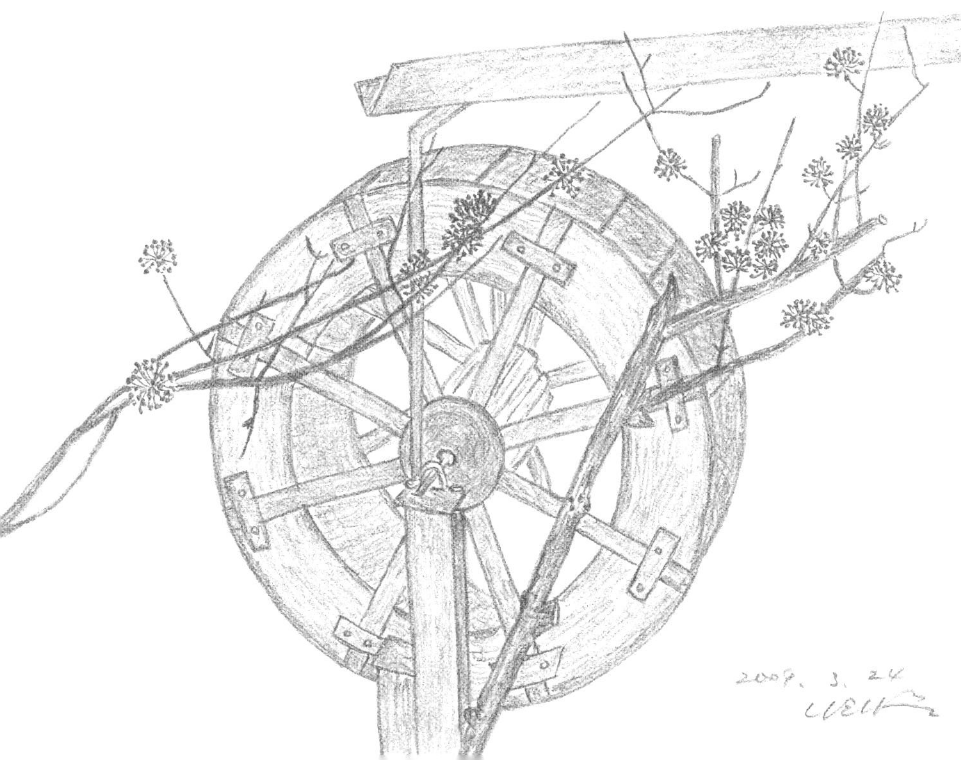

함께 사는 마을 이야기

'함께 사는 마을' 이야기 하나 해줄까. 가까운 선배가 그곳에 살고 있지. 이 마을은 남녀가 대등한 인격적인 관계로 살자고 동의한 사람들이 모여 사는 곳이야. 이웃이 모두 친구요 가족이라대. 의식 있는 이들이 많고 특히 사회과학을 공부한 운동권 출신들이 많아. 젊고 패기 많은 인간들이 모여 사는 곳이기도 하지.

그렇다고 뭐 특별난 것은 없다고 해. 다른 사람들 사는 모양대로 산다는 뜻이지. 남녀 사는 모습이 대동소이한 것 아니겠어? 여자는 여자 남자는 남자, 늑대의 목도리 여우의 허리띠 뭐 그런 거지.

남자는 남성적이고 결단력 있는 멋으로 약하고 순한 아내를 감싸는 목도리임에는 예외가 아니라는 얘기야. 여우의 허리띠로 표상되는 여자도 마찬가지야. 나대는 정도가 남자에 비해서 좀 심하다는 것 외에는 같은 맥락이지. 그 내용 한번 들어볼래?

남편으로 하여금 자신이 돌봐주지 않으면 금방이라도 험한 세상사에 붙들려 죽고 말 여자라는 인상을 갖게 하는 여자. 남편의 심기를 잘 읽어내는 여자. 남편의 허리를 붙잡고 자신이 원하는 것을 한들거리는 몸짓으로 획득하는 여자. 알면서도 모르는 척 바보 같은 몸짓으로 남편에게 다가가는 여자. 꼬치꼬치 캐묻거나 따지거나 닦달

하지 않는 여자. 이 세상 사람 모두 외면해도 아내만은 믿어주고 따라줄 거라는 믿음을 주는 여자. 아둔하고 미련해 보이는 맹순이 연기로 남편을 단단하게 붙잡는 여자. 여우같은 여자 아니겠어? 앙큼하면서도 귀여운 아내지.

함께 사는 마을에는 이렇게 통상적인 것 이외에도 몇 가지가 더 있는 모양이야. 툭 트였다고 할까. 용기가 있다고 할까.

하루는 선배 남편이 술을 마시고 늦게 들어왔다대. 아니 새벽이었다던가. 전화 한 통 없이 밖에 나간 남편이 들어오지 않으니 그녀는 꼬박 밤을 새웠겠지. 까칠한 몰골로 들어오는 남편에게 물었다지. 외박한 이유가 무어냐고, 전화 한 통 줄 수 없었느냐고.

남편은 무척 피곤했던 모양이지. 피곤해 잠 좀 자게 해줘, 했대. 밤새 한숨도 이루지 못해 힘들었던 선배는 그만 인내심이 바닥났던 모양이야. 대답하라고 소리를 질렀다지. 남편은 아내의 심정을 돌아볼 여유가 없었던 모양이야. 아무 대꾸 없이 침대 속으로 기어들어갔다나. 선배는 이불을 젖히고 점잖게 말했다지. 지금 대답하지 않으면 얼굴에 호스 물을 끼얹는다.

설마, 그럴까, 했겠지. 침대가 젖고 이불이 젖고 방이 젖으면 누가 손해인데. 주부가 처리해야 할 일이잖아. 남편은 할테면 해봐라, 대꾸도 하지 않고 그냥 이불을 뒤집어썼다네. 잠시 후. 그녀는 정말 긴 호스를 안방까지 끌어와서 침대에 누워 있는 남편에게 물세례를 주었다지. 남편은 그제야 깨닫고 미안하다 했대.

그러기가 쉬운 일 아닌데. 그렇게 할 수 있었던 선배의 용기에 박수를 보내야 할지 말아야 할지. 당신이 여자라면 선배처럼 할 수 있겠어? 당신이 남자라면 물세례를 맞고도 화내지 않고 미안하다 사과할 수 있겠어?

다음 이야기는 좀 더 심해.

그 동네의 한 젊은 부부가 싸움을 하고 있었대. 둘 다 자기주장을 굽히지 않고 상대방에게 고래고래 소리를 지르고 있었다지. 대단했다고 해. 그런데 동네 친구들이 놀러왔다나. 두 사람은 아랑곳하지 않고 싸웠대. 사람들은 말릴 생각도 안하고 둘러앉아 지들끼리 놀았다지. 부엌에서 음료까지 내다 마시고 웃고 떠들면서 말이야.

그런데 문제는 아내 쪽에서 일어났대. 소변이 마려웠던 거야. 여자는 생각했다지. 급하긴 한데 화장실에 가서 용무를 보고 나오면 슬그머니 싸움이 끝나 버릴 것 같고 그러면 자기의 생각을 관철시킬 수 없을 것 같더래. 그래서 생리현상을 무시하고 막 싸웠다지. 그러다가 더욱 급해지니까 잠깐 마음이 흔들렸대. 이쯤에서 그만 둘까. 아니야. 끝을 봐야지. 그녀는 대단한 결단을 내렸다지. 그래서 그냥 그 자리에서 소변을 보아버렸대. 선채로, 바지를 입은 채로 그냥 오줌을 싸버렸다지. 싸움의 맥을 끊지 않으려 소리를 질러가면서 말이야. 어떻게 되었겠어? 싸움은 그것으로 끝이 났대. 남편이 백기를 듦으로써.

지금까지 그 마을에서 회자되는 이야기로는 백미라 하더군. 재밌지? 정말 재미있지? 나도 가끔 그렇게 하고 싶어.

아니야, 진실을 말하자면 난 그렇게 하고 싶지 않아. 난 내 남편이 말도 없이 밖에서 밤을 지내고 새벽녘에 집에 들어오는 것 싫어. 그의 얼굴에 호스 물을 뿌리는 것도 싫어. 사람들 앞에서 고래고래 소리 지르며 그와 싸우고 싶지 않아. 바지에 오줌을 싸고 싶지도 않아. 세상에 뭐 별 볼 일 있다고 그렇게 악다구니로 살겠어? 그러니까 함께 사는 마을의 일원이 될 수 없는 거겠지? 어? 그런데 왜 이렇게 갑자기 슬퍼지는 걸까? 재미있는데. 정말 재미있는데. 너는 알아? 내가 왜 이렇게 눈물이 나는지?

낭비된 사랑

옛날 얘기 하나 해주마. 어느 작은 나라의 왕에게 공주가 한 명 있었대. 공주는 정말 아름다운 여인이었단다. 궁궐을 지키는 한 군인이 그녀가 지나가는 것을 보았어. 그는 즉시 사랑에 빠졌지. 가난한 군인이 왕의 딸을 사랑하게 되었으니 어찌 되었겠나. 그렇지만 그는 견딜 수가 없었어. 먹을 수도 없고 잠들 수도 없었지. 마침내 공주를 만나 그녀 없이는 더 이상 살 수 없노라고 고백했대. 감동을 받은 공주는 그에게 말했다지. 그대가 내 방 발코니 아래에서 100일 동안 밤낮으로 기다린다면 마지막 날 저는 당신의 것이 될 거예요. 어라, 그는 즉시 그녀의 발코니 아래로 달려갔지. 하루가 지나고 이틀이 지났어. 10일 지나고 20일이 지나갔지. 공주는 매일매일 창문을 통하여 꿈적도 하지 않고 앉아 있는 그를 발견할 수 있었어. 비가 오고 바람이 불고 눈이 와도 그는 항상 그곳에 있었지. 새가 그의 머리에 실례를 해도 벌이 와서 쏘아도 그는 꿈쩍하지 않았어. 90일이 지나자 그는 비쩍 마르고 창백해졌어. 두 눈에서는 하염없이 눈물이 흘렀지. 그 눈물은 내내 그치지 않았어. 공주는 이 모든 것을 놓치지 않고 지켜보았지. 그런데 어찌된 일일까. 99일째 되는 날 밤 그 군인은 벌떡 일어나더니 의자를 들고 그 자리를 떠나가 버렸단다. 왜 그랬는지 이유는 묻지 마라. 나도 모르니까.

영화 〈신 시네마 천국〉에서 나이 든 영상기사 알프레도가 사랑의 열병을 앓고 있는 청년 토토에게 해준 이야기다. 오랜 시간이 지난 후, 토토는 알프레도에게 대답한다. "이제는 그 군인이 왜 100일을 채우지 않고 떠나갔는지 알 수 있을 것 같아요. 하루 밤만 더 지나면 공주는 그의 여인이 될 수도 있었겠지요. 반면에 그녀가 약속을 지키리라는 보장도 없었을 거구요. 그것은 군인에게 끔찍한 일이었을 거예요. 마음이 너무 아파 살 수 없을 겁니다. 그러나 떠남으로써 그는 적어도 99일 동안 공주가 자신을 기다렸을 거라는 환상을 품을 수 있었겠지요."

토토의 해석이 옳은 건가. 허무맹랑하다고 지나치기에는 영감적인 이야기다.

군인이 자신의 사랑을 마지막 순간에 멈추어 버린 이유는 무엇일까. 토토의 말처럼 배신당할 것이 두려웠던 걸까. 깨질 것이 두려워 사랑을 진행시키지 못하는 것은 얼마나 슬픈 일인가. 공주가 자신을 기다렸을 거라는 환상을 안고 떠나는 것은 일말의 위로가 될지언정 그녀와 함께 하는 행복을 누릴 기회는 영영 사라진 것 아닌가. 설령 배신으로 인한 절망으로 죽음에 이른다 할지라도 일단 부딪쳐 보아야 하지 않았을까. 사랑을 얻고자 생명을 건 고통을 겪은 뒤에 미래를 포기한 것은 현명한 일인가.

만약에, 만약에 말이다. 다른 이유가 있었다면 어찌 되는 것일까. 날이 더해갈수록 공주를 향한 그의 사랑 또한 더욱 깊어지고 견고해졌다면. 비록 즉흥적이고 시각적으로 시작된 사랑이지만 목숨이 위태로운 지경을 넘나들면서 수없이 번민하고 인내하면서 마침내 죽음보다 더 강한 사랑의 속성과 진정성을 깨달았다면. 공주의 사랑을 획득하는 것보다 더 귀한 가치를 발견했다면. 공주를 보호해 주는 것이 참된 사랑이라고 결론지었다면.

그는 생각했을 것이다. '그녀는 어쩌면 그냥 장난삼아 한마디 툭 던졌을는지 모른다. 그렇지 않다 하더라도 그녀와 나, 하늘과 땅만큼 현격한 신분 차이를 어떻게 뛰어넘을 것인가. 나의 무모한 행동 때문에 그녀가 난처한 입장에 빠질 수 있다. 약속을 어긴다면 그녀는 거짓말쟁이가 된다. 공주의 권위에 손상을 주는 일이지. 사랑하는 공주에게 그런 오점을 남기게 할 수는 없어. 약속을 지킨다 하더라도 그녀가 감수해야 할 고통과 희생은 상상을 초월하는 것이다. 사랑하는 그녀에게 그렇게 큰 아픔을 안겨줄 수는 없지. 내 사랑을 희생하는 편이 나아. 그녀를 향한 나의 사랑은 이것으로 충분히 전달되었다고 생각해. 그녀를 아끼는 최선의 길은 이제 조용히 물러가는 것이야.'

그러니까 그가 떠난 이유는 공주가 약속을 지키지 않을 경우 자신이 받을 상처가 두려워서라는 이기적인 발상보다는 공주의 입장을 먼저 생각했을 거란 얘기다. 자신이 물러남으로써 터무니없는 희망을 던져준 그녀의 실수를 감싸주는 것이다.

공주의 입장은 어떤가. 두 가지다. 장난스런 마음으로 한순간 군인에게 거짓 희망을 주었는데 그가 결사적으로 매달리는 것을 보고 겁이 났을 수 있다. 그의 일시적인 감정을 잠재우는 한편 그의 진정성을 재미삼아 시험해 보고자 했던 일이 점점 심각한 상황으로 전개되는 것을 바라보며 두려움을 느낄 수 있다. 그래서 100일이 다가오는 동안 그를 처리할 궁리를 할 수 있다. 구실은 얼마든지 만들 수 있다. 스토커 수준 아닌가. 불안 조성, 프라이버시 침해, 근무 태만 등 마음만 먹으면 어떤 죄목이든 가능할 것이다. 그녀는 군인이 떠나가자 큰 짐을 내려놓은 듯 후련해 할 수 있다. 그녀는 생각할 수 있다. '골칫거리가 사라졌구나. 나는 거짓말쟁이가 되지 않아도 되고, 나라에 웃음거리가 되지 않아도 되고, 로열 패밀리의 권위에 금이 가는 일을 하지 않아도 되고.'

또 하나의 가정은 공주도 그를 진정 사랑했을 거라는 것이다. 시간이 지남에 따라, 목숨을 건 고행을 하고 있는 군인을 지켜보면서 공주도 그를 더욱 사랑하게 되었다면 어찌 되는 걸까. 그녀 자신이 그를 연모하여 100일을 꼬박 기다렸다면. 100일 동안 기다릴 필요 없다고, 당신을 사랑한다고, 그러니까 공주로서의 모든 특권을 포기하고 궁궐에서 쫓겨나 평민으로 살더라도 당신과 함께라면 행복하겠다고, 당장 달려가 말하고 싶은 마음을 오히려 꾹꾹 눌러 참고 있었다면. 평민과의 쉽지 않은 사랑을 위하여 그녀는 마음으로부터 단단히 준비하고 있었는지 모른다. 그런데 그가 갑작스럽게 떠나버림으로 마음에 큰 상처를 입고 공황상태에 빠질 수 있다.

그녀는 정말이지 군인의 지고지순한 사랑에 감탄했을 수 있다. 군인이 보여준 행동은 누구나 쉽게 할 수 있는 일이 아니다. 목숨을 건 용기이다. 그녀의 여린 마음을 당장에 무너뜨릴 수 있을 법하다. 그의 행동을 통하여 그녀는 삶에 대한 그의 열정과 성실과 인내 등을 동시에 엿볼 수 있었을 것이다. 그녀 또한 군인 못지않게 진지할 수 있다. 더구나 그녀는 맨 처음부터 군인의 고백에 감동했다 하지 않았던가.

로열 패밀리의 일원으로 그녀가 받은 교육은 그리 허술하지 않았을 것이다. 자신과 신분이 맞지 않은 사람에게 거짓 약속을 할 만큼 경솔하지 않았을 것이다. 평민을 대하는 일에 있어 특수교육으로 단련된 사람이 함부로 책임 없는 말을 내뱉는다는 것은 현실적이지 않다. 더구나 아무리 가벼운 장난이라 할지라도 마음에 와 닿지 않는 남성에게는 어떠한 긍정적인 반응도 보이지 않는 것이 여성의 보편적인 심리라고 볼 때 공주는 정말 그를 사랑했을 가능성이 크다.

공주가 군인을 진정 사랑했다면 그의 돌발적인 행동에 대한 그녀의 반응은 두 가지로 나타날 수 있다. 자신의 사랑을 짓뭉갠 병사에 대한 분노 때문에 적당한 구실을 만들어 그를 감옥에 가두거나 유배를 보내거나 심지어 목숨을 거둘 수도 있다.

다른 가정은 공주가 그 병사를 찾아내어 사랑의 결실을 맺는 것이다. 자존심은 하등 중요하지 않은 것이다. 군인이 공주를 떠난 이유를 알고나면 그를 더욱 사랑할 수 있을 것이다. 그 두 사람 앞에 놓여있는 높은 난관을 넉넉히 헤쳐나갈 견고한 사랑을 확인하는 것이다.

어떤 결론이 나든 아름다운 이야기다. 슬픈 이야기다. 사랑 이야기는 크든 작든 아름답고 슬프다. 영상 속에서 지어낸 짧고 단순한 이야기이지만 사랑의 속성을 유감없이 보여준다. 속절없는 인간의 마음에 기댄 사랑이 겪는 안타까움과 덧없음을 얘기해 준다.

군인의 사랑은 낭비되었는가. 언뜻 보면 그렇다. 깊이 들여다 보면 아니다. 인간은 사랑을 통하여 성숙을 경험한다. 삶의 가치와 존엄성이 한 차원 높아진다. 자신이 사랑하는 한 영혼을 통하여 세상 만물의 이치를 깨닫고 우주를 넘나들게 된다. 사랑은 성공하든 실패하든 자신의 삶과 세상을 더 깊어진 눈으로 바라볼 수 있게 한다. 삶의 의미와 존재의 아름다움을 깨닫게 한다. 사랑은 결코 낭비가 아니다. 사랑은 사랑스러운 존재이어서 반드시 선하게 보답한다. 사랑은 결코 배반하지 않는다.

많은 종류의 사랑이 있다. 예쁜 사랑, 둥근 사랑, 병든 사랑, 아픈 사랑… 수많은 형용사를 다 동원한다 해도 가장 폭넓게 어울리고 받아들이는 단어가 사랑이다. 사랑의 개념을 묘사하는 일에 형용사가 그리도 많은 이유는 그만큼 사랑의 정의가 어렵기 때문 아닐까. 사랑은 살아있는 유기체이므로. 사랑은 인격이므로.

낭비된 사랑의 대표는 예수의 사랑이다. 그는 신의 위치를 버리고 인간의 몸을 입었다. 오직 자신의 사랑을 증명하기 위하여. 그가 채찍을 맞아 고통 중에 있을 때, 그가 목숨처럼 사랑했던 열두 제자는 모두 도망하였다. 그의 수제자 베드로는 세 번이나 그를 부인하고 저주했다.

그의 사랑은 진정 낭비되었는가. 아니다. 이천 년이 흐른 지금 그의 사랑은 날이 갈수록 점점 확실한 열매를 맺고 있다. 사랑은 사랑스러워서 결코 배신하지 않는다 말하지 않았던가.

내가 원하는 사랑은 영원히 변치 않는 사랑이다. 아무리 오랜 세월이 흐른다 해도 추호의 갈등이 없는 사랑. 시간이 갈수록 오히려 강한 확신과 소망이 되는 사랑. 아무런 두려움이나 의심 없이 그이 앞에 당당히 나갈 수 있는 사랑. 한 번 한 약속은 절대로 지킬 것이라는 신뢰가 있는 사랑. 그 사랑의 깊이와 넓이와 높이를 가늠할 때마다 더욱 성장하고 더욱 행복해지는 사랑. 한숨과 눈물조차 아름답게 만들어 주는 사랑. 예수의 사랑이다.

이 순간, 소중한 그 사랑의 힘으로 나를 일으켜 세운다.

아직도 끝나지 않은 사랑 이야기

마음을 깨끗하게 하는 데에는 두 가지 방법이 있다 한다. 고통과 고난을 겪는 것, 깊이 사랑하는 것. 바다는 태풍이 불어야 깨끗해지고 하늘은 비바람이 세차게 몰아쳐야 깨끗해지듯 사람들은 고난을 통해 깨끗함과 순결함을 얻을 수 있단다. 역설적이지만 깊이 있는 주장이다.

고통을 많이 겪고나면 세상 욕심이 사라지고 오히려 감사가 그 빈 곳을 채우기 마련이다. 욕심이 줄면, 세상 보는 눈이 맑아진다. 사물을 있는 그대로 받아들이게 되는 것이다.

깊이 사랑하면 마음이 깨끗해진다는 논리 속에는 경험해 본 사람만이 이해할 수 있는 정서가 배어있다. 진정 깊은 사랑은 주고 또 주어도 모자란다. 준다는 생각조차 하지 못한다. 상대방에게 자신이 주는 사랑과 상응하는 사랑을 기대하지 않는다. 자존심을 느낄 겨를도 없고 기대했던 반응이 없다고 원망하지도 않는다. 상대방이 원하는 방식대로 사랑하기 위해 자신을 변화시키는 일에 뼈를 깎는 노력을 한다. 상대방의 자율과 의지를 존중하고 인식하므로 오래 참고 기다릴 줄 안다.

눈에 보이지 않고 애매모호한 사랑을 측정하는 기준 다섯 가지가 있다 한다. 깊이, 넓이, 지속, 순수, 표현을 살펴보면 진행중인 자신의 사랑의 현주소를 알 수 있단다. 다섯 가지 조건 중 한 가지만 부족하여도 건강한 사랑에 의문을 품어보아야 한다고 충고한다.

깊고 넓고 지속적이고 순수하며 마음을 전달할 수 있을 만큼 표현하고 있는가. 넘치지도 부족하지도 않은 임계선 사이에 섬세하게 존재하는 것이 사랑이다. 사랑하기란 어려운 일이다. 여러 사람을 동시에 사랑하는 일이 불가능한 이유가 여기에 있다. 사랑의 폐쇄성과 유일성에 대한 대답이다.

최근 하버드 대학의 심리학자들이 인간관계 범위를 연구발표 하였다. 한 사람이 애정과 관심을 가지고 상대방과 관계를 유지할 수 있는 범위는 최대한 8명이고 적정숫자는 5명 이내라 한다. 사랑이란 고도의 집중력을 요구하는 것이어서 많은 사람들을 동시에 사랑할 수 없다는 속성에 비추어 보면 설득력 있는 이야기다.

사랑은 상대방의 마음을 끊임없이 확인하고 알고자 한다. 예수님도 베드로에게 물으셨다. "네가 다른 사람들보다 나를 더욱 사랑하느냐." 베드로는 후세가 대대로 인용하는 명답을 내놓는다. "주여, 내가 주를 사랑하는 줄 주가 아시나이다." 사랑은 말로 표현하지 않아도 상대방이 알게 되는 것이다.

사랑에 빠진 사람들은 마음 갈피가 여리다. 상대의 마음을 알 수 없어 번민한다. 자신의 사랑이 상대보다 더 많다고 생각하기 때문에 늘 절망에 빠지고 불안하다. 사랑의 감정은 통한다는 사랑의 속성을 알면서도 믿을 수 없는 것이다.

　마음을 깨끗하게 유지하고 싶은 이들이여. 그대가 감당하고 있는 고통을 좀 더 껴안을 일이다. 그대가 통과하고 있는 고난을 넉넉히 이길 일이다.

　그대가 품고 있는 사랑을 더욱 퍼줄 일이다. 어느 날 그대는 조용하고 깊은 사랑의 본질을 만나게 되리라. 사랑이 떠난다 할지라도 마음이 산만해지지 않고 여전히 온유하고 조용한 정신을 갖게 되리라. 마침내 순수하고 순결한 마음을 소유하게 되리라.

　혹자는 말하리라. 또 사랑타령인가. 그래도 얘기하리라. 사랑은 아무리 얘기해도 넘치지 않는 소재라고. 아직도 사랑 이야기는 끝나지 않았다고.

아기 소나무 한 그루의 마음

쓸쓸한 해변 한쪽에 거북 바위 하나가 살고 있었다. 외로운 그는 몇날 며칠이고 잠을 자는 때가 많았다. 어느 날, 잠에서 깨어보니 아기 소나무 한 그루가 그의 곁에서 자라고 있었다.

이 해변은 왜 이렇게 텅 비어 있는가, 묻는 아기 소나무에게 그는 퉁명스러웠다. 강한 바람이 한 번만 불어와도 이 어린 소나무는 뿌리째 뽑혀 어디론가 날아갈 것이었다. 가슴앓이를 하지 않으려면 정을 주지 않아야 했다.

바위의 이야기를 듣고 나서도 아기 소나무는 희망을 잃지 않았다. 키를 키우는 대신 땅속 깊이 뿌리를 단단하게 내리는 일에 전력했다. 해풍은 피부를 따갑게 했지만 아기 소나무는 잘 참아내었다. 그렇게 여러 날이 지나갔다.

아기 소나무는 키는 작지만 다부진 뿌리를 갖게 되었다. 거북 바위는 그가 대견하였다. 어느새 정이 들고 말았던 것이다. 어느 날 바위가 한숨을 쉬며 말했다. 오늘 밤 태풍이 닥칠 거라고. 그는 작별 인사를 했다. 밤 사이 아기 소나무는 흔적도 없이 사라지고 말 것이었다.

밤새 강한 태풍이 불어온 다음 날 아침, 세상은 아무 일도 없었다는 듯 평화스럽기만 했다. 바위는 자신의 눈을 의심했다. 아기 소나무가 여전히 우뚝 서 있었다.

소나무는 꽤 자라났다. 언제부턴가 여러 그루의 아기 소나무들이 그의 주변에서 자라기 시작했다. 아기 소나무는 자신의 경험과 지혜를 나누어 주며 그들을 보살폈다. 어느 날 거북 바위가 소나무에게 말했다. 며칠 후면 태풍이 또 다시 닥칠 거라고.

어느 때보다 강한 태풍이었다. 다음 날 아침 바위가 눈을 떠보니 모든 소나무들이 한 그루도 소실되지 않고 모두 자리를 지키고 있었다. 아기 소나무가 기쁨에 가득 차서 말했다.

"바위 아저씨. 저는 이 어린 소나무들 때문에 살아남았답니다. 아저씨가 태풍이 불어올 거라고 말씀하신 날부터 저는 어떻게 하면 이 약한 아기들을 보호할 수 있을까 궁리했어요. 어린 소나무들의 뿌리를 단단히 붙잡았죠. 죽어도 같이 죽고 살아도 같이 살겠다는 각오였어요. 우리는 서로의 뿌리를 단단히 붙들어 하나로 연결하였죠. 이 세상 어느 큰 나무 뿌리에도 견줄 수 없을 만큼 튼튼하고 강한 뿌리였어요. 모진 태풍도 넉넉히 이길 수 있었답니다. 처음에 어린 소나무들을 도우려던 것이 저를 살려주었어요."

오랜 세월 동안 텅 비어있던 이 해변에는 이제 울창한 소나무 숲이 형성되었다. 어떻게 이곳에 이런 기적이 일어나게 되었는지 아무도 알지 못하였다.

일전에 보았던 동영상의 내용이다. 내가 소속되어 있는 공동체가 얼마나 소중한지 실감나게 해주는 이야기다.

혼자라도 살겠다고 이웃의 손을 잡지 않은 소나무가 있었다면 어찌 되었을까. 왜 없었겠는가. 그들을 설득하고 다독여 한마음으로 만든 성숙한 지도자의 모습이 아름다웠다. 합력하여 선을 이룬다는 생생한 교훈이 감동적이었다.

그렇다. 약한 존재들일지라도 한마음이 되면 아름답고 놀라운 결과를 만든다. 다른 이를 돕는 일이 나를 살리는 경우가 얼마나 많은가. 괴로운 이들은 자원 봉사를 통해 아픔을 잊는다. 속수무책의 내 문제에서 벗어나 공동체의 아픔에 참여하다 보면 어느새 나의 일은 해결되어 있는 경우가 많다.

약한 나를 받아주고 나의 흉허물을 덮어주는 공동체가 있다는 것은 얼마나 귀한 일인가. 그 공동체를 사랑하는 것은 나를 살리는 길이다. 누군가의 약한 손을 붙잡아 줌으로 내가 살 수 있다. 흔들리는 이웃을 붙잡아 주고 감싸줌으로 내가 반듯하게 설 수 있다.

나도 나보다 약한 누군가의 손을 붙잡아 주어야 하겠다. 약한 나를 붙들어 주는 강한 팔에 의지하여.

센티멘털 벨류

아이의 자동차는 함부로 구겨놓은 종잇장 같았다. 차마 마주 바라보기가 민망했다. 그 속에서 아이가 다치지 않고 살아 나왔다는 것이 믿어지지 않았다. 아이는 등굣길에 직진하다가 좌회전하는 차량에 운전석을 떠받치면서 오른쪽으로 밀려가 신호등을 들이받았다. 조수석 차문이 운전석 가까이까지 밀려들어와 있었다. 양쪽에서 얼마나 심하게 충격을 받았는지 선루프가 떨어져 나가고 바퀴 네 개가 모두 바깥을 향해 휘어 있었다.

아이는 형에게 미안하다 했다. 자동차는 애초에 대학에 간 큰 아이가 탔던 차다. 6만 마일이나 뛴 중고차를 큰 아이는 살뜰히 아꼈다. 여러 기기들과 부품들을 교체하면서 갖은 애정을 쏟았다. 운전면허증을 취득한 동생에게 이 차를 건네주면서 새 차를 얻은 기쁨보다는 인생의 첫 차, 정든 차를 포기해야 한다는 상실감이 더 컸던 아이였다.

폐차가 결정되었다. 대학 기숙사에 있는 큰 아이가 전화했다. 집에 가져다 놓을 수 없냐며 간곡히 부탁했다. 자기 눈으로 직접 보고 싶다 했다. 방학이 되어 집에 돌아온 아이는 만 두 달 동안 땡볕에 그을리며 자동차와 씨름했다. 아이는 온전하다 싶은 것은 모두 분리해 내었다. 특수 장비를 구해서 엔진도 떼어냈다. 마침내 허물만 남은 자동차는 적막하기가 그지없었다. 고물상에서 빈 깡통 같은 차를 가지러 온 날, 아이는 파트타임으로 일하는 직장에 결근하고 차를 배웅했다.

아이는 손바닥과 손등과 발등이 찢기고 해어졌다. 자동차 부품가게를 수도 없이 들락거렸다. 자동차가 조금씩 해체되는 전 과정을 영상에 담아 자신의 블로그에 시리즈로 올려놓았다. 나는 모른 척 했다. 옛 자동차와의 인연을 갈무리하고 있는 아이의 마음이 고스란히 만져졌다. 부품 하나라도 길이 보관하여 추억하고자 하는 아이의 마음을 알고 있었다. 말 한마디 감정 표현 없이 묵묵히 일하는 아이에게는 감히 간섭할 수 없는 결연함이 있었다. 방해하고 싶지 않았다.

센티멘털 벨류sentimental value의 강한 힘에 이끌리고 있는 아이를 바라보며 나의 정서적 가치를 생각했다. IQ보다는 EQ로 삶을 버텨온 나는 지금껏 센티멘털 벨류에 얽매어 살아오지 않았나 싶다. 아끼는 물건들과 사랑하는 사람들이 많다. 그들은 내게 작은 우주다. 추억을 불러내 주고 과거의 발자취를 돌아보게 하는 매개체이다. 타임머신 역할을 훌륭히 감당한다.

아버지가 주신 들기름 먹인 합죽선이 있다. 날개에 붓으로 쓴 '정淨, 명明, 온溫' 세 글자를 만나는 순간 삶의 이정표를 발견한 것처럼 심장이 쿵쿵거렸다. 합죽선을 바라보고 만질 때마다 삶의 의욕이 솟는다. 삶의 고달픔이 순식간에 고결함으로 바뀐다. 가보 1호가 될 것이다. 저자의 사인이 들어있는 책들을 무척 아낀다. 시간이나 공간, 사람도 있다. 사랑의 고통을 일기장에 쏟아놓으며 밤새웠던 젊은 날들. 힘들 때마다 찾는 물가. 세월이 흘러도 퇴색되지 않는 인연들.

안다. 물리적인 가치, 부질없다는 것. 언젠가는 낡고 없어진다는 것. 그러기에 더욱 애달프다. 물질이나 희소성의 여부나 역사성을 뛰어넘는 것이기에 더욱 귀하게 느껴진다. 센티멘털 페이보릿sentimental favorite 혹은 센티멘털 어태치먼트sentimental attachment 등은 얼마나 적합한 별명인가.

내 존재의 센티멘털 벨류는 얼마일까, 감히 궁금해 하지 않기로 한다. 언젠가 사랑하는 이들에게 나 자신이 센티멘털 벨류가 되기를 바라는 마음으로 살기로 한다.

『천 개의 찬란한 태양』의 후예들

아프가니스탄 여성들이 겪는 고통이 유난히 아프다. 할레드 호세이니의 소설 『천 개의 찬란한 태양』의 영향이다. 그는 소설 속의 반인도적인 여성학대가 실재적이고 공공연하다 했다. 자국의 여성들을 위한 전 세계의 관심과 도움을 호소하기 위해 이 글을 썼다 했다.

ABC가 세계 여성의 날에 즈음하여 보도한 아프간의 17세 소녀 베베에 관한 뉴스가 뒤늦게 화제다. 베베는 12세 되던 해, 집안의 빚 때문에 아내라는 이름으로 팔려갔다. 그녀는 매일 폭행을 당하며 반 노예 생활을 하던 중 도주하다 붙잡혀 남편에게 코와 양 귀를 잘렸다. 그 형상이 전쟁터에서 상한 군인들보다 더 처참해서 현지의 미 육군 의사들이 경악했다 한다. 인간이 인간에게 이런 악행을 저지를 수 있는 잔인성이 믿어지지 않는다 했다.

동영상으로 만난 그녀는 천진하고 예쁜 소녀였다. 코가 잘려나간 모습으로 말하고 웃고 노래하는 그녀를 보니 가슴 깊은 곳에서부터 뜨거운 물기가 올라왔다.

이 기사를 접할 당시, 나는 무라카미 하루키의 『1Q84』를 읽으며 소설에 그려진 여성학대에 멀미하고 있었다. 소설 속의 남자들은 아내들을 교묘한 방법으로 고문한다. 겨드랑이, 사타구니, 허벅지, 성기 등, 눈에 띄지 않는 신체의 모든 부분을 때리고 난도하고 담뱃불로 지진다.

21세기 현대에 수천 수만의 베베가 존재한다. 아프간에서는 여성의 90퍼센트가 여러 형태의 폭력과 학대를 당하고 있다 한다. 코와 귀는 물론 유방까지 남편의 손에 잘린다. 현지의 한 비밀여성보호소는 2007년에 문을 연 이래, 몸과 마음이 만신창이가 되어 도망 나온 1,500명의 여성들이 보호를 받았거나 받고 있다 한다.

전문가들은 해결책으로 여성들의 교육을 꼽는다. 여성들의 무지가 문제란 말인가. 남성들의 교육이 선행되어야 한다. 여성이 행복하지 않는데, 남성은 행복할까. 교육을 통하여, 필요한 모든 지원을 통하여 어두운 그 땅에 따뜻하고 밝은 빛이 흘러들기를 기원한다.

단지 나약한 여성이기 때문에 온갖 비인도적인 처우와 학대를 당해야 한다면, 세상은, 미쳤다! 인간의 생명을 잉태하고 출산하고 기르는 여성은 우주를 소유하고 있다. 그 우주를 합당하게 대접하지 않으면 당연히 인류는 자멸한다.

오늘도 단말마의 고통을 견디고 있는 아프간 여성들의 신음이 귀에 들리는 듯하다. 몸과 마음과 영혼을 준 남성에게 따뜻한 감사와 보호를 받는 대신, 착취와 폭력과 유린을 당하는 여성들의 피눈물이 선하게 보이는 듯하다. 자유와 인권과 행복을 추구하는 미국, 신앙과 양심과 학문의 자유가 보장된 땅에 살면서, 허접한 일상사로 불행한 나는 죄스럽기만 하다. 아무 공로 없이, 아무 대가 없이, 내가 누리고 있는 이 자유가 부끄럽기만 하다.

여성의 날, 나는 나 자신을 위한 화려한 이벤트 없이 보낸 것이 억울했었다. 미안하다.

3월의 기화요초들이 붉고 화려하다. 활짝 피어 보지도 못하고 어두운 그늘 속에서 꺾이고 있는 인간 꽃들을 생각한다. 오늘만큼은 어떤 색의 립스틱을 바를까, 어떤 스타일의 옷을 입을까, 어떤 액세서리를 할까, 어떤 음식을 먹을까, 생각하지 않기로 한다. 세상의 모든 학대받는 여성들을 위하여 할 수 있는 일이 무엇일까, 생각하기로 한다. 천 개의 찬란한 태양, 그 빛줄기마다 매달려 있는 여성들의 눈물을 잊지 않기로 한다.

사랑인가 자식인가

헌팅턴 도서관에 자주 간다. 한 개인이 커뮤니티에 환원한 문화유적. 인간이 만든 문화의 빛나는 자존심과 신이 빚은 자연의 오묘한 아름다움을 함께 맛볼 수 있는 곳이다. 사계절을 무론하고 꽃과 물과 예술이 함께 숨 쉬는 곳이다.

마음이 지치고 슬플 때는 자연만 돌아본다. 여러 종류의 정원들을 둘러보고 연못가에 무질러 앉아 물고기들의 유희나 물오리들의 장난을 구경한다. 혹은 데저트 가든 옆, 나무 그늘이 많은 잔디밭에 누워 하얀 물방울이 눈앞에 떠돌 때까지 깊고 푸른 하늘을 멍하니 바라보기도 한다.

마음이 평안할 때는 도서관이랑 갤러리들을 돌아보며 문화의 꽃들을 즐긴다. 1400년대에 인쇄된 구텐베르크 성경을 비롯, 각종 희귀본들 안에 그려진, 활자라기보다는 차라리 섬세한 그림이라 할 만한 아름다운 서체들과 황금을 입힌 그림들을 바라보며 감탄한다. 18세기의 귀족들이 벽에 즐비하게 늘어서서 그윽한 눈길로 내려다 보는 갤러리에서는 발걸음마저 우아해진다.

일전에 헌팅턴 갤러리에 들렀다가 특이한 그림 두 점과 조우한 기쁨이 컸다. 한 이야기가 두 개의 액자에 여러 점의 그림으로 나뉘어

들어 있는데, 자원봉사자 오웬 씨의 말에 의하면 원래는 3부작이었는데 결말 부분의 액자가 소실되었다 한다. 아무도 원작의 내용을 알지 못하여 각자 추측과 상상을 하는 것이 묘미라며 그림 이야기를 들려주었다.

18세기에 어느 왕이 꽃 같은 처녀를 새 왕비로 맞아들였다. 그는 어린 신부를 아들에게 소개했다. 왕자는 왕비와 춤을 추면서 그녀를 사랑하게 되었다. 그는 시름시름 앓았다. 의사가 불려왔다. 그는 왕자를 진맥한 뒤 모든 사람들을 물리고 나서 왕에게 은밀히 말한다.

"왕자님은 지금 상사병에 걸렸습니다. 그는 왕비를 사랑하고 있습니다." "어떻게 그것을 아는가?" "왕자님의 맥박은 지극히 정상입니다. 그의 방을 보십시오. 온통 왕비의 초상화로 가득 차 있지 않습니까? 병을 고치지 못하면 왕자는 죽을 것입니다. 대왕의 결단이 필요합니다."

왕은 고민에 빠졌다. 그는 아들을 생명처럼 사랑했다. 그는 왕비를 깊이 사랑했다. 아들을 죽게 할 것인가. 아내를 포기할 것인가.

그림의 내용은 여기까지다. 왕의 결정은 사라진 세 번째 액자에 담겨있다 했다. 오웬 씨는 내게 물었다. "만일 당신이 왕이라면 어떤 결정을 내리겠는가?" 남자가 아니어선가, 답이 쉽지 않았다. "남자인 당신이 말하라", 오히려 그에게 반문하니 자신이 왕이라면 아내를 택할 것이라 했다. 아들보다 아내가 더 중요한가 물으니 사랑은 피보다 진하다 했다. 아들이 죽는 것은 슬프지만 그 또한 사랑을 하겠다고 결심함으로 빚어진 아들의 선택이라 했다.

"왕비가 왕자를 진정 사랑한다면 어찌하겠는가", 물으니 그는 염려 없다 했다. 그녀가 설령 왕자를 사랑한다 해도 왕을 선택할 것이 자명하므로. 여자는 사랑보다는 권력과 부를 원한다 했다. 여자에 대한 편파적인 논리이기도 하고 한편으로는 수긍이 가는 면도 없지 않아 반박이 쉽지 않았다.

그는 적지 않은 사람들이 나처럼 혼란스러워 한다면서 심각하게 생각할 필요가 없다 했다. 이곳에서 많은 사람들과 대화를 하는 동안 자신의 맘에 드는 이야기를 조합하여 가상의 스토리를 만들었다며 유쾌하게 얘기를 시작했다.

원작을 추측컨대, 왕은 신부에게 선택권을 줄 것 같다 했다. 현명한 왕은그림에 나타난 그의 얼굴은 연륜에서 빚어진 지혜로 번득인다. 여성에게 어려운 결정을 떠맡기고 자신은 궁지에서 빠져나온다는 것이다. 왕비가 어떤 선택을 하든 왕은 백성들의 동정을 얻으면서 꺼림칙한 여타의 문제들을 확실하게 처리할 수 있는 발판을 마련한다는 것이다. 스스로 비정한 부정을 행사하지 않아도 됨과 동시에 왕비의 마음을 알아볼 수 있는 일거양득의 효과를 얻는다 했다.

"당신이 만일 왕비라면 누구를 택할 것인가", 그가 내게 물었다. 망설임 없이 대답했다. 왕을 사랑한다면 왕자가 죽는다 해도 왕을 따를 것이고 왕자를 사랑한다면 부와 권력이 아무리 유혹적이어도 사랑을 선택하겠다고.

사랑은 피보다 진한가? 죽음과 맞바꾸어도 될 만큼 진정 가치가 있는 것인가?

현대판 인디언의 기도

　힌두 신앙을 가진 인도인 친구가 자신이 모신 신상들을 보여준 적이 있다. 특별히 구별해놓은 방에는 각종 신상들과 향, 기름 등이 차려있었다. 그녀는 기도를 드리기 전 목욕재계를 하고 마음도 함께 구별하여 드린다 했다.

　퀘이커 교도들은 종교적인 상징으로 손을 사용한다. 기도를 시작할 때 손바닥을 위로 향함으로써 자신이 신에게서 필요한 모든 것을 받았다는 것을 나타낸다. 그 다음에는 손바닥을 아래로 하고 기도함으로 모든 근심과 걱정을 자비롭고 사랑이 많으신 신에게 맡긴다는 것을 표현한다. 시각적인 형식과 표현은 때로 마음까지 정돈해 준다고 볼 때 가끔 이들처럼 기도하고 싶어진다.

　이슬람 교도들이 무릎을 꿇고 일렬로 엎드려 어깨와 엉덩이를 나란히 하고 기도드리는 모습을 대할 때마다 잔잔한 감동을 느낀다. 본성적으로 이기적인 인간이 한 모양 한마음이 되는 것은 얼마나 아름다운가. 형식에 회의를 느낀다 해도 마음이 없으면 그마저 갖출 수 있는가.

　육신이 없으면 마음 담을 곳이 없듯, 형식이 없으면 기도할 수 없다. 마음이 다스려지지 않으니 눈을 감아 세상으로부터 자신을 격리

시킨다. 살아있는 자존심을 낮추기 위해 무릎을 꿇는다. 욕망과 이기와 미움으로 어지러운 마음을 한곳에 집중하기 위해 두 손을 모은다. 무릎을 꿇고 두 손을 모으고 머리를 낮춰 엎드리는 일은 비록 형식에 지나지 않는다 할지라도 아름답다.

기도의 형태에 공식이 있겠는가. 어느 형태로든 한 뜻으로 마음을 모으면 기도가 될 것이다. 자신의 영달과 이기적인 목적이 아닌, 나 이외의 다른 사람과 상황을 위하여 드리는 기도는 더없이 귀하고 아름답다.

지난 주말, 아이 세 명이 한꺼번에 외박을 하였다. 침낭을 들고 나서는 아이들의 뒷모습을 바라보며 흐뭇했다. 미국 암학회American Cancer Society에서 주최하는 생명을 위한 릴레이Relay For Life 기금 마련 행사에 간다 했다. 라 크레센타에 있는 한 고등학교에서 열리는데 교회 청년들이 단체로 참가한다 했다. 수백의 참가팀 중, 적어도 한 팀당 한 명이 순번을 정하여 24시간 동안 한순간도 놓치지 않고 운동장 트랙을 걷거나 뛰는 릴레이 기도를 한다 했다.

생명을 위한 릴레이. 20여 년 전 한 남성의 헌신으로 시작된 이 행사는 오늘날 미 전국 곳곳에서 3백만 명이 참여하는데, 전 세계 20여개 나라에서도 개최될 예정이라 한다. 암으로 생명을 잃은 사람들의 넋을 기리고, 암을 극복한 사람들을 격려하며, 암과 투쟁하는 사람들을 위한 프로그램을 활성화 시킨다는 취지 아래, 언젠가는 이 지구상에 암이 퇴치될 날이 오기를 희망하는 마음으로 24시간 동안 끊임없이 트랙을 도는 수백 명의 사람들.

현대판 인디언 기도라는 생각이 들었다. 옛날, 사막에 사는 인디언들은 오랫동안 비가 내리지 않으면 기우제를 지냈다. 물이 없으면 온 부족이 죽을 판이니 기도의 정성이 오죽했을까. 기우제를 지내기만 하면 어찌된 셈인지 반드시 비가 내렸다. 주술적이고 신비한 어떤 묘책이 있었던 것일까.

비결이 있었다. 비가 내릴 때까지 몇날 며칠 동안, 심지어는 한 달도 넘게 기도를 드리는 것이다. 기간은 일정하지 않았다. 비가 내려야만 기도가 끝이 났다. 소원이 이루어질 때까지 끊임없이 빌고 빌었던 것이다. 기도는 반드시 응답받는 셈이 되는 것이다.

기도의 제목을 가진 이웃이 많다. 타인을 위해 기도하는 이웃도 많다. 자신을 위해서가 아닌 이웃과 커뮤니티의 평안을 위해 기도하는 인간의 모습, 아름답다고 생각한다. 함께 더불어 기도하는 것은 더 아름답다. 자신의 약함을 인정하는 릴레이 기도는 현대판 인디언 기도가 될 수 있다. 반드시 응답받는 강한 기도가 되는 것이다.

자신이 소유한 신앙에 대하여 경건한 자세로 몸과 마음을 구별하는 것은 현대의 어지러운 사건과 소음들을 비켜갈 수 있는 비결 아닐까. 마음이 아름다워지고 싶은 사람은 기도할 일이다.

작은 등불 하나

며칠 전, 산타모니카 비치에 다녀왔다. 사람도 별로 없는 해변을 안전요원들이 지키고 있었다. 따가운 햇볕에도 아랑곳하지 않고 임무에 충실한 젊은이들의 모습이 믿음직스러웠다. 그들을 바라보며 오래 전, 한 해안 지역에 해일이 닥쳤을 때 들었던 일화가 생각났다.

해일이 물러가자 큰 파도로 인하여 해안까지 밀려왔다가 미처 바닷물 속에 들어가지 못한 수천 수만의 불가사리들이 모래벌판에 가득했다. 작렬하는 햇볕에 말라 서서히 죽어가는 그들의 모습은 참혹했다. 한 기자가 취재차 현장에 들렀다가 바닷물에 뭔가를 계속 던지고 있는 한 소년을 만났다. 무엇을 하느냐는 질문에 소년이 대답했다. "불가사리들을 바다에 돌려보내고 있어요." 답답한 기자가 말했다. "소년아, 그 방법으로 어떻게 네가 이 넓은 모래벌판에 가득한 불가사리들을 모두 살릴 수 있단 말이냐." 소년은 불가사리 하나를 집어 바다로 던지면서 말했다. "알아요. 그렇지만 제가 방금 바다속으로 던진 불가사리는 운명이 바뀌었어요." 그는 말을 하면서도 쉬지 않고 자기가 하던 일을 반복했다.

우리는 흔히 작고 보잘 것 없는 나의 선행 하나가 이 거대한 세상에 얼마나 영향을 미칠 것이며 무슨 가치가 있을 것인가, 회의를 갖는다. 용기를 잃지 않을 일이다. 작은 정성 하나가 불가사리의 생명을 구하지 않았는가.

시인 나태주 님의 작품 중 「시詩」는 작은 선행에 대한 빛나는 결론이다. "마당을 쓸었습니다 / 지구 한 모퉁이가 깨끗해졌습니다 // 꽃 한 송이 피었습니다 / 지구 한 모퉁이가 아름다워졌습니다 // 마음속에 시 하나 싹텄습니다 / 지구 한 모퉁이가 밝아졌습니다 // 나는 지금 그대를 사랑합니다 / 지구 한 모퉁이가 더욱 깨끗해지고 아름다워졌습니다. "

공중에서 산화한 콜롬비아 우주선의 생물학자 로렐 클라크 씨가 우주에서 보았던, '믿을 수 없을 정도로 아름답고 황홀한' 이 지구에 전쟁이 한창이다. 내가 숨쉬며 살고 있는 미국이 전쟁의 종주국이 되었다. 어려운 때이다.

전장에서 날아온 소식들을 접하며 삶의 통증과 휴머니즘을 동시에 느낀다. 이라크인 포로가 공포에 질린 어린 아들의 얼굴을 쓰다듬고 있는 모습, 난민들에게 식수를 공급하는 젊은이들, 부상당한 이라크 어린이를 껴안고 안쓰러워하는 미군, 포로가 되었던 19세의 여군이 10일 만에 무사히 구출되어 환호하는 가족들, 사막에 갇혔다가 일주일 만에 구조된 군인들의 모습 속에서 생명에 대한 외경을 느끼며 가슴이 저릿하다.

이때, 내가 할 수 있는 일이 무엇일까. 자신과 타인에게 좀 더 너그러워지는 것. 감정을 다스려 침묵 가운데 일상적인 삶을 진행시켜 나가는 것, 작은 내 몫을 감당해 나가는 것. 그것이 나라에 대한 예의이고 애국이지 싶다.

나라가 어려움에 처할수록 각자 맡은 일에 충실하는 것이 좋다. 섣불리 단정 짓거나 행동하지 않는 것도 중요하다. 그늘진 마음으로는 건강한 판단을 내리는 일이 쉽지 않을 뿐더러 오히려 상황을 악화시키는 결과를 초래할 수 있기 때문이다. 나의 말 한마디나 행동에 가족이, 친구가, 이웃이, 소속한 사회가 큰 영향을 받을 수 있기 때문이다. 말리부 지역의 연약한 나비들의 날갯짓이 태평양 건너 지역에 태풍을 일으키는 요인이 될 수 있다는 카오스의 이론을 빌리지 않더라도 설득력 있는 이야기다.

거리마다 노란 리본 투성이다. 아니 온 나라가 노란색 천지다. 전장에 나간 젊은이들의 무사귀환을 위해 달아놓은 기도다. 노란색 리본을 바라볼 때마다 마음속에 작은 등불이 하나씩 켜지는 것 같다. 불가사리를 한 마리 살린다는 심정으로 우리 한 사람 한 사람의 간절한 소원을 모은다면, 각자의 가슴에 밝혀둔 등불을 합한다면, 우리가 원하는 평화를 이끌어 낼 수 있지 않을까.

두려운 생사의 갈림길에 서서 외롭고 지친 우리의 젊은이들을 위하여, 단지 유프라테스 강 유역에서 태어난 운명으로 끊임없는 고통 속에 생명을 위협받고 있는 난민들을 위하여, 하루 속히 전쟁이 끝나기를, 그리하여 우리 모두 편안한 마음으로 만개한 이 봄을 느낄 수 있기를, 간절히 염원해 본다.

국화차를 마시면서

묘목을 보면 사고 싶다

어머나. 얼마나 오랫동안 잊고 있었던 이름들인가. 장미를 사러 갔다가 나는 보았다. 온갖 종류의 꽃 구근들이 화려하고 찬란한 자신의 모습을 담은 상자 속에 들어가 앉아있는 모습을. 칼라스, 베고니아, 티그리디아, 글라디올러스, 칸나, 달리아, 릴리, 아네모네…

화분에 담긴 포도나무 묘목들도 보았다. 작고 앙증맞은 녹색 잎들이 마디마다 달려 있었다. 아, 작은 손들, 손들. 하나씩 붙잡고 악수하고 싶었다. 넝쿨 장미 묘목도 있었다. 고향집 대문 양쪽을 모두 덮고도 남아 치렁치렁 담장을 넘어가던 분홍빛 넝쿨 장미.

마음이 쿵쿵 뛰었다. 아, 생명이란 얼마나 가슴 떨리게 하는 것인가. 죽은 듯 모두가 비슷비슷해 보이는 이 알뿌리 속에 각자의 독특한 존재를 알리는 아름다운 꽃과 잎과 줄기를 피워내는 생명의 요소들이 숨어 있다.

중학교에 다니던 어느 식목일, 나는 학교에서 백목련 묘목 두 그루를 샀다. 뿌리도 없어 묘목이라고 부르기에도 어설픈, 50여 센티미터의 길이에 손가락 굵기의 가느다란 막대였다. 두 그루에 3백 원이었다. 학교 앞에서 따끈따끈한 핫도그를 30개 살 수 있는 돈이었고, 찰진 호떡을 친구들과 배불리 먹을 수 있는 돈이었다. 잘 살아

줄 건지, 꽃을 피울 수나 있을 건지 가늠할 수도 없는 묘목을 산 것은 무의식이 한 일이었다. 언뜻 길 가다 채일 것 같은 볼품없는 막대 속에 귀족적인 목련의 특성이 들어 있다는 사실에 감동을 받았을 것이다.

아버지는 앞뜰에 두 그루의 묘목을 나란히 심으셨다. 대학에 다니던 어느 봄날, 나는 그 나무에 꽃망울이 맺힌 것을 보았다. 급기야 터지기 시작한 꽃망울들. 잎도 없이 피어난 백색의 큰 꽃들은 숨이 막히게 했다. 두 그루의 백목련이 집 전체를 환하게 지켜주는 것만 같았다.

90년도 4월, 남편과 함께 세 살배기 아이를 대동하고 한국을 방문했다. 시골의 고향집은 봄기운으로 눈부셨다. 장성한 두 그루의 백목련이 활짝 핀 뜰은 화려했다. 이층에 있는 아버지 서재에서 내려다보니 나뭇가지들이 손에 닿을 듯했다. 꽃망울 사이로 파란 하늘이 보이고 드넓은 평야엔 녹색의 보리들이 가득 차 있었다. 아버지는 목련나무에 그네를 매달아 주셨다. 아이는 그네를 타며 즐거워했다. "네 어미가 어렸을 때 사가지고 온 나무란다." 아이는 무슨 말인지 몰랐을 것이다. 나는 목련나무 그네에 앉아서 남편의 손을 잡고 사진을 찍었다.

어느 때부턴가 생명을 키우지 않기로 작정했다. 생명을 감당하는 일이 버거웠다. 식물이든 짐승이든 그들의 생명의 지속여부가 내 손에 달려 있다는 사실이 엄청난 부담으로 다가왔다. 3년 동안 잘 자라던 금붕어가 죽은 이후에 어항을 아예 치워 버렸다. 물이 모자라

죽어가는 뒤뜰의 채소들을 대하면서 민망했다. 생명이 마르는 모습을 바라보는 것은 괴로운 일이었다.

애완동물을 노래하는 아이들을 향한 변명은 한결같았다.

"엄마의 사랑은 한계가 있단다. 너희들에게 주기에도 모자라는 양이지. 그런 사랑을 다른 존재와 나눠 갖고 싶지 않겠지? 네 몫이 줄어들 거야." 막내가 말했다. "엄마, 사랑은 신비의 샘 같아서 주면 줄수록 더 많아진다고 선생님이 가르쳐 주셨어요." 나는 묵비권을 행사했다.

오래 전부터 이상한 버릇이 하나 생겼다. 생명이 담긴 화분만 보면 막 사고 싶다. 크고 작은 화분을 선반 위에 늘어놓고 방문하는 곳마다 들고 간다.

24송이의 붉은 장미 꽃다발을 사들고 돌아오는 길, 장미 묘목이라면 얼마나 좋을까, 생각한다. 언젠가, 온갖 종류의 꽃 화분을 사고 그 묘목이 자라 꽃을 피우는 모습을 바라보며 살고 싶다.

물처럼 살고 싶다

물이 그리운 요즘이다. 물을 본 지 오래다. 출렁이는 물의 모습을 상상만 하여도 금세 마음이 설렌다. 고요, 그리움, 침묵, 평화 등, 온갖 다정한 언어들이 가슴을 채운다. 잔바람에도 반갑게 호응하는 순한 모습에 마음이 부드러워진다. 인간의 존엄성을 재확인하고 새 힘을 얻는다.

죽을 운이 든 해에 이사한다는데, 이혼의 원인 중에 집을 짓거나 고치는 일이 큰 비중을 차지한다는데, 아이가 자라 집을 떠나면서 일어나는 빈둥지 증후군으로 인한 불균형과 스트레스가 이만저만이 아니라는데, 나는 이 모든 일들을 한꺼번에 경험하고 있다. 더하여 코앞에 닥친 자격시험, 더욱 멀어진 아이들의 통학 거리, 늘어난 과외 활동들로 시간과 곡예 경쟁을 벌이고 있다.

세상을 헛 산 걸까. 적지 않은 세월을 살았는데 세상사 어느 것에도 면역이 되지 않았다. 수시로 추락하는 감정을 추스르기도 전에 예상치 않게 돌발하는 현실의 문제들. 속수무책, 사면초가의 심정으로 덤벙대는 나날이다.

비난성 원망이 끝없다. 왜 이 일에는 관심이 없느냐, 저 일은 언제 끝마칠 거냐, 왜 도와주러 오지 않느냐, 왜 연락 한번 없느냐 등

등, 사회적인 의무와 책임에 숨이 막힌다. 성숙한 사람은 시간을 잘 다스린다는데 나는 미련하고 또 미련한 사람이다. 통제할 수 있는 지혜도 없으면서 관계만 많이 벌여 놓았다. 참아주고 기다리는 이들에게 미안하고 감사하다.

알고 있다. 이 세상 일, 그토록 열정적일 가치가 없다는 것. 이제부터 무엇을 시작한다 한들 남들이 이미 이룬 만큼 성취할 수 없을 것이다. 내일 일을 누가 장담할 수 있는가. 온갖 소망과 설계, 일시에 물거품이 될 수 있다. 꼭 이루어야만 할 이유가 있는가. 순간순간 감사하고 행복하면 족할 것이다.

숨이 턱까지 차면 손을 턴다. 타임 아웃time out. 일시에 냉정해진다. 다른 선택이 없다. 살아야 하니까. 현실에서 마음을 떼어놓는다. 마음 한가운데 호수도 담고 바다도 들여놓는다. 새벽녘 차가운 호수 위로 피어오르는 물안개가 서서히 자리를 잡는다. 작열하는 태양에 보석처럼 반짝이는 바다 물결도 보인다. 진하진 않지만 꽉 찬 존재다. 아름답다. 큰 숨을 들이킨다.

강과 바다의 선한 본성에 마음이 녹는다. 사물이 지닌 본연의 모습 그대로를 투영하고 받아주는 넉넉함은 사랑일 것이다. 상대를 고치려 고집 부리지 않고, 못난 모습 야단치지 않고, 스스로를 바라보게 하는 인내심은 자비일 것이다. 있으면 있는 대로 없으면 없는 대로 만족한 모습은 지혜일 것이다. 높은 계곡들을 사이에 두고 가장 낮은 곳으로 흐르는 겸손은 득도의 경지일 것이다.

물처럼 살 수 없을까. 바닷가 한적한 모래밭에 서있는 소나무 가지를 스치는 한 가닥 실바람에도 덩달아 살랑대는 순한 물. 약한 것으로 강한 것을 이기고 부드러운 것으로 단단한 것을 이기는 물. 낮고 낮은 곳을 찾음으로 상대방을 더욱 높여주는 물.

오래전에는 물결을 거스르며 살고 싶었었다. 저항정신은 썩지 않는 영혼의 표본이요 가치 있는 삶의 요건이라 생각했었다. 이젠 아무 미련이 없다. 삶의 이상, 조금쯤 낮춘들 어떠리. 내 것이 아닌 것에 연연해하지 않을 수 있다면 좋을 것이다. 작은 행복에도 기뻐하는 미덕을 배우고 싶다. 더 많은 것, 더 좋은 것을 얻지 못하여 번민할 필요가 없을 것이다. 어느 것 하나 내 것이 아니니까. 끊임없이 흘러가야 하니까. 거스를 수 없는 자연의 이치이니까.

물처럼 살고 싶다. 물처럼 진실하고 담담하게 살고 싶다. 물처럼 유연한 사고를 소유하고 싶다. 아니다, 지금 당장 실컷 물을 바라볼 수 있다면 더 바랄 것이 없겠다.

누렁소

내가 동물이라면 당연히 나는 소다. 소의 종류가 여간 많은가. 황소, 암소, 젖소, 얼룩소, 싸움소… 물론 황소는 아니다. 여자니까. 여자이기는 하지만 젖소나 얼룩소는 아니다. 아이 키우고 젖만 내기 위해, 혹은 고기만 공급하기 위해 사는 거 같지는 않으니까. 더구나 어떤 목적으로 길들여지거나 목장이라는 인위적인 테두리 안에 사는 소는 아니니까. 잘 훈련된 싸움소도 아니다. 상대가 싸우자 덤비면 도망하기 급급하니까. 그만한 에너지도 없으니까. 죽기 아니면 살기로 등등한 기세를 대하면 멀미가 나니까.

나는 그냥 특징 없는 누렁소다. 시골 농가 한구석 풀내 나는 가축 우리에 사는 소. 코에는 멍에가 꿰어 있고 입가에는 침이 좀 흐르고. 너무 늙지도 너무 젊지도 않은 소. 살짝 맛이 간 중년의 소. 꿍꿍 부려먹기 좋은 소. 밭이랑 서너 마지기는 거뜬히 가는 소. 꾀병 부리지 않는 소.

아침 일찍, 큰 가마솥에서 끓고 있는 여물 내음을 주인의 사랑으로 받아들여 목숨 다하여 충성하리라 다짐하는 소. 하루 종일 뙤약볕에 나가 일하면서 어찌하면 편할까, 잔머리 굴릴 줄 모르는 소. 저녁 무렵 석양을 이고 소달구지에 흙 묻은 농기구랑 다리 아픈 주인이랑 실고 돌아오기 전까지 한번도 앉아서 쉬지 않는 소. 석양을 바라보는 눈엔 자연의 기품이 어려 있겠다. 하루 일과를 마친 후에는 심신이 지쳐 있지만 불평이 없는 소. 아침이면 맑은 기운으로 일어나는 소.

저녁에는 컴컴한 우리에 앉아 꼬리로 모기를 쫓으며 되새김을 하는 소. 낮에 있었던 일들을 머릿속에 풀어내 사유하는 소. 저녁 무렵의 나른한 평안과 노곤한 행복을 즐길 줄 아는 소. 하늘의 별과 달을 바라보며 먼지 낀 눈을 씻을 줄 아는 소.

죽을 때를 아는 소. 도살장에 끌려가면서도 저항하지 않는 소. 가죽과 살과 뼈, 어느 것 버릴 것 하나 없이 모두 다 내어주는 소. 무릎 뼈는 몸이 약한 아이에게, 꼬리뼈는 출산한 산모에게, 모든 부위의 살코기는 첫 월급을 탄 아들딸이 부모님을 찾아갈 때 기쁨으로 들고 가게 하는 소. 소똥은 얼마나 마던 땔감이냐. 초식이라 냄새도 나쁘지 않거늘.

시인 김종길 님이 그려 놓은 소가 참 아름답다. 사람과 짐승 사이의 깊은 교류와 애정을 느끼게 하는 시다.

"네 커다란 검은 눈에는 / 슬픈 하늘이 비치고 / 그 하늘 속에 내가 있고나. / 어리석음이 어찌하여 어진 것이 되느냐? // 때로 지그시 눈을 감는 버릇을, 너와 더불어 / 오래 익히었고나."

화가 이중섭 님이 소 그림에 열중할 때 늘 읽었다던 작자 미상의 시도 좋아한다. 시를 읽을 때마다 차갑도록 청청한 기운이 나를 감싼다.

"높고 뚜렷하고 / 참된 숨결 // 나려 나려 이제 여기에 / 고웁게 나려 // 두북두북 쌓이고 / 철철 넘치소서 // 삶은 외롭고 / 서글프고 그리운 것 // 아름답도다 여기에 / 맑게 두 눈 열고 // 가슴 환히 / 헤치다."

이상의 수필 「권태」에 나오는 소는 사색적이다. "소는 식욕의 즐거움조차 냉대할 수 있는 지상 최대의 권태자이다. 얼마나 권태에 지질렸길래 이미 위에 들어간 식물을 다시 게워 그 시금털털한 반소화물의 미각을 역설적으로 향락하는 체 해보임이리오?" 마치 내가 "세균같이 사소한 고독을 겸손해" 하는 소가 된 느낌이다. 사색의 반추를 하는 시인, "안면이 창백하고 봉발이 작소를 이룬 기이한 풍모"의 시인을 눈앞에서 바라보듯 즐겁고 행복하다. 소와 사람 둘 다 멋있다. 권태를 아는 소는, 권태를 아는 사람은 세상사를 초월한 존재다.

나는 소띠다. 엄마는 나를 낳고 행복하셨다 한다. 바쁜 가을걷이가 끝나 햇곡식을 먹는 때라 평생 굶지 않을 거라 하셨다. 해가 지고난 초저녁, 저녁밥 잘 먹고 쉬는 소여서 등 따습고 배부르고 평안하고 복이 많을 거라 하셨다. 나는 따뜻하고 배부른 팔자를 타고났다는 사실보다는 첫서리가 내려 아침 기운이 더없이 맑은 계절에 태어났다는 사실이 더 기뻤다. 푸른 하늘은 더욱 깊고 반짝이는 별은 더욱 찬란한 초겨울이라는 사실이 더 좋았다.

나는 늘 바쁘다. 광나고 신나는 일 하나 없이. 칭찬받는 일도 없이. 내 자신에게는 물론이거니와 남들에게도 별로 도움이 되지 않는

허드렛일로 하루 종일 허덕인다. 소는 자신이 갈아엎어 놓은 논밭을 바라보며 흡족하기라도 할 것이다. 나는 늦은 밤 침대에 누우면 끝마친 일은 생각이 안 나고 아직도 끝내지 않은 일들이 합심하여 들볶아대어 잠자리가 편치 않다. 소보다도 못하다. 안다. 내가 소의 본연의 성정을 잃어버리고, 내 능력이나 한계를 모르고 헤매기 때문이라는 것을. 제 몸 하나 가누지 못하는 미련통이 소다.

나는 소를 닮지 않았다. 큰 눈도 안 닮았고 맑은 기운도 안 닮았다. 어질지도 못하다. 그럼에도 소라고 한다면 미련하고 어수룩하고 구제불능의 소다. 주인이 가여워 차마 내치지 못하니 그냥 밥술이라도 얻어먹으며 근근이 사는 소다. 오호 애재라, 누가 나를 이 무거운 삶의 멍에로부터 구해줄꼬. "움머!"

한 해를 접으면서 하는 생각

12월이다. 어느새, 라는 말은 하지 않기로 한다. 무책임하게 느껴져서다. 환경을 핑계대는 것도 부끄럽다.

지난 시간에 대한 반성, 이제 그만 멈추기로 한다. 많은 날을 허술하게 보내다가 연말만 되면 성찰이니 계획이니 소망을 들먹이며 호들갑을 떠는 자신이 속물스럽다. 해마다 같은 후회, 같은 결심을 반복하는 일이 짜증난다. 이만한 연륜이면 뭔가 달라져야 하는 것 아닌가. 이제 고칠 생각 하지 않는다. 수많은 결심과 목표로 자신을 들볶아 얼마나 개선되었는가.

다가오는 새해에는 색다른 전략을 취할까 한다. 더 좋은 것을 가지려, 더 많은 것을 습득하려 노력하는 대신에 차라리 아무 것도 얻지 않겠다고 결심하는 것이다. 정신적인 것이든 물질적인 것이든 오히려 덜어내고 줄인다는 목표로 사는 것이다. 지금까지 받은 은혜를 미처 나누거나 환원하지도 못하고 생명이 끝날 수 있다는 조급한 마음이다. 현재 가진 것만으로도 이미 차고 넘친다는 생각이다.

또 다른 전략은 스스로를 제어하는 것이다. 최소한 비굴한 상황 내지 더러운 악과는 타협하지 않겠다고 자기약속을 하는 것이다. 타인이 알아주지 않아도 자기와의 신의를 지키는 것이다. 이율곡 선생의 '신독'이다.

　삶의 문제를 잘게 나누는 지혜를 배우고 싶다. 일기 형식을 빌리면 어떨까. 고치고 해결해야 할 점들을 조목조목 적어보는 것이다. 선택의 여지와 대책과 해결책들이 보이리라. 단점과 약점이 손에 잡힐 것이다. 원하던 일들이 어느새 해결되어 있는 때도 많을 것이다. 고난과 고통이 축복과 감사의 요건임을 확인할 수 있을 것이다.

　짧은 인생이다. 아름답게 살았다 한들 한순간 아닌가. 오래 전에 읽었던 만화 한 편이 생각난다. 한 청년이 괴한의 총에 가슴을 맞는다. 그는 피가 흐르는 가슴을 부여안고 사무실에 들어가 일을 한다. 여자와 데이트를 하고, 결혼을 하고, 아이를 낳는다. 피가 배어나는 가슴을 한 손으로 누른 채로. 대학을 졸업하는 아이와 사진을 찍고 아이의 결혼식을 치른다. 손자와 놀아준다. 가슴에서는 끊임없이 피가 흘러내리고 있다. 마침내 자손들이 바라보는 가운데 나이 들어 임종을 맞는다. 여전히 가슴을 움켜쥔 채로.

　섬뜩했다. 작가는 작가노트에 밝히고 있었다. 우리 모두는 죽음을 향해 한 걸음씩 다가가고 있다고. 우리가 영위하고 있는 삶의 시간은 죽음에게 내어주는 시간의 일부라고.

　행복과 고통이 한 치의 양보 없이 양립하는 가련한 삶이여. 유한한 존재여. 무한하고 영원한 세계를 동경할 수밖에 없는 너를 사랑한다. 내일, 혹은 다음을 기약할 수 있는가. 현재와 지금의 가치가 날마다 새롭다.

　약하고 약한 인간의 본성이여. 몸의 안락, 맛있는 음식, 아름다운 옷, 예쁜 사람, 황홀한 음악을 즐거워한다 했는가. 가난과 비천, 요절과 나쁜 소문을 싫어한다 했는가. 모든 생사애락을 초월하고 일체의 기성관념을 벗어나 무위의 경지에서 유유히 노는 것이 진정한 지락이라 했거늘…

신선 같은 삶은 감히 바라지도 않는다. 바쁘게 스쳐 지나가다가 어느 집 담장 위에 엉클어진 넝쿨장미를 바라볼 수 있다면, 105.1 FM 채널에서 좋아하는 음악 하나 우연히 들을 수 있다면, 기쁠 것이다. 사랑하는 사람들을 만나 물방울처럼 맑은 이야기들을 나눌 수 있다면 더없이 행복할 것이다.

그리움의 향기가 곳곳에 유난한 계절이다. 12월이다.

지금에야

자연이 좋다. 눈에 보이는 만물의 형상이 아름답다. 초록빛으로 둘러싸인 시골 풍경이 좋고 빌딩의 통유리창 너머로 번지는 시대의 고독이 싫지 않다.

숱한 세월을 삼킨 못이리라. 물리적인 모습보다는 그 배경이 먼저 보인다. 사건과 현상이 자기 본연의 빛깔로 다가와 속삭이는 소리가 선명하게 들린다. 그랬었구나, 그랬구나, 고개가 끄덕여진다.

눈과 비가 좋다. 우중충한 날에는 미세한 비안개가 하늘과 땅의 간격을 좁혀주는 것 같다. 낮게 가라앉은 하늘은 겸손해 보인다. 흐린 날에는 기도할 필요가 없다 했다. 신이 내려와 함께 있으므로. 은혜와 위안이 가까이 있으므로.

맑은 날도 좋다. 바다처럼 깊고 서늘한 하늘빛이 좋다. 그 창망함 때문에 오히려 불안하고 쓸쓸해지지만 내가 돌아갈 본향을 생각나게 한다. 한낮의 밝은 태양 아래 서면 심혼이 순식간에 행복해진다. 대기에 충만한 활기와 생명력에 감탄한다. 싱싱했던 유년의 뜰을 생각한다. 꿈을 찍어주는 사진관을 찾아 나선 여자아이가 보인다.

사랑하는 사람에게는 미안하다는 말을 아낀다. 그가 나의 의도를 파악하지 못한다 여겨 답답할 때, 혹은 나의 정서가 이해받지 못한다는 느낌이 들 때 그 허전함과 불만에 대한 회유적인 표현이므로. 그의 무심하고 둔감한 정서에 대한 간접적인 질타요, 견책이므로. 그에 대한 실망, 혹은 낯선 거리감이 나로 하여금 미안하다는 말을 하게 하는 것이므로.

스치는 사랑에도 비중을 둔다. 사랑이란 목숨조차 기꺼이 내어줄 의지가 있을 때만 쓸 수 있는 구별화된 단어라고 고집부리지 않는다. 가벼움도 존재다. 스치듯 건네는 "사랑한다."는 말에도 의미가 있다. 현시대의 아픔을 함께 나누는 동지애에서 비롯된 서정적인 표현, 혹은 가벼운 목례 정도로 여겨도 좋을 것이다.

가볍다고 꽃잎의 존재를 무시할 수 있는가. 거짓과 배반의 어두운 세상에 던져주는 환한 웃음의 무게가 가벼울까. 고운 꽃잎 속에 어려 있는 불타는 그리움을 보라. 그리움을 다스릴 수 있는 비장의 무기를 소유하지 않은 사람은 함부로 꽃을 바라보지 않을 일이다.

"원수를 사랑하라."는 말 속에서 벅찬 사랑을 만난다. 원수 사랑은 화석화된 개념이 아니라 나를 살리는 생명의 원리다. 상대방의 화를 돋구어 피를 끓게 하기 위해서는 내 피가 먼저 끓어야 한다. 상대를 아프게 하고 상처를 내기 전에 내가 먼저 몸살하고 피가 난다. 상대방이 담담하고 잔잔하게 대응하는 것은 이중 손해의 결정판이다. 나의 무례한 반응에 내가 손해를 본다. 상대를 제압하기 위해 내 몸을 끓이는 동안, 그를 상하게 하기도 전에 내가 먼저 죽는다고 온몸이 반란의 기를 든다. "그러니 원수 갚는 일은 내게 맡겨다오. 나는 네 몸이 상하는 걸 원치 않는단다. 너를 사랑한다." 는 음성이

"원수를 사랑하라."는 말 속에 녹아 있다. 원수를 사랑하는 마음은 이타심이 아니라 이기심의 고차원적이고 원론적인 행동양식이다.

모든 꿈이 성취되어야 하는 것은 아닐 것이다. 살고 싶은 방식대로만 살 수 없다. 삶을 영위하는 값은 녹록치 않다. 어느 상황이든 실망하지 않는 것이 중요하다. 생명에 대한 열정을 잃지 않는다면 삶은 여전히 아름답다.

소란스러웠던 어제의 언어들로 아프다. 충분히 드러내지 못한 진실에게 미안하다. 경박했던 마음이 부끄럽다. 자신을 용서하기로 한다. 나는 내일 더 많은 부끄러움을 쌓을 것이다. 더 많은 소란함과 경박함으로 내일을 장식할 것이다. 하면 어떠랴. 그래도 삶은 여전히 가치 있고 귀한 것을.

6월

해마다 6월이면 남몰래 앓는다. 그동안 영문을 몰랐었는데 얼마 전에야 그 실체를 알게 되었다. 내 지난 삶의 아픔과 분노가 집약된 달이 6월이라는 사실을. 그래서 까닭 모르게 눈물이 나고 슬퍼진다는 것을.

80학번인 나는 근대 한국사 중 가장 혼란한 시대를 살았다. 의식이 눈뜨기 시작한 중고등학교 시절, 세상은 고통 없이는 한순간도 존재할 수 없다는 것을 날마다 실감했다. 학교에 저당 잡혀 있는 나의 삶은 행복하지 않았다. 나는 학교의 규율을 벗어나면 삶이 끝장나는 줄 알았다. 어려운 문제를 낸 선생님을 원망하기보다는 그 문제를 풀지 못하는 자신의 능력을 부끄러워하는 모범생이었다. 눈을 뜨면 달라지는 문교부 정책은 경험 많은 진학 담당 선생님들조차 혼란스럽게 만들었다. 예비고사를 준비하던 중, 10월 26일 박정희 대통령이 암살되는 비운을 맞았다. 12·12 사건이 일어나고 대학생활을 시작하자마자 불안의 조짐이 움트기 시작하더니, 캠퍼스는 늘 술렁거렸다. 무엇 하나 확신할 수 없는 시절, 어느 누구도 스스로에게조차 확실치 않는 시대였다.

5·18 시민운동이 일어나고 휴교령이 내렸다. 동아리 연극, 〈죽어

서 무엇이 될꼬 하니〉 연습은 무한정 중단되었다. 날마다 학교에서 정거장까지 스크럼을 짜고 나가 구호를 외쳤다. 한참 후 정신을 차려보면 내 양어깨에 낯선 학생들의 팔들이 걸쳐 있곤 했다. 조각낸 보도블록과 화염병으로는 최루탄과 몽둥이에 맞서기에 역부족이었지만 열심히 했다.

따뜻한 햇볕이 가득한 봄날 아침, 불볕 태양이 작열하는 여름 한낮, 최루탄 가스에 눈물을 흘리면서 동료들과 스크럼을 짠 채 대로에 누워 바라본 하늘은 참 고요했다. 신경질적이고 위협적으로 울려대는 자동차들의 경적 소리, 전투 경찰들의 호루라기 소리, 물과 몽둥이 세례를 맞고 울부짖는 동료들이 있는 땅과는 참으로 대조적이었다. 깊고 푸른 물이 금방이라도 쏟아질 것만 같은 하늘을 바라보며 그 속에 거꾸로 빠질 수는 없을까 생각했다. 현실과는 무관한 세계였다. 그곳엔 구름의 시인 헤세가 있었고 연인에게 보내는 라이너 마리아 릴케의 편지가 있었으며 하늘을 보랏빛으로 칠했던 고흐가 있었다.

무심한 건 하늘만이 아니었다. 우리들은 상대방의 눈물에 서로 무감했다. 아니 모른 척 했다. 최루탄 가스 탓이라, 생각하기로 했다. 아무도 이 시대가 아파서 운다고 생각하지 않기로 작정한 것이다. 황폐한 현실이었다.

자신이 대학시절 받아썼던 30년 전 노트를 강의 교재로 사용한다는 어용 교수들이 교단에서 끌려나와 건물 밖, 잔디 위에 흰 머리칼로 서있었다. 난생 처음 밝은 햇살 아래 선 듯한 그분들의 굽은 등이 얼마나 시려 보였던지. 분신과 투신의 유언비어가 난무하고, 쫓고 쫓기는 자들의 숨결로 어지러웠다. 상아탑은 특수부대원들의 군화에 짓밟혀 늘 아수라장이었다.

저녁에는 찻집에서 전투경찰에 투입된 학교 선배들을 만났다. 그들은 몰골이 초췌했다. 한 달 전만 하더라도 연극 연습할 때 대사 한마디 틀렸다고 세상이 끝장난 것처럼 길길이 뛸 만큼 감성이 풍부했던 선배들이었다. 두 눈을 질끈 감고 기타를 치며 '열애'와 '미련'을 열창하던 낭만적인 선배들이었다. 밤새워 얘기해도 소재가 무궁한 사람들이었다. 그들은 이제 전투경찰이 되어 철모와 철갑으로 무장하고 몽둥이와 최루탄으로 우리 후배들의 맨 얼굴과 어깨와 등을 가격했다. 선배 앞에서 얼굴도 제대로 들지 못하던 우리 후배들은 그들에게 돌과 화염병을 던지며 "죽인다!"고 악을 썼다. 양자가 상처를 입고 병원으로 실려 가는 광경은 진정 비극이었다. 세상이 미친 거라고, 그래서 우리도 함께 미친 거라고 생각했다.

졸업반이었던 해 6월, 동아리의 리더였던 S 선배가 우리를 찾아왔다. 졸업 후 시골에 있는 한 중학교에서 교편을 잡고 있는 그녀의 변신이 놀랍기만 했다. 남성의 성적 탄압에서 벗어나 독립하자고, 절대로 치마를 입지 않음으로써 여성의 인권을 보여주자고, 여성적인 모든 것을 배제하자고, 〈레드 스타킹 선언〉을 목소리 높여 가르쳤던 그녀였다. 그녀의 목에는 알 굵은 진주 목걸이가 반짝이고 있었고 하늘거리는 플란넬 분홍빛 원피스가 6월의 햇살 아래 눈부셨다. 중매로 만난 조건 좋은 남자와 내달에 결혼한다며 수줍은 미소를 짓는 그녀를 보면서 하늘이 빙빙 돈다고 생각했다.

M선배가 그토록 여성스러운 사람인지 몰랐다. 늘 닳고 닳아서 회색이 된 검정 바지만 입고 다녀서 그랬을 것이다. 사랑에 빠진 그녀는 검정 미니스커트를 입고 샌들을 신고 나타났다. 스타킹을 신지 않은 그녀의 우윳빛 종아리는 탐 날만큼 예뻤다. S선배와 M선배를 보면서 여성의 한계를 생각했다. 아니 그들을 변모시킨 사랑이라는 단어를 생각했다. 나는 배신이라 불릴 수 있는 그 터널을 죄의식 없이 빠져나올 수 있었다.

이영희 선생의 『전환시대의 논리』를 돌려주기 위해 어느 해 6월, K선배의 자취집에 찾아갔었다. 선배는 없고 열쇠 장치도 없는 방문은 쉽게 열렸다. 들여다 본 방 안 풍경은 일순 감동을 주었다. 낡고 작은 방임에도 불구하고 책과 기타 이외에는 거의 아무 것도 없다시피해서 휜하고 넓었다. 책들이 책꽂이에 나란히 꽂혀있는 것이 아니라 옆으로 누워 3개의 벽면에 빼곡히 쌓여 있었다. 선배를 사랑하겠다고 잠깐 마음먹었던 것 같다. 방문을 닫고 나오는데 부뚜막에 하얀 운동화가 세워져 있었다. 만져보니 아직도 촉촉했다. 아침 일찍 빨아 널었으리라. 깨끗이 씻긴 작은 양은 냄비 하나가 그 옆에 엎어져 있었다. 바닥이 울퉁불퉁 구부러질 대로 구부러져 도무지 반듯이 설 것 같지 않았다. 수많은 세월을 수저로 긁히고 긁혀 바닥이 내려앉아 둥그렇게 변한 냄비. 선배는 그 냄비가 제대로 서지 않을 만큼 구부러져 있다는 것을 알고 있을까. 선배는 그 사실을 확인할 기회조차 없었을 것이다. 냄비채 들고 그 안에 있는 내용물들을 입이라는 장치를 통하여 위 속에 구겨 넣었을 것이다. 오늘 아침에도 라면을 끓였으리라. 정수리가 따끔거리며 신열이 나는 것 같았다. 며칠 후, 선배가 결국 감옥에 잡혀 들어갔다는 소식을 들었다. 미 문화원 방화사건에 연루되어 쫓기는 삶에 지쳤던 걸까. 잡힌 것이 아니라 스스로 잡혔을 거라는 생각이 들었다.

전공을 바꾸고 싶었던 나는 기말고사가 한창이던 6월 어느 더운 여름날, 카운슬러를 찾아갔다. 그는 기백만 원을 내면 인근에 있는 후기 사립대학에 편입시켜 주겠다고 했다. 그렇지 않으면 체력장까지 다시 보아서 재입학을 해야 한다고 했다. 다른 방법이 없겠는가, 묻는 내게 그는 한심하다는 표정을 지으며 한국 사람이냐고 물었다. 그는 대한민국 교육계가 널리 알아주는 대학자였다. 그 뒤 나는 며칠을 앓았다.

N시에 사는 연극반 선배 집에 동아리 회원들이 일시에 몰려갔다. 선배 아버지의 환갑이라 큰 잔칫상을 받을 거라 했다. 우리는 완행 열차에 올라타기도 전에 배가 고팠다. 다음날 치러야 할 기말 고사는 안중에도 없었다. 차창 너머로 끝없이 펼쳐진 여름을 보고 까닭 없이 눈물이 났다. 약속 장소에 나타난 선배의 모습을 보고 얼마나 놀랐던지. 늘 낡고 후줄근한 오버롤 청바지 차림이었던 그는 블랙 정장에 밑둥이 잘린 디스코 넥타이를 매고 있었다. 걸을 때마다 넥타이가 흔들리는 모습을 보고 실없이 웃었던 기억이 난다.

대학을 졸업하고 나니 갈 곳이 없었다. 시골집 마당에 할 일없이 나와서 해바라기를 하면서 놀았다. 멸치와 다시마를 우린 국물에 국수를 말아 머리에 이고 나가 논밭에서 일하는 사람들을 대접했다. 미래를 알 수 없는 불안감으로 오히려 젊음은 거추장스럽기만 했다.

6월의 햇볕이 작렬하는 어느 날, 시골의 사립 고등학교에서 교편을 잡고 있는 친구의 자취집에 찾아갔다. 그녀는 부모님이 기천만원을 들여 이 학교에 심어 주었다며 웃었다. 목돈을 한꺼번에 가져다 바치고 다달이 그 돈을 나눠받는 기쁨으로 얼굴이 빛나던 친구. 타골의 「기탄 잘리」를 함께 외웠던 친구였다. 집으로 돌아오는 시외버스 안에서 나는 기어이 토하고 말았다. 옆좌석에서 부글거리는 새우젓에서 올라온 냄새 탓은 분명 아니었다.

86년 3월 초에 주민등록증을 반납하고 태평양을 건넜다. 나는 내부 어느 곳에선가 알 수 없는 그 무엇이 와르르 무너져 내리는 것을 느꼈다. 미래에 대한 불투명함과 과거에 대한 아픈 기억들 때문만은 아니었다. 앞으로 펼쳐질 고난이 어떨 것인지 상상조차 할 수 없었으므로 비장한 각오를 하기에도 어설펐다. 태양은 한국의 하늘에만 있는 것이 아니었다. 새로 도착한 땅은 태양이 오히려 여러 개 있는 것처럼 느껴지는 곳이었다. 언제나 빛이 있고 어디에나 꽃이 있어 생명이 멈추지 않는 곳처럼 느껴지는 땅이었다.

그해 6월, 입덧과 구토를 하면서 나는 하늘이 늘 노랗다는 생각을 하면서 살았다. 어찌된 셈인지 그때부터 따갑고 견딜 수 없는 신열이 매년 6월이면 어김없이 찾아왔다. 그것은 6월 어느 날, 섬마을 초등학교 교정에서 6.25 반공 웅변대회를 치르면서 앓았던 것과 같은 농도의 신열이었다.

그 작렬하던 햇볕을 어찌 잊을 손가. 등단한 나는 스스로의 목소리를 들을 수 없었다. 하늘이 보이지 않았다. 학생들이 박수를 치는 사이 탁자 위에 준비되어 있던 컵을 들어 벌컥벌컥 물을 마셨다. 이미 찬 기운이 사라진 물에서는 밍밍한 갯바람 냄새가 났다. 상관하지 않았다. 악독한 공산당을 쳐부수는 일에 총 들고 전선에 나설 수는 없지만 이런 방법을 통하여 작은 나도 국가가 지향하는 멸공에 일조를 한다는 자부심이 하늘까지 닿아 있었다.

한 달에 한 차례씩 미군들이 보내온 건빵 부대가 선창가에 닿았다. 그 건빵 부대를 머리에 이고 학교를 향해 달리노라면 등줄기에서 땀이 돋았다. 오가며 마주치는 학급친구들의 얼굴에는 웃음이 가득했다. 나는 그때 바람의 냄새를 알게 되었다. 우리는 그 건빵을 물에 담갔다가 불려 먹기도 하고 친구들과 가위바위보를 해서 건빵 따먹기 게임도 했다.

나는 유난히 키가 크고 성숙했다. 검은 화산석에 부서져 떨어지는 태양빛에 그을어 단단하고 작기만 한 섬 아이들과는 확연히 달라보였을 것이다. 체육시간에 달리기를 할 때마다 봉긋이 막 솟기 시작한 가슴이 아파서 눈물을 삼키곤 했다. 식곤증이 엄습하는 6교시, 교실 맨 뒷자리에 앉아 창밖으로 하늘을 나는 구름을 바라보노라면 선생님의 눈길을 느끼곤 했다. 수많은 아이들의 머리 너머로 두 사람의 시선이 엇갈릴 때마다 어쩌면 선생님은 나를 사랑하고 있는 것은 아닐까, 생각했었다. 섬에서 태어나 섬에서 자라 섬마을 선생님이 된 그는 뭍에서 방금 전학 온 내가 이방인 같았을 것이다. 주번 임무를 마치고 돌아가는 저녁시간, 실내화를 바꿔 신고 있던 나를 뒤에서 꼭 붙잡아 끌어안고 내 얼굴에 자신의 볼을 비벼대던 선생님은 어떤 감정이었을까. 살을 파고드는 수염이 얼마나 따끔거리고 아픈지 선생님의 큰 손을 주먹으로 쾅쾅 내리쳤었다. 집으로 돌아오는데 바다를 물들인 석양이 어찌나 강렬한지 그만한 석양을 그 뒤로 본 적이 없다.

얼마 전, 김정일 위원장과 악수하고 있는 한국 정치인들의 사진을 보았다. 나는 배신감을 느꼈다. 미국에 오기 전, 시민센터에 가서 며칠 동안 반공교육을 받았었다. 간첩의 꼬임에 넘어가지 않겠다고 두 눈 크게 뜨고 식별법을 배우지 않았던가. 한국 사람으로서 대사 역할을 담당해야 한다는 각오로 부르르 몸을 떨지 않았던가.

나는 이제 안다. 지난 시절의 모든 다짐과 노력이 부질없는 것이었다 하더라도, 거스를 수 없는 각 시대의 엄숙한 과정을 존중해야 한다는 사실을. 시대마다 닥쳐왔던 모든 사건은 의미가 있었다고 믿어야 한다는 것을. 그것만이 나를 위로하는 유일한 방법임을.

내 아이들이 이 땅에서 태어나 자라고 있으므로 나중에라도 내가 한국으로 돌아가기는 힘들 것이다. 아이들을 위해서, 나 자신을 위해서 이 땅을 사랑할 것이다. 어디에 살든 나는 한국음식을 먹으며 한국인의 의식을 지니고 살다가 한국인으로 잠이 들 것이다.

이국땅에서 겪었던, 현재 겪고 있는 6월의 이야기는, 그래, 나중으로 미루자. 숨을 돌려야지. 슬프고 허무한 이야기를 시작하기 전, 내게는 힘과 용기가 필요하다.

6월이 한창이다. 또 신열이 난다.

편지

　편지. 무관심과 무감각이 편만한 이 세상에 오직 나 한 사람만을 대상으로 하여 쓰인, 오직 하나밖에 없는 문학 작품. 나 한 사람에게만 토로하는 고백. 편지는 화자와 그가 원하는 대상이 주고받는 유일성 때문에 단 몇 줄이라 할지라도 어느 것과 비교할 수 없는 내밀한 즐거움을 준다.

　정성들여 쓴 편지를 봉투에 넣고 인봉할 때 마음은 비장해진다. 편지 속에는 일종의 비밀을 나누어 준다는 각오가 들어있다. 당신에게만 마음을 열어 보인다는 은밀함이 내재되어 있다. 얇은 종이 한 장이지만 단단히 인봉된 편지봉투는 당사자가 아니면 뜯어볼 수 없게 만드는 위력을 가지고 있다. 가족이라 할지라도 자기 이름 앞으로 오지 않은 편지는 함부로 열지 못한다.

　외출하였다가 집에 돌아오면 제일 먼저 편지함을 점검한다. 한 무더기의 각종 우편물을 받아들고도 설렘이 전혀 없다. 진정 마음이 담긴 편지를 기대할 수 없기 때문이다. 꼭 필요한 정보가 들어있는 안내장, 격조 있는 초대장, 정중한 감사장마저도 컴퓨터 글체 일색이다. 발신인 주소마저 스티커를 사용하여 편지를 보낸 이의 숨결을 전혀 느낄 수 없다. 더러 짤막한 문장을 펜으로 쓴 위로나 감사 카드를 받는데 그마저도 의무적인 냄새가 짙어서 사적이고 정겨운 맛이 없다. 때로 컴퓨터로 다량 복사한 용지에 이름 석 자만 바꿔어서 날아오는 편지도 있다. 정성이 담긴 내용이긴 하지만 감흥이 없다. 친밀함이 드러나 있지 않아서일 것이다.

어쩌다 펜글씨로 주소가 적힌 카드나 소포를 받으면 감격한다. 모래 속에서 진주를 건진 듯 반갑고 기쁘다. 안에 들어 있는 내용을 읽고 또 읽고 행간의 의미까지 파악하려 애쓴다. 보낸 이의 손길이 닿은 편지지를 코에 갖다 대고 냄새를 맡으며 쓰다듬어 본다.

오늘날 첨단 기술은 대화의 창을 무한대로 확장시켜 놓았다. 클릭과 동시에 무료로 배달되는 이메일은 얼마나 빠르고 편리한가. 우표도 필요 없고 종이도 필요하지 않다. 쉽고 간편하고 경제적이다. 우주에서 보내는 이메일을 받을 수 있고 보낼 수 있다.

이메일보다 더 간편한 대화수단은 전화다. 언제든 어디서든 휴대전화로 통화할 수 있다. 음성이 여의치 않을 때는 문자메시지를 보낸다. 문자를 치는 손동작이 얼마나 빠른지 말하는 속도와 다를 바 없다. 보고 싶으면 화상통화를 한다. 휴대전화 속에는 음악과 사진과 동영상과 비디오 기록이 저장되어 있어 언제든지 열어볼 수 있다.

전혀 심심하지 않다. 외로울 기회가 없다. 고전적인 편지가 비집고 들어갈 여지가 없다. 홀로 있음의 미학이 사라지고 사색은 어디서도 찾을 수 없다. 편지를 써서 부친다 해도 여러 날 걸려야 상대방에게 전달이 된다. 그에 대한 답장을 받으려면 또 여러 날 기다려야 한다. 기다림에 익숙지 않고 참을성 없는 세대가 받아들일 만한 일이 아니다.

편지가 지극히 개인적인 기록이라는 점에서 일기와 상통하는 면이 있기는 하지만 확연히 다른 점이 있다. 일기가 나를 중심으로 세계를 해석한 것이라면 편지는 상대방에 초점을 맞춘 글이다. 하여 예의와 격조가 있다.

편지쓰기는 특유의 환경을 요구한다. 한 사람을 향한 집중이 필요하다. 목욕재계에 버금갈 만큼 마음을 가다듬어야 한다. 상대를 알지 못하면 쓸 수 없는 것이 편지다. 진실이 없으면 길게 쓸 수 없다. 조용하고 분리된 시간을 필요로 한다. 편지를 쓰겠다고 작정해 보라. 그 순간부터 마음이 부산해진다. 단단히 결심하여 시간을 마련해야 한다.

밤 새워 긴 편지를 써본 사람은 알 것이다. 쓰다가 한 자라도 틀리면 처음부터 다시 쓰고 또다시 고쳐 쓰기를 반복하여 편지 한 통을 완성하는데 얼마나 많은 정성을 쏟았던가. 아침에 일어나서 간밤에 써 놓았던 편지를 읽어 보고 어머나 부끄러워라 대담하기도 하지 내가 어쩌다가 이런 표현을 썼을까, 낯이 뜨거웠던 경험이 있을 것이다. 어느 땐 모른 척 밤에 쓴 편지를 풀로 단단히 봉하여 읽지 않고 보낼 때도 있었으리라. 포장되지 않은 감정을 고스란히 전달하고 싶었을 것이다.

필체로 사람됨을 짐작할 수 있다는 격언은 옛말이 되었다. 정성을 다하여 또박또박 쓴 글씨에서 성품과 인격을 엿보았던 옛님들의 지혜는 한낱 무용지물이 되어 버렸다. 편지로 사람됨을 판단할 수 있는 기회가 사라진 것이다. 정성스럽게 써내려간 편지에서 마음을 읽고 선택한 편지지를 통하여 취미와 지적수준을 엿볼 수 있는 기회는 박탈되었다. 편지지를 온갖 그림으로 장식할 수 있는 것도, 곱게 말린 낙엽을 붙여 넣는 일도, 연인에게 보내는 편지 한 귀퉁이에 립스틱을 바른 입술을 도장처럼 찍어 보내던 낭만도 사라진 것이다.

편지는 그 자체가 훌륭한 문학이다. 편지형식을 빌려 꽃을 피운 문학이 얼마나 많은가. 지금까지 읽은 편지글 중 가장 인상적인 것은 황대권 님이 감옥에 수감되어 있는 동안 썼던 『야생초 편지』다. 그 아름다움이라니. 그의 편지글 속에는 그가 지닌 어쩔 수 없는 순수로 인하여 그만 눈물짓게 만드는 힘이 있다. 그의 글 속에는 간추린 정서에서 우러나온 깊은 사색이 있다. 보석처럼 반짝이는 지혜와 명철이 있다. 아, 그의 생명 사랑이라니. 자연류自然流를 터득한 그가 세상 사람들을 향해 담담히 펼쳐놓는 생명외경 사상은 숙연하기까지 하다. 책 갈피마다 그 자신이 연필로 섬세하게 그린 풀꽃들이 선물처럼 들어있어 나는 들여다보고 또 들여다본다.

좋아하는 시 중에 황동규 님의 「즐거운 편지」가 있다. … / 진실로 진실로 / 내가 그대를 사랑하는 까닭은 / 내 나의 사랑을 한없이 잇닿은 / 그 기다림으로 / 바꾸어 버린 데 있었다. (중략)

즐겁다는 장식을 달고 있는 편지. 우수에 젖은 서정적인 편지가 어떻게 즐거울까. 기다림이란 뭔가. "내가 그대를 기다리는 것은 다시 만나겠다는 당신과의 약속 때문이 아니라 그리움이란 에너지로 인해 그저 기다려지는 것" 이다. 어쩌면 시인은 사랑하는 이에게 부칠 수 없는 편지를 쓰면서 외롭고 쓸쓸한 자신을 달래느라 즐겁다고 표현했는지도 모를 일이다.

편지는 자신에게 쓰는 것은 아닐까. 사랑하는 님에게 쓴다 하더라도 자신의 마음을 표현하는 것이니 고백 같은 것, 자기 반추 같은 것이다. 곧 터질 것 같은 뜨거운 감정을 극적인 절제로 담아낸 황동규 시인의 절규 같은 이 시를 읽을 때마다 아름답게 승화된 기다림의 미학을 접한다. 사랑의 슬픔과 기쁨의 이중성으로 사색에 잠기게 한다.

난생 처음 받은 연애편지가 생각난다. 초등학교 5학년 때였다. 교직에 계시던 아버지가 H라는 섬으로 발령 받으시면서 전학했다. 어느 날 학교를 파하고 골목길을 따라 집으로 돌아가고 있는데 한 꼬마가 툭 튀어나오더니 쪽지 하나를 건네주고 달아났다. 그 아이 뒤를 눈으로 쫓는데 어떤 키 큰 청년이 담벼락에 기대서서 나를 바라보고 있었다. 가슴이 막 두근거렸다. 집에 돌아와 쪽지를 펼쳐보니 깨알 같은 글씨가 촘촘히 적힌 편지 속에 껌이 하나 들어 있었다. 외제 껌이었던 것 같다. 편지의 내용은 절반도 이해할 수 없었다. 모르는 단어가 너무 많았다. 오랫동안 지켜보아 왔다는 것, 영원히 따르겠다는 등의 이야기가 난삽하게 적혀 있어 연애편지인 것만은 확실한데 내용을 다 이해할 수 없어 답답했다. 나는 부모님이 아실까봐 조각조각 찢어서 껌과 함께 아궁이 불 속에 던져 넣어 버렸다. 지금 생각해 보면 그는 나 개인에 대한 관심보다는 뭍에서 온 나를 통하여 그에 대한 환상을 꿈꾸었던 것 같다.

중고등학교에 다닐 때 나는 학급친구들의 연애편지를 도맡아 써주었다. 나는 가만히 앉아서 남모르는 남학생들과 일대일로 연애하는 기분이었다. 유난히 맘에 드는 편지가 있었다. 감정이 잘 통해서 그 남학생을 한번만이라도 만나보고 싶을 지경이었다. 그의 편지는 사춘기 소녀의 마음을 흔들기에 충분했다. 나는 나의 지력과 필력을 총동원하여 정성스럽게 답장을 써주곤 했다. 나중에 알고 보니 상대 남학생도 대필이었다. 연애편지를 쓰는 사람들과 막상 만나는 사람들이 달랐던 것이다. 모든 비밀이 드러난 뒤 연애편지를 주고받았던 상대 남학생이 나를 만나고 싶다 했을 때, 나는 마음의 소원과는 달리 깊이 숨어 버렸다. 결국 한 번도 만나지 못하고 추억의 강을 건너가 버렸다.

대학에 다닐 때 수업을 마치고 돌아오면 자취집으로 향하는 건널목에 한 남학생이 늘 서 있었다. 하루도 빠짐없이. 아침에 시내버스를 타면 어느새 그가 옆에 있었다. 그는 한마디 말도 건네지 않았다. 주말이면 시골집에 내려가곤 했는데 현관문을 열면 논밭으로 난 길목에 있는 정자나무 아래 그 사람이 우리 집을 바라보며 하염없이 서 있곤 했다. 저녁 무렵이면 소인이 찍히지 않은 편지봉투 속에 두툼한 편지를 써서 편지함에 넣어놓고 사라지곤 했다. 동아리 연극공연을 마친 날, 식당에서 밤늦게까지 쫑파티를 하고 나오면 얼마동안이나 서 있었는지는 모르되 추위에 새파랗게 질린 그와 마주치곤 했다. 난 참 냉담했다. 감동으로 수천 번 무너질 만도 하건만 도무지 마음이 움직이지 않았다.

연애편지는 아니지만 소중하게 생각하는 편지가 있다. 대학 시절, 선배가 보낸 것이다. 컴퓨터 용지를 세로로 접어 2단으로 빽빽이 쓴 넉 장의 편지. 나는 그 편지를 받고 감전 상태를 경험했다. 전혀 예상하지 못했던 것이었다. 그를 몰래 좋아하기는 했지만 그가, 다른 사람이 아닌 그가 내게, 그림자 같은 존재여서 있는지조차 알 수 없을만큼 사람들의 눈에 띄지 않는 내게, 편지를 썼다는 사실이 믿어지지가 않았다. 그는 일생 동안 이렇게 긴 편지를 쓰기는 처음이라 했다.

연애편지가 아니라고 나는 나 자신에게 애써 타일렀다. 편지를 쓸 당시 술에 취해 잠깐 그가 착각한 것이라고, 혹은 편지를 부치자마자 후회했을 거라고 믿었다. 연애편지라고 하기에는 너무나 독백적이고 사색적인 글이었다. 그 뒤 그를 만날 때마다 난 늘 현기증을 느끼곤 했다. 섬세한 그의 신경줄이 고스란히 보이는 것 같았다. 너무나 나를 닮아 있어 두려웠다. 그를 볼 때마다 뭔가 일을 낼 것 같은 위험 의식, 말로 표현할 수 없는 통증을 느끼곤 했다. 그를 생각할 때마다 지금도 가슴 한쪽이 아프다.

선이 없는 하얀 백지에 매번 붓으로 편지를 써서 보내 주시는 시인 한 분이 계신다. 여러 장의 편지지 중 마지막 부분까지 한 글자도 흐트러짐 없이 써 내려간 둥글둥글한 글체를 대하노라면 황송하고 아름다워서 눈물이 난다. 읽고 또 읽으면서 그의 맑고 천진한 마음을 헤아린다. 그분은 색연필이나 묵필로 그린 들꽃이나 사물을 편지와 함께 보내거나 혹은 그림을 곁들인 당신의 시를 보내 주신다.

귀하고 귀한 그 편지들을 포트폴리오에 따로 보관해 놓고 생각날 때마다 꺼내어 본다. 글과 그림의 아름다움으로 인하여 삶의 시름을 달래곤 한다.

가을이다. 책갈피에 끼워 말려둔 낙엽으로 장식한 편지지에 멋진 편지 한 통 쓰고 싶다. 그런 편지를 보낼 대상 하나 있었으면 좋겠다. 먼 날 그가 내 편지를 기억해내고 소중한 추억으로 간직해 주었으면 좋겠다. 그런 편지 한 통 받아 보았으면 좋겠다. 멋진 편지를 받을 만한 자격을 갖춘 사람이 되었으면 좋겠다.

국화차를 마시면서

안개비가 내리는 이른 아침, 지나는 길이면 자기 집에 들러 차 한 잔 마시고 가라는 친구의 전화를 받고 행복했다. 아무리 중요하고 좋은 일이 있다 한들, 친구 집 식탁에 마주앉아 차를 마시는 것처럼 신나고 기쁜 일이 또 있을까.

무슨 차를 마시고 싶냐는 질문에 잠깐 망설였다. 오늘 같은 날에는 무슨 차가 좋을까. 그녀 집에는 많은 종류의 차가 있다는 것을 안다. 피라미드 모양의 예쁜 망사에 담긴 하이비스커스 차를 비롯하여 이름도 특이한 각종 희귀 차들을 처음 만난 곳이 이 집이었다. 어떤 특이한 이름을 대어도 그녀는 명명된 차를 내올 것이다. 향이 그립다 하니 "국화차가 제격"이란다. 맛도 좋다 했다.

친구는 크고 화사한 꽃이 그려진 유리 주전자에 끓는 물을 부은 다음, 아기 주먹만한 토기 단지에서 국화를 꺼내어 그 물 위에 떨어뜨렸다. 미리 듣지 않았더라면 결코 국화라는 것을 알 수 없을 만큼 검게 조그라져 말라 있는 콩알 크기의 일곱 송이 국화.

친구와 나는 뜨거운 물속에서 꽃이 피어나는 모습을 말없이 쳐다보았다. 무심하게 떨어져 유리주전자 바닥에 한숨처럼 내려앉는 꽃잎 한 장. 상한 곳 한군데 없이 완벽한 형태와 고운 빛이 오히려 슬폈다. 아름다워라. 슬로우 모션으로 보는 비디오 영상처럼, 꽃잎들은 그렇게 천천히 펼쳐지고 있었다. 암, 진선미는 결코 서두르는 법이 없지. 내보이려 안달하지 않지.

국화는 수줍은듯 얼굴을 모두 아래로 향하고 있었다. 주전자를 위로 쳐들고 꽃들을 바라보았다. 꽃은 이제 순수한 연노랑 빛으로 활짝 피어나 물의 표면을 모두 덮어 버렸다. 송이마다 탐스럽고 빽빽하게 붙어있는 꽃잎 꽃잎들. 세상에, 가장 고운 시기에 꺾였구나. 아기별처럼 옹기종기 작은 얼굴로 피어나 고국의 가을 들판을 수놓았을 너희들. 어느 한순간에 어처구니없이 생명을 잃었구나. 서러워 마라. 오랜 시간 지난 후, 이역만리 이국땅에서 지금 이렇게 완벽하게 부활하고 있지 않느냐.

아, 내 인생도 부활할 수 있을까. 아니, 어느 때 단 한순간만이라도 아름다운 모습으로 피어본 적이 있었던가. 본래의 모습을 알아보는 이 없다, 한탄할 수도 없다. 조심조심 살아온 세월이었다. 미안하고 죄스러워 주눅 든 모습으로 간신히 살아낸 세월이었다.

"첫 잔은 내가 마실게. 향이랑 맛이 약하거든." 맘 깊은 친구다. 그래 처음 것은 늘 부족하지. 식물도 짐승도 사람도 처음 태생은 대체로 덜 익고 덜 성숙하고 덜 영악하지. 농익은 친구의 사랑이 찻잔에 담긴다. 향을 마신다. 어지럽다. 아득한 냄새. 고향 냄새. 저녁 무렵, 마을 어귀의 커다란 정자나무 아래에 서서 들녘을 바라보노라면 한줄기 바람결에 무심히 스쳐 지나가 버리곤 했던 냄새. 마른 풀 같기도 하고, 논에서 올라오는 흙냄새 같기도 하고, 모깃불 위에 얹은 생풀에서도 언뜻 스쳤던 듯한 냄새. 그리움에 냄새가 있다면 이 향기이리라. 사랑에 빛깔이 있다면 이 은은함이리라. 속 깊은 그리움에 갈증이 난다. 표현할 수 없는 사랑에 마음이 탄다.

차를 음미했다. 성실하고 고결하고 청초한 국화의 성정을 삼켰다. 빨간 국화는 사랑, 흰 국화는 진실이라 했지. 사랑과 진실, 이 두 가지가 있다면 이 한 세상 넉넉히 살아낼 수 있지 않을까. 평화와 감사라는 꽃말로 삶을 장식할 수 있다면 원이 없겠다. 두통과 어지러움, 관절의 통증도 재워 준다 했던가. 뼛속까지 스며들어 시시때때로 들쑤시는 세상의 상처와 모순, 그 아픔과 혼란마저 치유한단 말이냐.

대학을 졸업하던 날, 한 송이 국화를 들고 찾아온 사람이 있었다. 언젠가 무슨 꽃을 좋아하느냐는 질문에 선뜻 국화를 둘러대었었다. 국화가 만만했을까. 서럽고 비참하고 눈물겨웠던 청년 시절, 감히 아름답고 화려한 꽃은 어울리지 않는다고 생각했을까. 한 송이 국화의 비밀은 그렇게 먼 기억 속으로 사라졌다. 그 뒤 국화를 선물로 받은 적이 없다. 생일 때나 각종 기념일이 돌아오면 나의 룸메이트는 열두 송이 혹은 스물네 송이의 장미를 사가지고 오거나 배달시킨다. 빛과 향이 짙고 강한 장미, 탐스럽고 귀족적인 장미를 대할 때마다 소박한 국화를 생각한다. 장미 같은 열망과 국화 같은 순수를 생각한다.

마지막 한 모금의 국화차를 마시노라니 존 스타인벡의 단편소설 「국화」가 생각났다. 시골농부의 아내 엘리사는 미지에 대한 동경과 낯선 사람을 향한 열정을 가눌 길 없어하는 35세의 농염한 여인이다. 겨울이 깊은 정원에서 국화 뿌리를 다루고 정리하던 그녀 앞에 여러 지방을 떠돌며 납땜을 해주는 남자가 나타나면서 이야기는 시작된다. 아니 그 방랑자가 나타나기도 전, 소설의 배경에는 이미 사물이든 남자든 미지의 것을 훔쳐보고 동경하는 엘리사의 불안한 모습이 회색구름처럼 복선으로 드리워 있다. 그녀는 눈앞에 나타난 낯선 남자의 강한 근육과 그을린 피부를 보면서 방랑자의 환상을 꿈꾼다. 그를 따라 어디든지 흘러가고 싶었던 그녀는 가장 탐스럽고 예쁜 꽃을 피우는 건강한 국화 뿌리를 화분에 옮겨 담아 그에게 준다. 자신의 소망과 꿈과 열정도 함께 담아서. 한 순간에 만난 이방 남자에게 끌리는 자신의 내면의식을 돌아볼 여유도 없다.

어지러운 마음으로 하루를 보낸 그녀는 늦은 오후, 남편과 도시로 외식을 하러 나가는 길에 기어이 보아 버렸다. 길섶에 아무렇게나 내동댕이쳐진 작은 물체. 그녀가 이방 남자에게 준 국화 뿌리였다. 자신이 버림받은 듯한 절망과 쓰린 감정을 남편 몰래 교묘하고 은밀하게 삭이는 모습이 슬프다. 어느 결에 나도 그녀처럼 외투 깃에 얼굴을 묻고 몰래 흐느껴 울고 싶어진다. 타협과 전이와 복수가 잔잔하게 은유로 진행되는 심리 묘사가 가을날 국화꽃에 내리꽂히는 투명한 태양빛처럼 선명하고 아름답다.

소설은 그렇게 끝이 난다. 엘리사가 낯선 남자에게 건네준 것이 마른가지를 매단 국화 뿌리가 아니라 화려한 꽃이었다면 이야기 전개는 달라졌을까. 국화가 아니었다면 결코 이 소설은 완벽한 완성도를 성취할 수 없었으리라. 국화이어야만이 격에 맞는 상징이 되는 것이다. 방랑자는 국화의 성정을 견딜 수 없었을 것이다. 맑고 순결하고 거짓이 없는 진실. 그것은 그가 갈구하는 욕망과는 거리가 먼 성향의 것이었다. 코드가 맞지 않았다 할까. 억세고 질긴 국화 뿌리 같은 인간 본연의 욕망과 여인의 복잡하고 섬세한 심리를 놓치지 않고 따라잡는 묘사는 한숨이 절로 나게 만든다. 종당에는 아프고 슬프게 만드는 이야기다.

국화차를 마시는 동안 친구와 나는 각자의 상념에 빠져 말이 없었다. 친구에게 소설 이야기를 하지 않았다. 차마 말할 수 없었다. 살면서, 수없이 흔들렸던 생각들. 수없이 스쳐지나간 인연들. 마음을 흔들고 생각을 흔들고 의식의 뿌리까지 흔들리게 했던 만남들.

어둑한 길바닥에 허접 쓰레기로 내팽개쳐진 국화 분처럼 나의 삶이, 꿈이, 소망이, 짓밟히고 깨짐으로 쓰리고 아팠던 경험이 얼마나 많은가. 다행이다. 차라리 잘 된 일이었다. 그렇게 유기되고 외면당한 것이 오히려 구원이었다. 아직도 깨어지지 않은 욕망, 둥둥 떠 있는 의식은 언제나 바로 잡혀 가지런히 정리될까. 깊은 한숨이 절로 난다.

친구 집을 나서니 안개비가 걷히고 태양빛이 찬란했다. 입 안에 아직도 남아 있는 국화향이 감미로웠다. 마음속에도 생각 속에도 국화향이 스밀 수 있다면, 그렇게 세상을 살 수 있다면 얼마나 향기로울까.

오늘처럼 친구랑 가끔 국화차를 마시고 싶다. 예쁜 유리 주전자

안에서 피어나는 아름다운 꽃을 바라보며 마음을 내려놓고 생각을

내려놓고 국화향에 푹 젖고 싶다.

7부

엄마의 마음, 딸의 마음

부부

시부모님을 뵐 때마다 마음이 따뜻해진다. 2년 전에 대장암 수술을 받으신 82세의 아버님과 치매로 고생하시는 80세의 어머님은 부부의 소중한 인연과 깊은 정을 느끼게 해준다. 서로 의지하고 기대어 사는 모습이 숭고하게 보인다.

아버님이 수술 후 양로병원에서 회복 중이실 때였다. 네 애비가 새여자에게 빠져 자신을 버리고 도망갔다며 어머님은 내내 원망하고 슬퍼하셨다. 너무나 심각해서 웃을 수도 없었다. 아무리 설명을 해도 막무가내셨다.

어느 날, 마음을 단단히 먹고 어머님을 모시고 아버님을 방문했다. 아버님은 정원에 나와서 다른 노인들과 해바라기를 하고 계시다가 어머니를 보시더니 반가워서 어쩔 줄 몰라 하셨다. 그리고는 주위 사람들에게 어머니를 소개하기 시작하셨다. 자리에 앉으신 아버님은 어머니를 찬찬히 뜯어보시더니 "임자, 나 안 보고 싶었남? 나는 임자 보고 싶어서 죽을 뻔 했는디." 하셨다.

어머님은 아버님의 병이 얼마나 중한지 알지도 못한 채 아버님의 휠체어에 앉아 무심하셨다. 간호사는 아버님의 헤모글로빈 수치가 너무 낮아 빈혈이 걱정된다고 성화였지만 아버님은 "내가 몸 작은 네 어메 하나 다루지 못하면 사람 아니제." 하시며 어머님을 불끈 들어 이리저리 옮기셨다.

점심시간이 되어 가까운 곳에 있는 식당에 모시고 싶다는 의사를 타진하여 간호사에게 허락을 받았다. 적혈구 수치가 모자라니 꼭 휠체어에 앉으라는 간호사의 간곡한 부탁에도 불구하고 병원 정문을 나서자마자 아버님은 어머님을 불끈 안아들고 당신의 휠체어에 태우시고 걸으셨다. 식당에서 아버님은 어머님 손을 붙잡고 물으셨다. "임자, 내가 임자 미워서 도망갔다고 했다면서? 아니여, 내가 이쁜 임자 두고 어디를 가겄어. 나 수술 받았어. 자, 여기 봐봐." 아버님은 당신의 허리춤에서 모든 것을 꺼내 보여 주시며 어머님을 위로하였다. 어머님은 "나는 또 도망간 줄 알았제." 하셨다. 나는 "아버님 젊으셨을 때 도망가신 적 있었어요? 어머님이 또 라고 하시잖아요." 라며 좌중을 웃겼다. 아버님은 식사를 하다 말고 어머님을 물끄러미 쳐다보시며 "네 어메 참 예쁘다." 하셨다. 방문을 마치고 집으로 돌아오는 길에 어머님이 물으셨다. "그런데 네 애비는 왜 거기 계신다냐?" 나는 머리가 멍했다.

앓는 중에도 아버님은 어머님의 진자리 마른자리를 돌보아 주고 끼니마다 꼼꼼하고 정성스레 챙겨 먹이셨다. 기본적인 생리를 가리지 못하고, 먹는 것조차 잊으신 어머님이셨다. 아버님의 상태가 나빠져서 병원에 입원하시면 "어메 그리우니 빨리 모시고 오라." 하셨다. 어머님이 병원에 입원하시면 아버님은 줄곧 병원에 상주하셨다. 며칠이 안 되어 "어머니를 데려오라." 성화셨다. 입원 기간 동안 피골이 상접한 어머님은 집에 돌아오시면 얼굴에 혈색이 돌곤 하셨다. 사랑이 아니면 사람은 잠시도 살 수 없다는 말을 나는 믿는다.

어머님은 아버님께 착한 아기였다. 누우라면 눕고, 앉으라면 앉고, 수저를 입에 가져다 대면 먹고 싶지 않아도 입을 벌리시곤 했다. 아버님은 내게 자주 묻곤 하셨다. "며늘 아가, 오늘 네 어메 참 이쁘쟈." "그렇게 이쁘세요?" "그럼. 이 세상에서 제일 이쁘제. 네 어메 갈수록 이뻐진다. 피부 좀 봐라. 얼마나 희고 부드러운가." 나는 어머님의 주름진 손이랑 얼굴을 만져 보았다. 정말 희고 부드러웠다. 내면의식이 빠져나가버린 어머님의 피부를 만지노라니 마음이 먹먹했다.

어머님은 수많은 세월을 인고하셨다. 가족을 위해 평생을 헌신하신 분으로 존귀한 대접을 받아 마땅한 분이다. 그분은 젊었을 적에 선과 덕을 쌓으셨다. 그리고 지금 그 저축을 찾아 쓰고 계시는 중이다. 나는 지금 저축하고 있는가.

대장암 수술 직후, 아버님은 병원에 3주일 양로병원에 3주일을 입원해 계셨다. "쓸데 없는 짓 했제." 하시며 힘들어 하는 아버님의 모습을 옆에서 지켜보는 일은 정말이지 너무나 괴로웠다. 수술 전에는 그렇게 정정하시던 분이 머리도 감지 못하고, 그렇게 정갈하신 분이 기저귀를 차고 있어야 한다는 사실이 믿어지지가 않았다. 차마, 감히, 한마디도 운을 뗄 수 없는 상황 속에 여러 날이 지나갔다. 인공 항문을 만들고 수술에서 회복되는 동안 전립선이 내려와 소변 보는 일이 어려워지면서 많은 고통을 겪으셨다. 하루하루가 암담했다.

이제 아버님은 웬만큼 회복이 되셨다. 식사를 꼬박꼬박 챙겨 드시고 의사의 지시에 따라 괴로워도 날마다 20분씩 동네를 걸으셨다. 힘든 수술을 받은 분 답지 않게 기운이 있으셨다. 여러 가지 새로운 환경에 적응하는 일이 쉽지 않았지만 아버님은 거뜬히 이겨내셨다.

아버님의 병 진단과 함께 몰려온 일련의 일들이 마치 과거의 환상인 듯 아련했다. 아버님은 당신 속이야 어떻든 겉으로는 늘 자녀들의 마음을 편하게 해주셨다. "팔십이면 많이 안 살았냐. 이래도 저래도 좋다. 통증도 없고 이만하면 견딜 만하다." 하셨다. 우울해지지 않으려고 스스로 노력을 많이 하셨다. 코미디, 가요무대, 전국노래자랑과 같은 프로그램들을 녹화한 비디오를 반복해서 시청하셨다. 자녀들은 아버님집에 자주 모여 아무렇지 않게 노래를 부르고 춤을 추며 웃고 떠들었다.

아버님은 혼자말로 중얼거리곤 하셨다. "이렇게 아플 때 자식이 없었다면 의지가지 없을 뻔했다." "자식이 있어서 참 좋다." 마음이 아팠지만 아버님이 하시는 말씀을 그냥 흘려들으려고 노력하였다. 생각을 깊이하면 눈물이 쏟아질 판이었기 때문이다.

수술 직후 양로병원에 입원해 계시면서 아버님은 어머님이 보고 싶다고 여러 차례 말씀하셨다. 그런데 어머님을 모시고 나오는 일이 여의치가 않았다. 기운 없는 어머님이 불현듯 넘어지거나 쓰러지기 일쑤였기 때문이었다. 그런 어머님을 넉넉히 붙잡아줄 만큼 내 기력이 강하지 못했다. 자동차로 한 시간 거리의 여정도 만만치 않았다. 그런데 아버님은 계속 어머님이 보고 싶다고 걱정 반, 그리움 반으로 말씀하셨다.

네 명의 동서들이 클레어몬트에 사시는 어머님을 수시로 방문할 때마다 어머님의 몸을 씻겨드린다. 순하고 어린 양 같으신 어머님. 며느리가 시키는 대로 머리를 숙이고 눈을 감고 몸을 일으키고 좌우 앞뒤로 몸을 돌리신다.

나이가 드는 것은 무엇을 의미하는 걸까. 그토록 총명하던 어머님이 생각을 놓아버리고 그토록 건강했던 아버님이 병을 앓으셔야 하는 이유는 무엇일까. 사랑을 받기만 했던 후세대들이 사랑을 나타낼 기회를 마련해 준 것은 아닌지. 그렇게 세상은 주고받으면서 사는 것은 아닌지.

그런데 잘 하지 못한다. 왜 이렇게도 바쁜지. 왜 이렇게 살아야 하는지. 아버님 어머님 사시는 클레어몬트에 오가는 길이 왜 이다지도 먼지.

얼마 전 회혼례 잔치를 열어드렸다. 아버님이 먼저 원하신 잔치였다. 잔치를 치르고 나서 아버님의 속 깊은 뜻을 알게 되었다. 아버님이 앞으로 10년을 더 사셔서 90회 생신을 축하해 드리는 일이 그리 쉽겠는가. 어머님과 함께 70주년 결혼 기념 잔치를 여는 것이 쉽겠는가. 자식들 속 아프지 않게 하려는 아버님의 뜻이었다.

냄비

십여 년 전, C 회사 냄비세트 3종류를 큰 맘 먹고 들여놓았다. 큰 형님이 C 회사에 잠깐 일하실 때였다. 평소라면 엄두도 내지 못할 테지만, 막 입사한 형님의 실적을 올려주고 체면을 살려준다는 생각에 신이 났다. 구실이 좋았다. 이런 핑계나마 만들어서 좋은 물건 한번 써보자 하는 얄팍한 심리가 작용했을 것이다. 몇 개월 동안 할부로 내면서 후회가 되지 않았다. 가족들에게 건강 음식을 제공한다는 생각에 뿌듯하기만 했다.

아랫부분과 윗부분이 나뉘어 있는 보통 냄비와 달리 이음새 없이 만들어진 냄비는 제 값을 단단히 했다. 빠른 시간 안에 원하는 요리를 할 수 있었다. 일단 열이 가해진 뒤에는 진공상태가 되어 오랫동안 음식이 상하지 않았다. 채소를 데치면 색이 변질되지 않았고 옥수수나 고구마를 삶을 때는 물을 많이 넣지 않아도 빨리 맛있게 익혀주었다. 큰 냄비는 많은 양의 국을 끓일 때, 중간 냄비는 라면이나 각종 찌개를 끓일 때, 작은 냄비는 차를 마실 물을 끓일 때 안성맞춤이었다. 다섯 식구에 냄비 세 개로는 부족한 느낌이 들곤 했지만 이리저리 궁리해 가면서 별 탈 없이 지나왔다.

중간 냄비는 그중 내가 가장 아끼는 물건이었다. 크기가 적당하여 냉장고에 그대로 넣어 보관할 때 자리를 많이 차지하지 않아 좋았고, 내용물이 가득 담겼어도 무겁지 않아 허물이 없었다. 가끔씩 음식물이 타거나 눌어도 물에 담갔다가 몇 시간 후에 닦으면 언제 그랬냐는 듯 새것처럼 반짝였다.

오호 애재라. 그날은 무슨 날이었던가. 직장 일을 마치고 집으로 돌아오는 길에 남편의 전화를 받았다. 내가 새벽에 집을 나서면서 가스불에 얹어 놓은 국을 잊었다 했다. 심한 냄새와 함께 화재 알람이 울려 일어나 보니 부엌이 연기로 가득 차고 냄비는 새까맣더라 했다. 큰 아들아이도 냄비를 더 이상 사용할 수 없을 것 같다는 남편의 의견에 동의, 부자는 그것을 내다버렸다 했다. 아뿔사, 그날은 쓰레기를 수거하는 날이었다. 그가 길거리에 내놓은 쓰레기통에 그 냄비를 넣자마자 트럭이 와서 가져갔다 했다. 중간 냄비였다!

나는 냄비의 최후 모습을 꼬치꼬치 캐물었다. 손잡이도 멀쩡하고 뚜껑에 달린 꼭지도 그대로였단다. 그것은 냄비가 아직 건재하다는 뜻이다. 버림받을 만큼 망가지지 않았다는 증거다. 그것은 그 냄비가 오랜 세월동안 수도 없이 일상으로 겪어온 일이었다. 냄비의 재질은 수술실에서 사용하는 철과 같이 특수 처리된 것이어서 쉽게 언제든 원상으로 복구되었다. 늘 새것처럼 반짝여서 쓸수록 정이 들고 신기한 물건이었다. 맙소사. 차라리 손잡이랑 꼭지가 불에 녹아 버렸다면 그나마 덜 서운할 텐데. 아니다. 그 냄비는 설령 손잡이나 꼭지가 없어도 그 자체만으로도 아직 값어치가 충분히 있다.

나는 울부짖었다. 깜짝 놀란 남편이 그 냄비가 그렇게 중요한가,

되물었다. 눈물로 범벅이 되어 집에 돌아온 나는 냄비가 정말로 없어진 것을 확인하고 그 자리에 털썩 주저앉았다. 나는 "만약에…." 혹은 "하필이면" 이라는 후렴구를 넣어 신세 한탄을 했다.

왜 하필이면 나는 오늘 아침 일찍 잠에서 깨어났을까. 왜 평소에는 하지 않던 요리를 새벽부터 했을까. 왜 가스불 끄는 것을 잊었을까. 왜 하필 나는 오늘 일을 하러 가야 했을까. 왜 남편은 그 냄비를 버렸단 말인가. 왜 하필이면 오늘 쓰레기 수거 날이었을까. 아니 남편이 냄비를 버리기 전 트럭이 왔었더라면. 가련한 그 냄비는 어두운 쓰레기 통 속에 잠시잠깐 갇혀 있다가 내 품에 안겼을 텐데. 아무리 냄새나는 쓰레기통이라 할지라도 나는 기쁘고 감사한 마음으로 맨손과 맨발로 기어들어가 냄비를 주어왔을 텐데. 평소에 온갖 일을 보고하고 의견을 물어오던 남편은 왜 하필이면 오늘따라 냄비를 버려도 되느냐, 묻지 않았을까. 대학 기숙사에 있던 큰아들은 하필 이때 집에 와 있었을까. 평소에 사리판단 잘해주어 엄마의 인생을 시원하게 만들어 주었던 그 아이는 왜 건방진 결단을 내림으로 미련한 일에 애비와 한통속이 되었을까. 암 미련한 짓이고 말고.

때 묻은 진주를 알아보지 못하는 얇은 안목을 지닌 두 사람에게 실망이 이만저만 아니었다. 거짓에 가려 고통하는 진리를 왜 깨닫지 못했을꼬. 두 사람 모두 마음이 연하여 혼자서는 결코 하지 못했을 일을 둘이 되고 보니 큰 용기를 얻었구나. 서로의 판단을 신뢰하여 잘한 일이다, 했을 것이다. 엄마가 이렇게 새까맣게 탄 냄비를 보면 속상해 할 것이니 우리가 미리 없애버림으로써 그녀의 마음을 편하게 해주자, 했단다.

며칠 동안 가스불을 켜지 않았다. 요리할 의지를 상실한 것이었다. 잃어버린 냄비에 대한 애도 기간이었다. 식구들은 시리얼cereal로 아침을 때우고 저녁에는 음식점에서 사온 음식을 먹었다. 냄비 생각만 해도 눈물이 났다. 남편은 도무지 이해할 수 없는 여자라며 혀를 내둘렀다. 물질에 연연하는 속물이 아닌 척 하더니 이게 웬일, 하는 눈길로 나를 바라보았다. 나는 우리 동네 쓰레기 처리장이 어딘지, 트럭 넘버가 무엇인지 당장 알아내어 '내 냄비' 찾아오라고 소리를 질렀다. 남편은 똑같은 것을 사주마, 타일렀다. 더 분이 났다. 값으로 환산할 수 없는 감정을 물질로 다스리려 하다니. 더구나 어찌 같은 냄비가 될 수 있을 손가.

신혼 초기에 남편은 내게 어머니날 선물로 붉은 사파이어가 세 개 박힌 백금반지를 사주었다. 무척 비싼 값을 치렀다는 기억이 난다. 어느 날 한 살 된 큰아이가 보이지 않아 집안을 이리저리 찾던 중 화장실에서 그 아이를 발견했다. 나는 그때 보았다. 변기 안 물 속에 잠겨서 영롱하게 어른거리고 있는 반지를. 내가 놀라서 그 반지를 집으려는 찰라 아이가 변기 물을 내려 버리고 그 반지는 알 수 없는 미궁 속으로 허망하게 사라져 버렸다. 그땐 잠시 어이가 없었을 뿐 가슴이 아프지는 않았다. 그 뒤 한 번도 그 반지가 생각나지 않았다.

좋아하고 아끼는 물건을 잃어버린 적이 어디 한두 번이던가. 물건에 담긴 의미를 좇아, 혹은 정든 기간에 따라 그 상실로 인한 아픔의 농도가 달랐다. 냄비를 잃고 그토록 속이 상했던 것은 아마도 오랜 시간 들인 정 때문이리라. 혹 아직 다 하지 못한 인연 때문인가. 오래도록 사용하다가 딸아이에게 유산으로 물려주고 싶다, 생각했던 물건이었다. 또 있다. 내가 원해서, 나의 의지로, 혹은 나의 실수로 이루어진 것이 아니라 나도 모르는 사이에 타의로, 그것도 사리판단이 미숙한 아이도 아니고 타인도 아닌 가장 가까운 사람에 의해 발생된 상실에 대한 분노 때문이리라.

며칠 후 남편이 인터넷에 냄비를 주문했다. 값이 기백불이라는 사실에 그제야 내 기분을 알 것 같다 했다. 돈 때문이 아니다, 항변하고 싶었지만 형언할 수 없는 감정으로 입을 꼭 다물었다. 마침내 냄비가 도착했다. 냄비는 잃어버린 것과 같은 모양이 아니었다. 크기는 물론이고 뚜껑에 달린 꼭지랑 손잡이도 달랐다. 내가 잃어버린 것과 같은 모델은 더 이상 만들지 않는다 했다.

막내아들이 포장을 뜯어주며 단숨에 말했다. "엄마, 냄비 모양이 다르다고 아빠한테 불평하지 마세요. 이건 아빠가 엄마에게 주는 선물이잖아요. 선물 가지고 불평하는 것은 옳지 않아요." 그래 아들아. 네 말이 맞다. 어차피 지난 일이다. 똑같은 것으로 대체한다 해도 같은 것일 수 없다. 차라리 아름다운 추억으로 간직하자. 똑같은 것이면 옛것을 까마득히 잊어버릴 염려가 있다. 예의가 아니지. 새 그릇은 또 무슨 죄냐. 정을 주어야지.

며칠 후 라면담당 막내아들이 또 말했다. "엄마, 지난 번 냄비로는 라면을 세 개 밖에 끓일 수 없었는데 이것으로는 다섯 개까지도 넉넉히 끓이겠더라고요. 이제 먹고 싶은 만큼 넉넉히 끓일 수 있으니 얼마나 좋은지 몰라요. 내 말이 맞지, 누나?" 고개를 크게 끄덕이는 딸. "당연하지. 엄마, 아빠는 무고해.Mom, he was innocent." 모두 지 애비 편이로구나. 그래, 냄비가 인생의 다는 아니지. 사랑을 잃은 마음을 다시 한번 일깨워 주는 사건이려니. 잃어버린 친구, 잃어버린 관계로 가슴앓이를 한 적이 언제였던가.

같은 모양의 냄비 세트 사이에 불편한 모양새로 앉아있는 새 냄비를 볼 때마다 잃어버린 냄비를 생각한다. 한 때 그가 없으면 잠시도 견딜 수 없을 것 같았으나 지금은 어디서 무엇을 하면서 사는지조차 알 수 없는 옛 친구를 생각한다. 지금 현재 소중하고 의미있게 다가온 새로운 만남들을 생각한다.

인생은 이렇게 서로 다른 모양과 다른 시기에 만난 사람들로 이루어져 가는 것을. 언젠가는 이러한 이물감이 자연스러워지는 날이 올 것이다. 그리고 언제 내가 잃어버린 냄비 때문에 마음 아파했던가, 까마득히 잊어버릴 것이다. 그렇게 작은 일에 연연했던 사실을 부끄러워하면서, 가소로워하면서. 마치 다 큰 사람처럼. 큰 도道라도 깨달은 것처럼. 옛것은 그렇게 잊혀져 가고 새것이 그 자리를 메워줄 것이다.

나도 언젠가는 옛사람으로 분류되어 작은 공간으로 삶의 궤도가 한정될 것이다. 그럴지라도 자유를 느끼려면, 마음이 아프지 않으려면, 지금부터라도 부지런히 마음공부를 해야겠다.

세상의 모든 어머니들을 위한 찬가

생명의 대가가 비싸다. 전 세계적으로 매 1분당 임산부 한 명이 출산 과정 혹은 그 직후에 목숨을 잃는다. 1천만 명 내지 1천 5백만 명의 여성들이 출산으로 인한 후유증이나 상처로 고통 받는다.

〈타임〉지 6월호 화보를 접한 충격이 크다. 웨스트 아프리카의 시에라리온 병원에서 아기를 분만하다가 사망한 어느 산모의 죽음의 여정이 총 여섯 페이지에 걸쳐 소개되어 있다.

14세에 결혼, 18세에 쌍둥이를 임신한 세세이는 산통이 시작되자 카누와 구급차를 타고 병원에 도착한다. 쌍둥이는 거의 24시간 간격을 두고 태어난다. 첫 아이가 태어나고 두 번째 아이를 분만하기까지 24시간 동안 그녀는 심한 출혈을 한다. 마침내 둘째 아이가 태어난 뒤에도 그녀의 출혈은 멈추지 않는다. 그녀는 의식을 잃는다. 희미해져 가는 맥박과 함께 그녀의 호흡은 조용히 멈춘다. 두 생명을 싣고 떠났던 그녀는 차가운 주검이 되어 남편의 집에 돌아온다.

21세기에 사는 여성이, 병원시설 안에 있는 산모가, 왜 24시간 동안이나 방치되어야 했는가? 제왕절개술을 집도할 수 없었는가? 둘째 아이의 조기 분만을 유도할 수 있는 조치는 취할 수 없었는가? 출혈을 멈출 수 없었는가?

고유문화와 관습과 열악한 환경 때문에 지금 이 순간에도 가난한 나라의 여성들이 수없이 많이 죽어가고 있다. 세상은 이들의 절규 앞에 더없이 냉담하다. 오히려 개선장군이라도 되는 양, 가난한 나라를 위해 우리가 이만큼 해냈다고 큰소리다. 출산이 임박한 페루의 임산모들은 병원에서 가까운 보호시설에 머무를 수 있단다. 인도 여성들은 집에서만 아이를 분만할 수 있다는 터부를 깨고 적은 비용으로 병원시설을 이용할 수 있게 되었단다. 빈약한 변명이 야속하기만 하다.

임산모의 비극을 막기 위한 방책으로 여성 교육을 들고 있다. 여성이 의식을 깨면 문제가 해결되는가. 마치 무식한 죄로 인한 자업자득이라는 뉘앙스가 짙게 깔려있다. 생명을 배태하고 키우는 장치를 갖지 못한 남성이 여성정책을 주도함으로 빚어진 모순이다.

교육된 여성이 턱없이 고루하고 고집스런 남성위주의 문화와 풍습에 맞선다 한들 얼마만큼의 효과를 얻을 것인가? 달걀로 바위치기다. 또 다른 의미의 값비싼 희생이다. 받아들여지지 않는 지식과 용기는 오히려 더 많은 좌절과 고통을 안겨줄 뿐이다.

남성교육이 선행되어야 한다. 여성을 성의 대상으로만 바라보는 그들의 시각을 바꾸어야 한다. 왜 13~4세의 소녀들이 결혼을 강요당해야 하는가. 이제 막 초경이 시작되어 난소가 성숙하지도 않은 상태에서 임신을 해야 하는가 말이다. 몸과 마음이 준비되지 않은 십대 소녀들의 임신과 출산은 사산아, 미숙아, 기형아, 온갖 선천적 질병을 동반하기 쉽다. 자녀들의 비극이 여성 혼자 짊어져야 하는

짐이 아니라고 볼 때 남성교육은 필수다. 여성이 행복해야 남성도 행복할 수 있는 것이다.

회흑빛의 세세이의 얼굴을 다시 들여다본다. 이 세상에서 가장 적막한 풍경은 죽은 자의 모습이다. 순환과 율동이 멈춘 주검을 바라보는 마음이 슬프고 아프다.

그녀의 죽음이 담고 있는 메시지가 헛되지 않기를 소원한다. 세상이 조금이나마 아름답게 변화되는 초석이 되기를 소망한다.

생명을 잉태하고 키우는 이 세상의 모든 어머니들은 창조주의 위대한 조력자이다. 그들은 대접받아야 마땅하다. 칭송받아야 옳다. 자신의 생명을 기꺼이 내어놓는 그들은 진정 영원한 성자이다.

세상의 모든 아버지들을 위한 송가

일 년의 중심 6월입니다. 가정의 중심 아버지의 날을 맞아 아버지의 존재와 의의를 생각해봅니다.

한 초등학교 학생이 쓴 시가 있지요. "나는 엄마가 좋다/ 내가 원하는 것을 모두 해주시니까// 나는 냉장고가 좋다/ 맛있는 것을 꺼내먹을 수 있으니까// 나는 강아지가 좋다/ 나랑 놀아주니까// 그런데 아빠는 왜 있는지 모르겠다" 미안하고 미안합니다.

남편. 혹 거라지 세일에 내놓으면 마지막까지 팔리지 않을 품목. 거저 가져가래도 손사래를 당할 존재. 이사하는 날, 아내가 아끼는 강아지를 안고 트럭 조수석에 미리 앉아야만 하는 존재. 아내가 커다란 냄비에 수일 분량의 국을 끓이고 한솥 가득 밥을 지어 조그만 용기에 나눠 넣으면 불안해지는 존재. 동창 사이트에 자식과 손자녀를 자랑하면 벌금 3만 원, 남편 자랑하면 무료라는 광고에 기꺼이 3만 원을 기부하는 사람은 많은데 남편 자랑은 단 한건도 올라오지 않는 현실.

아이에게 존재감이 없는 아버지. 아내에게 고귀한 감정을 더 이상 심어주지 못하는 남편. 한평생 가족의 안녕과 행복을 위해 뼈가 휘도록 일한 그대는 어쩌다가 이렇게 되었나요?

아니죠. 그대는 압니다. 그대가 존재하기에 그렇게 말할 수 있다는 것. 당신이 없으면 그렇게 말할 수 없다는 것. 누가 뭐라해도 당신의 존재는 여전히 태산 같고 그 위치 또한 확고하다는 것.

알아요. 당신, 뜻대로 되지 않은 사업이나 직장 일로 때때로 마음이 어두워진다는 것을. 그럼에도 가족의 마음을 흐리지 않기 위하여 애써 쾌활한 음성과 표정으로 집에 돌아온다는 것을. 걱정과 근심이 당신 어깨를 짓눌러도 인내하고 자제하고 친절과 사랑을 나타내기 위하여 노력한다는 것을. 그대의 열렬하고 헌신적인 애정으로 그대의 식구들이 안전하고 평안하게 잠들 수 있다는 것을.

당신은 아내나 자녀들이 철딱서니가 없다고 느낄 때가 많을 테지요. 가족은 압니다. 당신의 사랑과 동정심. 그대여, 늘 강하실 필요 없습니다. 늘 과묵하실 필요 없습니다. 어떻게 느끼는지 알려 주십시오. 당신의 분노와 좌절과 실망을 말씀해 주십시오. 남성적인 힘, 성실, 정직, 인내, 용기, 근면으로 늘 무장되어 있어야 한다고 생각하지 마십시오. 압니다. 모든 능력을 다하여 아내와 가족을 기쁘고 행복하게 해주어야 할 의무를 느끼고 계시는 것을 압니다. 가정이 올바른 원칙 위에 서고 자녀들이 올바른 도덕성을 가지고 순수하고 고결한 품격을 형성할 수 있도록 노력하는 것을 압니다.

당신이 때때로 흔들리는 것을 압니다. 예기치 않은 실망과 유혹이 많을 줄 압니다. 사랑과 친절을 나타내야 한다고 교육받은 당신, 힘든 줄 압니다. 세상은 당신에게 참 많은 것을 요구하지요. 연약한 아내의 마음을 아프게 하지 말고 자녀들에게 고상한 품성을 드러내라, 강요받지요. 인내하고 절제하라, 요구받습니다. 세상은 당신에게 무례하지요.

정중하고 변함없고 충실하며 인정 깊은 남편과 아버지. 세상은 압니다. 그대에게 아낌없는 박수를 보냅니다. 피곤한 어깨가 더욱 무거워 보이는 그대, 어머니날이 크게 주목받고 칭송받을 때 아무 불평 없이 뒤로 물러나 있는 그대, 존경합니다. 아버지날이 제정된 지 불과 40년 미만이라는 사실이 미안하고 무안합니다.

해피 파더스 데이Happy Father's Day! 모든 아버지들이여, 남편들이여. 힘을 내십시오. 당신들의 사랑과 노고는 결코 헛되지 않습니다. 아내와 가족이 혹여 알지 못한다 할지라도 그대의 가치는 결코 퇴색하지 않습니다. 그대가 아니면 아내나 아이들, 세상에 존재할 수 없기 때문입니다. 모든 인류는 당신들로부터 비롯됩니다.

속마음으로 단장의 아픔을 삭이는 당신을 존경합니다. 언제까지나 그대로 있어 주십시오. 당신이 만들어주신 울타리 안에서 노래 부르며 행복하겠습니다. 당신에게 아름다운 노래 들려 드리겠습니다. 서러워하지 마세요. 당신을 위한 자리, 언제나 준비되어 있습니다. 어린 아이가 아빠는 왜 있는지 모르겠다는 시를 쓰는 일은 다시 없어야 하겠습니다.

사모곡

어머니.

얼굴이 얼음장 같군요. 화사하게 화장한 어머니의 얼굴을 뵈니 그리움으로 눈물이 왈칵 쏟아집니다. 어머니 손톱에 칠해진 연분홍빛 매니큐어를 쓰다듬노라니 물기가 차올라서 숨이 막힙니다. 일생 동안 단 한번이라도 매니큐어를 칠한 적이 있으셨나요. 그토록 아끼던 분홍색 한복을 입으시고 늘 충혈되어 있던 눈도 감으시고 깊고 긴 휴식에 드신 어머니. 지난 수년 동안 질병으로 괴로워하셨는데 이처럼 평화스러운 모습을 뵈니 차라리 위로가 됩니다.

어머니.

이제야 목이 멥니다. 저는 어머니가 언제까지나 그 자리에 늘 그 모습으로 계실 줄 알았어요. 살아계시는 동안 한번도 사랑한다고 말씀드리지 못했네요. "건강하세요."라고 말씀드리면 되는 줄 알았어요. 어머니는 사랑이라는 말을 이해 못하시거나 의도한 양만큼 받아들이지 못한다고 생각했던 것일까요? 며느리인 제가 어머니를 사랑한다는 표현이 어울리지 않는다고 생각했던 걸까요?

일생 가난했지만 어느 한순간도 희망을 놓지 않으셨던 어머니. 식구들 밥을 푸고 나면 언제나 어머니 밥은 없었다지요. 아버님이 "십시일반, 어매 밥그릇에 밥 한 수저씩 다 덜어드려라.” 하셨다지요. 어머님은 행복한 분입니다. “이 세상에서 네 어매가 제일 예쁘다.” 며 평생 아껴주신 아버님의 사랑을 받으셨으니까요.

이제 어디서 어머니의 감칠맛 나는 김치를 먹을 수 있을까요. 달콤하고 진한 팥죽, 쫄깃쫄깃한 도토리묵은 어디서 구할 수 있을까요. 새빨간 김치가 담긴 유리병, 팥죽이 담긴 찜통, 도토리묵이 담긴 양푼을 들고 집으로 돌아오는 길이 얼마나 행복했던지요. “내가 없으면 너희들 어떻게 살래.” 하셨던 어머니. 어머니는 안 계시는데 저희는 여전히 이렇게 살고 있네요.

자손들을 단심으로 사랑하셨던 어머니. 바르게 살라고, 정직하게 살면 하늘이 돕는다고 늘 말씀하셨지요. 다섯 며느리들에게 공평한 사랑을 나누어 주신 어머니. 아들 앞에서 며느리 편을 들어주셨던 어머니. 얼마나 좋으신 분이었나, 이제야 가슴을 칩니다. 다시는 그 깊고 다함이 없는 사랑을 받을 수 없다 생각하니 서럽기만 합니다. 땅 속 깊이 내려진 어머니 관 위에 흙을 떨어뜨리며, 감히 이렇게도 하는 것이구나, 죄스러웠습니다. 잊으라는 건가, 이렇게 함으로써 삶을 진행하라는 건가, 싶었습니다.

어머니.

어머니 장례를 치르고 온 가족이 집에 모이니 마치 잔칫집 같았습니다. 15명의 손자녀들은 오랜만에 사촌끼리 만난 정을 풀었고, 어머니의 7남매들은 아무 말씀이 없으신 아버님 앞에서 옛이야기를 하며 정담을 나누었습니다. 삼일째 되는 날은 어머니 묘지를 덮은 꽃

더미를 배경으로 온 가족들이 기념촬영을 하고 식당으로 몰려가 맛있는 냉면도 먹었습니다. 외롭지 않았습니다. 외롭지 말라고 이렇게 많은 자손을 남겨주신 어머니. 우애하며 잘 살겠습니다. 따뜻한 눈으로 서로 아끼고 보살피겠습니다. 자녀들을 잘 길러서 그들이 이 땅에 단단하고 반듯하게 뿌리내리게 하겠습니다.

애비는 오늘 아침에 밥을 먹다가 접시에 코를 박고 엄마, 하면서 엉엉 울었답니다. 어머니, 제가 뭐라고 위로한 줄 아세요? "너무 슬퍼하지 마요. 이제부터는 내가 엄마도 되어줄게." 했답니다. 어머니. 제가 어찌 감히 어머니가 베푸셨던 사랑과 애정을 줄 수 있겠습니까? 저도 어머니의 사랑이 필요하여 이렇게 흔들리는데 어떻게 애비를 붙잡아 줄 수 있을까요? 참, 어머니가 가르쳐 주셨죠. 서로를 받쳐 주면 둘 다 쓰러지지 않고 설 수 있다고. 그렇게 하겠습니다.

어머니를 결코 잊지 않겠습니다. 아아, 어머니 사랑합니다.

사부곡

시아버님이 가셨다. 생신을 한 달 앞둔 만 87세. 병원에 입원하신 지 한 달 만이었다. 7년 전 직장암 진단을 받고 항암치료 한 번 받지 않고 평안하게 사셨다. 두어 달 전부터 음식을 드시지 못하고 계속 토하면서도 병원 가기를 거부하시더니 결국 병상에 누우셨다. 위문과 십이지장을 연결하는 곳을 암덩어리가 가로막고 있어서 음식만이라도 드실 수 있도록 위와 장을 연결하는 우회로를 만들었다.

의사들은 적극적인 치료를 하지 않았다. 한 달 혹은 길어야 석 달이라며 준비하라고만 했다. 내출혈이 있어 주기적으로 수혈을 했다.

아는 것이 병이다. 아버님이 통증으로 고생하실까봐 전전긍긍했다. 통증은 없으셨다. 가끔 신음 소리를 내기는 했지만 통증은 없다 하셨다. 아파 아파 하면서 끙끙대기 시작한 지 만 이틀 만에 아버지는 가셨다. 아버지는 알고 계셨다. 당신은 아픔에 대한 참을성이 없는 분이라는 것을. 가족들을 괴롭힐 거라는 것을. 혹은 초췌한 모습이 남겨진 가족들의 마음을 더욱 아프게 할 것이라는 것을.

새벽 3시 반, 아버님이 운명하셨다는 병원 측의 연락을 받고 달려갔다. 한두 시간도 안 되어 일가족 16명이 좁은 병실을 가득 채웠다. 시신을 앞에 두고 얼마나 시끄럽게 웃고 떠들었는지, 담당간호사에게 쫓겨나야 했다. 우리는 아버지가 사시던 집으로 몰려가서 옛 날 얘기를 나누며 서로를 위로했다.

장례를 치르느라 한국에서, 뉴욕에서, 샌프란시스코에서, 시카고 에서, 캐나다에서 가족들이 날아왔다. 눈물과 웃음이 섞인 음식을 배불리 먹으며 우리는 행복했다. 딸 하나 아들 여섯, 며느리 다섯에 손자녀 열다섯. 당신 가시고 난 뒤 남은 우리가 외롭지 말라고 이렇 듯 많은 자손을 남기셨구나 싶으니 아버지가 새삼 고마웠다.

관속에 편안한 모습으로 누워계신 아버지를 바라보며, 아버지 관 에 흙을 떨어뜨리며, 나는 문득 서러웠다. 그제서야 아버지가 무척 외로우셨을 거라는 생각이 들었다. 5년 전 어머니가 먼저 돌아가신 뒤 별 내색 없이 지내셨다. 같이 사는 딸의 깊은 사랑이 있었고 매 끼니마다 따뜻한 진지 올리며 지극정성으로 모신 둘째 며느리가 있 었다. 같은 침대를 사용하며 때마다 필요한 것을 채워 주고 씻겨 주 는 막내아들이 있었다. 그럼에도 아버지가 무척 외로우셨을 거라는 자각이 세차게 머리를 때렸다.

어머님을 무척 사랑하신 분이었다. 그런 아버님이 2년 전 언젠가 내게 "셋째야 내가 새장가 가고 싶다면 너무 우습냐?" 하셨다. 아들 은 "아버지도 참," 했고 나는 심각해져서 "외로우세요?" 했었다. 그 뒤 아버님은 한 번도 외롭다는 말씀을 하지 않으셨다.

직장을 마치고 나면 아버지에게 달려가 시간을 보내곤 했다. 아버 지의 말 상대가 되어 드리다가 아버지가 잠이 드시면 노트북을 꺼내 놓고 글을 쓰거나 타이핑을 했다. 아버지는 어떻게 하면 울트라 싸운드Ultra Sound 기계를 하나 사서 우리 셋째에게 줄까, 하루 종일 고민했다 하셨다. 그 기계 하나 고향 땅에 설치해 놓으면 떼돈을 벌어 우리 셋째 고생 안 해도 되는데, 하셨다. 한국 갈 때는 비싼 돈 주고 비행기로 열 몇 시간 고생하면서 갈 필요가 없다 하셨다. 아버지가 사시는 클레어몬트 집 뒷산 입구에 가면 매 한 시간마다 시외 버스가 오는데 이천 원만 주면 정읍 북면까지 데려다 준다 하셨다.

아버지는 열이 많으신 분이었다. 주사바늘을 수도 없이 뽑아 버리고 코에 끼워놓은 호스도 몇 차례나 빼버려서 양손에는 늘 야구 글러브만한 두터운 장갑을 끼고 계셨다. 내가 가면 "셋째야, 이것 좀 풀러주라." 애원하곤 하셨다. 장갑을 벗겨 드리면 온갖 너절한 튜브들을 뽑으려 안달하셨다. "한 번만 더 그러면 나 안 온다." 나는 아버지에게 협박하곤 했다. 담요를 수없이 걷어차서 속내의 없이 걸친 가운 속의 아버지 몸이 속절없이 드러나곤 했다. 나는 급한 마음에 아버지 아랫도리를 침대보로 덮으며 "아이고 아버지 왜 이래, 며느리 민망해 죽겠네." 반말을 해대었다. "아버지, 아 해봐요, 더 많이 벌리라니까." 나는 손가락으로 아버지 혀에 낀 오물들을 걷어내곤 했다.

아버지 관이 땅 속 깊숙이 내려가고 그 위에 흙을 떨어뜨리면서 나는 아버지에게 약속했다. "아버지, 편히 쉬셔요. 아이들 잘 키우고 애비 잘 돌볼게요. 이제부터는 제가 애비의 엄마 아빠 되어 줄게요."

좋은 남자의 조건

외로운데 따뜻한 이야기 하나 풀어 마음을 데워볼까. 일전에 남자들이 이상적인 여성상을 놓고 왈가왈부하는 것을 보았다. 일급 탤런트들을 상대로 코가 너무 높다, 키가 작다, 입씨름을 하고 있었다. 세상에나, 탤런트의 마음을 살 만한 정도의 자격을 갖추었다면 반만이라도 맞장구를 쳐주지. 그들은 탤런트는커녕 웬만한 여성이면 뒤도 돌아보지 않을 위인들이었다.

누구에게나 원하는 이성상이 있다. 특별히 남성들은 외모와 교양과 학식과 인간의 모든 좋은 성품을 합성해 놓은 여성상을 원한다. 남자들이 왜 불행한지, 왜 끝없이 만족하지 못하는지 알 것 같다.

이참에 좋은 남자의 조건을 제시하고 싶다. 고백하자면 나는 잘 모른다. 다만 주변에 좋은 남자, 멋진 남자들이 있다는 것이다. 그들을 소개하다 보면 내가 좋아하는 남성상에 가닥이 잡히지 않을까.

내가 아는 최고남은 K다. 연약한 여자에게 수박을 다루게 하는 것은 그에게 용납할 수 없는 수치다. 그는 수박을 반으로 가른 다음 불면 날아갈 듯 당이 뽀얗게 서린 한 가운데를 동그랗게 오려내어 제일 먼저 아내에게 준다.

어느 겨울 새벽, 미세스 K가 남편에게 말했다. 오줌이 마려운데 변기가 너무 차서 싫어. K는 당장 일어나 변기에 앉아 자기 체온으로 한참 데웠단다. 당신은 마른 체구라 절반밖에 데워지지 않았겠네요, 놀렸더니 내 것도 커요, 했다.

J는 이불이 썬득썬득 춥다는 아내를 위해 매일 밤 아내의 잠자리에 한동안 누워서 자기 체온으로 덥힌 다음 제자리로 굴러가는 사람이다. 그의 아내는 간호사다. 어느 날 그녀는 자동차에 잊은 물건을 꺼내러 갔다가 앞바퀴 하나가 주저앉아 있는 것을 발견했다. 그녀는 마침 전화로 안부를 묻는 남편에게 상황을 전하면서 근무를 마친 후에 자동차 서비스 회사에 부탁하겠노라 말했다.

일을 마치고 주차장에 도착한 그녀는 자기 눈을 의심했다. 자동차 바퀴가 멀쩡했다. 차를 몰고 나오니 입구에 남편이 기다리고 서있었다. 외부인은 들어갈 수 없는 직원 전용 주차장이라 가드의 허락을 받고 들어가 스페어로 갈아 놓았단다.

아침마다 아내의 자동차 유리창에 낀 성에를 닦아주는 M. 출장이 잦은 아내를 마중하러 비행장에 가기 전 늘 카펫 청소를 말끔히 해놓는 P. 아내와 다툴 때도 존댓말을 하는 J. 아내가 사람들 앞에서 푼수처럼 말을 지껄여도 나무라거나 막지 않고 사랑스런 눈으로 바라보는 C. 주변 사람들에게 대강 둥글려서 들어달라고 오히려 부탁하는 그다.

이런 남성들에게는 가까이 다가가도 혹은 그들이 가까이 다가와도 염려가 안 된다. 앞서 말한 K와의 에피소드가 있다. 족구시합을 하는 중에 2루 베이스를 지키고 있는 내게 홈을 떠난 그가 달려왔다.

3루로 뛰려는 그를 뒤에서 붙잡아 꼭 껴안았다. 나중에 그의 아내가 야단을 쳤다. "빙신아, 백주대낮에 많은 사람들 앞에서 그러면 무슨 재미냐."

남성은 결코 홀로 서지 못한다. 예모 있고 단정하고 말쑥한 남성 뒤에는 반드시 섬세한 여성의 손길이 있다. 마음이 따뜻하고 배려할 줄 아는 남성 뒤에는 반드시 그를 사랑하는 여인이 있다. 그러니 남성들이여, 그대 옆에 있는 여성들을 아껴라. 멋지고 좋은 남자가 될 수 있는 유일한 길이요 조건이다.

인정한다. 여성들은 무조건 품위 있고 아름다워야 한다는 남성들의 주장. 그러면 남성들이여, 그대들은 무조건 멋있고 따뜻하고 능력 있는 신사이어야 한다.

엄마의 마음, 딸의 마음

숨 가쁜 3개월이었다. 내일이면 엄마가 한국으로 돌아간다. 명치 끝이 아프다. 이번 엄마의 방문은 만 6년 만이었다. 나이 일흔이 되신 엄마는 건강에 자신이 없다며 수차 방문권유에도 주저하시더니 올해 용기를 내어 먼 길을 오셨다.

공항에서 만난 엄마에게서는 도시 냄새가 났다. 하얀 주름치마에 자수가 놓인 녹색 블라우스 차림이 아름다웠다. 두 눈이 자연스럽지 않아서 무척 낯설었다. 엄마 그 이쁜 눈 어디다 두셨수? 묻는 대신 엄마 눈을 자꾸 들여다보았다. 처진 눈꺼풀 때문에 앞이 잘 안보여서 몇 달 전에 수술했다고 엄마는 간단히 말씀하셨다. 퍼런 눈썹 문신도 강한 인상에 한 몫 거들고 있었다. 젊어 보여 오히려 안심이 되었다.

엄마에게 시간을 나누어 주려 애썼지만 역부족이었다. 주 40시간 풀타임 일 이외에도 대기 근무가 많아 밤낮으로 불려가는 때가 많았다. 밀린 원고가 만만치 않았다. 문학회와 교회의 뉴스레터를 만드느라 밤샘 작업이 많았다. 방학하여 대학에서 돌아온 아이들에게도 관심을 보여 주어야 했다. 내 몸은 하나인데 필요로 하는 곳은 너무 많았다. 하루종일 더운 집안에 갇혀 식구들이 돌아오기만을 기다리느라 눈이 짓물렀을 엄마를 기쁘게 해드리기 위해 늦은 밤까지 고스톱도 쳤다.

엄마가 계시는 동안 나는 과거로의 시간 여행을 원없이 했다. 희미했던 기억들, 이해할 수 없었던 사건들이 엄마의 이야기를 통해 서로 연결이 되면서 많은 의문이 풀렸다. 엄마는 평소에는 말이 없다가 단 둘이서 자연으로 나가면 그동안 못 다한 말들을 쏟아 놓으셨다. "창피해서 이것은 아무에게도 말하지 않았다만,"으로 시작하는 엄마의 이야기 속에는 기쁘든 슬프든 한숨이 섞여 있었다. 엄마의 외로움이 녹아 있었다. 나는 엄마의 메마른 손을 꼭 붙잡고 속울음을 삼키곤 했다.

엄마랑 무던히도 싸웠다. 저녁에 집에 돌아오면 엄마는 다리를 저셨다. 빨래가 산더미처럼 개어있거나 곱게 다림질이 되어 있었다. "엄마 아프면 내가 응급실에 데려갈 줄 알아요? 당장 비행기 태워서 한국에 보낼 거야." 나는 있는 대로 짜증을 냈다. 엄마는 한낮 방안 온도가 40도를 웃도는데 에어컨을 끄고 계셨다. 고개를 절레절레 흔드는 나에게 "혼자 있는데 전기 낭비할 필요 있냐."고 태연히 말씀하셨다.

어느 날 엄마 방에 들어갔더니 엄마는 솜으로 얼굴을 박박 문지르고 계셨다. "엄마, 뭐해?" "화장 지운다." "그런데 왜 그렇게 문질러요. 주름 생기잖아." 엄마 손을 펴보니 클렌징 로션이 충분하지 않아 화장솜이 건조했다. "다 늙어 이미 생긴 주름살 무슨 걱정이다냐." "아이 참, 엄마가 늙었수? 왜 이렇게 청승을 떠는 거야." "다

늙은 어미라고 애기 취급하고 지가 엄마노릇 다할 때는 언제고.”
“아유, 당신 정말 내 엄마 맞아? 엄마 땜에 내가 못살아.” 남편이 거
든다. “아니 두 모녀는 왜 만나기만 하면 싸웁니까?” “준호 씨, 내
말 좀 들어봐요.” “하서방, 내 말 좀 들어보소.” 붕어빵 두 여자는
한 남자에게 매달려 서로 자기변호를 하느라 우스운 진풍경이 벌어
지곤 했다.

밥을 먹다가 빈 그릇이 나오면 엄마는 얼른 일어나 개수대로 가져
가 씻으셨다. 제발 그러지 말라 해도 소용이 없었다. “엄마, 엄마 딸
밥 좀 편하게 먹자.” “누가 너 괴롭히냐?” “엄마가 일어났다 앉았다
하니 정신이 사납고 불안해서 밥이 목구멍으로 안 넘어가잖아.” “쟈
좀 봐, 지 애비 닮아서 영락없는 히틀러라니까.” “엄마”, 나는 소리
를 꽥 지르고야 말았다. “엄마가 지금 그까짓 것 좀 해준다고 엄마
딸 몸이 좀 아껴져? 그리고 그릇 하나 나올 때마다 씻으면 물세가
더 나온다고요. 캘리포니아 물도 가뜩이나 부족한데.” 나는 씩씩거
렸다.

엄마는 그릇 씻던 손을 털면서 방으로 들어가 버리셨다. 엄마에게
함부로 말한다고 남편이 나무랐다. 나는 밥 삼키듯 꾹꾹 눌러 말했
다. “그렇게 심하게 말씀드려야 멈추신다니까. 엄마는 화가 나신 것
이 아니라 물세 더 나온다니까 멈추신 거야.” “아유, 이 못된 것.”
남편은 고개를 절레절레 흔들었다.

남편이 무안한 듯 엄마에게 말을 건넸다. “어머니, 정아가 말버릇
이 없죠?” “그러게. 쟈가 왜 저런디야.” 엄마는 남편을 붙잡고 이야

기 보따리를 풀어 놓으셨다. "옛날에 효자가 하나 있었대. 자자한 소문에 군수가 평복차림으로 그 집 앞을 지나며 탐색했다지. 그런데 방금 나무 짐을 내려놓은 아들이 마루에 걸터앉자 팔순 노모가 대야에 물을 떠다가 아들의 땀내 나는 발을 씻기는 게 아니겠나. 이 고얀 것이 어찌 효잔고 물으니 옆에 있던 사람이 말을 받는 거라. 어머니가 원하는 것을 하게 하는 아들이랍니다. 어머니는 아들의 발을 씻겨주는 것이 최상의 낙이랍니다, 했대잖어. 늙은이가 할 수 있는 일을 하게 하는 게 효도하는 거야. 아무 것도 하지 못하게 하고 송장취급하면 늙은이가 더 서럽다는 거 알지?"

고스톱 판의 양상도 바뀌었다. 학채내고 배우라 큰소리치던 엄마가 초짜들을 3개월 가르쳤더니 이제 쓸 만하다 하셨다. 엄마의 고스톱은 복잡했다. 규칙과 함정이 많았다. 내가 알고 있는 고스톱은 이제 한국에서는 아무도 안 친다고 했다. 엄마는 우리 부부에게 번번이 쓰리 고에 피박 광박을 씌워 바둑알 74개 혹은 106개씩을 의기양양하게 거두어 가시곤 했다. 조커라 불리는 양피 석장은 매번 엄마의 패에 들어가 있거나 엄마가 뒤집곤 했다. 솜이불까지 덮어줘서 고맙네 하시며 일타 구피를 들여가시는 엄마의 얼굴은 환했다.

그런 엄마가 자랑스러웠다. 겉으로는 야비하게 속임수 쓰는 것 아니우, 준호 씨 엄마 잘 감시해, 하면서도 마음속으로는 엄마가 아직도 기운이 많고 영민하시구나 싶어 안심이 되었다. 엄마가 조금 진다 싶으면 마음이 아릿했다. 그런 내 마음을 오랜 시간 함께해 온 남편이 읽어 주었다. 그는 어어, 제 패가 안 맞네요, 하면서 패를 섞어버렸다. 내가 잃는다 싶으면 남편은 자기 바둑알을 듬뿍 내게 밀어놓고 패를 보여 주면서 뭐 내줄까 했다. 엄마는 고스톱 판에는 부모형제도 없는 법인데 이 미국 인사들 가관이네, 어수룩한 두 부부 하는 짓이 어찌 그리 부창부수냐 놀리면서도 사위가 딸을 살뜰하게 챙기는 것을 흐뭇하게 바라보셨다. 나는 엄마와 남편 사이를 오가며 무척 행복했다. 두 사람의 마음을 만질 수 있어서 기뻤다. 따뜻한 마음, 배려하는 마음, 아끼는 마음을 고스톱 판에서 느끼다니 우스웠다.

나는 고스톱을 4년 전에 돌아가신 시어머니에게 배웠다. 아랫동서네랑 한집에 살 때였다. 말도 통하지 않고 발도 묶인 땅에서 고스톱은 어머니에게 유일한 낙이었다. 어머니는 동서와 내가 음식 챙기는 시간도 아까워서 화투를 치면서 먹기 좋은 것들을 당신 손수 대충 만드시곤 했다. 너 농간도 부릴 줄 아는구나, 어머니는 피도 눈물도 없는 독한 인간이네요, 등등 온갖 밑바닥 대화가 오고갔다. 일 년이 다 되어갈 즈음, 동서와 나는 무거운 몸이 되었지만 여전히 쭈그리고 앉아 고스톱을 쳤다. 우리는 "아이들이 고도리! 하면서 태어날 거예요. 혹은 광 팔겠다고 빨리 나오지나 않을지 모르겠어요." 하며 웃곤 했다. 화투 칠 상대가 있었으면 네 시어머니 절대 치매 안 걸리고 지금도 정정히 살아계실 거라는 엄마의 말씀에 마음 한쪽이 시큰거렸다.

엄마는 한국에서 유행하는 최첨단 옷들을 내 선물로 가져오셨다. 탤런트들이나 입음직한 옷들이었다. 색상이나 디자인이 화려 대담하여 도무지 입을 엄두가 나지 않았다. 당신 딸이 아직도 20여 년 전의 모습이라고 여기는 엄마가 더 이상 답답하지 않았다. 어렸을 때 엄마가 골라준 고운 빛깔의 옷들을 잘 입지 않아 엄마를 속상하게 해드렸던 기억이 났다. 나는 반짝이는 구슬이 박힌 티셔츠와 하늘거리는 프릴이 달린 치마를 입고 어디든 돌아다녔다. 이왕 엄마를 기쁘게 해드리겠다고 작정한 터에 사람들의 시선이 대수일까 보냐 싶었다. 고리타분한 나의 정장스타일은 하루아침에 화려찬란하고 감각적인 패션으로 바뀌었다. 엄마가 가져온 옷을 입고 나설 때마다 엄마는 이쁘다며 흡족해 하셨다. 어깨가 드러난 옷을 한 번도 입어보지 않았다 하니 당장 수예점에 가서 이중 레이스를 골라 오셨다. 푹 파인 어깨와 360도로 펼쳐진 치맛단에 그 레이스를 붙이고 다림질하여 새벽녘에 내 방 문고리에 걸어 놓으셨다.

엄마는 신문에 난 낱말 맞추기 퀴즈를 숙제하듯 열심히 하셨다. 날마다 일기를 쓰고 메모를 하셨다. 우리 형제자매들 준다고 성경필사를 몇 권째 하고 계신다 했다. 낱말퀴즈랑 일기랑 성경필사가 치매방지용이라 하셨다. 엄마는 유난히 밝고 화사한 옷을 선호하셨다. "이 어미 죽은 후에 칙칙한 옷에 우그리고 있는 초라한 모습으로 너희들에게 기억되고 싶지 않다. 너희 마음이 더 아플 거 아니냐. 내가 건강하고 행복하게 살다 가면 너희 마음이 그나마 편할 것 같아 몇 년 전부터 그렇게 하기로 마음먹었다." 하셨다. 와, 울 엄마 정말 짱이다.

엄마는 멋진 여자였다. 어느 어려운 모임에서 한 어른이 엄마에게 사위 자랑 한 가지만 하라고 주문했다. 나는 엄마가 예전처럼 주절주절 풀어놓으시면 어쩌나, 근심 어린 눈길로 엄마를 바라보았다. 마음 따뜻하고, 이해심과 인내심이 하늘까지 닿고, 무엇보다 딸을 끔찍이 아껴주어 고맙다, 하실 줄 알았다. 그런데 엄마는 정말 딱 한 마디만 하셨다. "우리 사위는요, 깊고 깊은 바다 속 같은 사람입니다." 남편의 별명이 '깊은 바다'가 된 계기를 만들어 주셨다.

엄마는 이곳에 계시는 동안 애써 씩씩하고 밝으셨다. 여행 중에 이야기로 온밤을 꼬박 샌 다음 날도 엄마는 싱싱하셨다. 새벽 일찍 곱게 화장하고 난 뒤 빨리 밥 먹으러 가자며 잠에 취한 나를 흔들어 깨우곤 하셨다. 엄마는 가이드의 설명을 하나도 놓치지 않고 수첩에 빼곡히 적으셨다. 그런 엄마가 뉴욕을 거쳐 캐나다 국경을 넘고 마침내 나이아가라 폭포 앞에 섰을 때 기껏 한다는 소리가 이랬다. "딸아, 참 좋다. 네가 밥이랑 빨래 안하고 대기근무도 안하고 무엇보다 밤 새워가며 글인가 뭣인가 그 짓 안하고 이렇게 한가한 시간이 있으니." 맙소사, 엄마는 딸의 몸이 편한가 안 편한가에만 초점을 맞추어 사는 사람 같았다. 딸이 사랑하는 가족을 위해 밥하고 빨래하고 청소하고 일하고 글 쓰는 것이 엄마에게 그리 안쓰러운 일일까. 엄마, 그러면 왜 나를 딸로 낳았수? 잘 생긴 아들로 좀 낳아 주시지. 그러면 이쁜 마누라한테 대접받으며 편하게 살 거 아냐.

엄마, 내일 공항에서 나 절대 안 울 거야. 끝까지 독한 딸년 할 거야. 그래야 엄마가 마음 안 아프지. 그런데 엄마, 한국에 그렇게 가고 싶어? 동생들이 엄마 몇 개월 못 봤더니 못살겠다고 아우성치는 소리가 그렇게 마음 아퍼? 나는 어떡하라고? 지난 24년간 내가 얼마나 처절하게 외롭고 피눈물 나게 힘들었는지 알지도 못하면서. 그래 가, 보내줄게. 동생들아, 엄마 보내니 잘 받아라. 너희들이 그랬지? 엄마 잠깐 빌려줄 테니 고이 모셨다가 잘 돌려달라고. 니들이 이 큰 언니의 가슴앓이를 어찌 알겠냐. 이 얄미운 것들아.

마음을 따뜻하게 해주는 문장

나태주 / 시인, 공주문화원장

1. 하정아 씨와의 만남

나는 막연한 입장에서 조그만 반미주의자였다. 덩치 큰 나라, 힘센 나라, 민주주의의 종주국이라 그러면서 세계에다 대고 호령이나 하고 힘을 쓰려고 하는 나라. 그 정도가 내가 갖고 있는 미국에 대한 생각이었다.

개인적으로 미국과 관련된 친척이 있는 것도 아니고 일찍이 미국 방문의 기회가 있었던 것도 아니고 미국 여행에 대한 관심도 없던 처지였다. 그러한 내게 미국 여행의 기회가 열린 것은 지극히 우연한 일이었다. 2003년 11월, 미국 LA의 한 교포 문학단체의 문학캠프에 문학강사로 초빙된 것이었다.

그야말로 행운이었다. 뒤늦게 서름서름 찾아간 미국은 매우 낯설고 두렵고 아득히 먼 나라였다. 난생 처음 만난 사람들이 많았다. 하지만 문학을 꿈꾸고 인생을 사랑한다는 공통분모 아래 우리는 충분히 편안했고 즐거웠다.

도착해서 며칠 뒤, 옥스나드란 곳의 한 장소에서 1박 2일 일정으로 문학강연회가 준비되고 있었다. 강연회 시작은 오후 시간대. 비어 있는 오전 시간을 활용하여 동행인 J선생과 나를 젊은 두 여성문인이 관광시켜 준다고 했다. 목적지는 캘리포니아 지역에서 가장 아름다운 휴양지인 산타바바라.

한 여성은 눈이 보석처럼 반짝이는 여성이었고, 또 한 여성은 눈이 호수처럼 고요한 여성이었다. 눈이 호수처럼 맑은 여성이 바로 하정아 씨였다. 그냥 고요하기만 한 것이 아니라 고요한 눈빛 안에 웃음기가 숨어 있었다. 가만히 있어도 웃는 눈빛이었다. 아스무라(아슴아슴)하다 그럴까. 야튼 새몰새몰한 눈빛이었다.

그날 하정아 씨가 운전을 맡아서 했다. 하정아 씨는 매우 조심성 있고 준비성이 강한 사람 같았다. 뭐든지 그냥 아무렇게나 넘기는 일이 없었다. 미리 계획하고 세심하게 재고 살피고 그랬다. 난생 처음 도착한 산타바바라는 흐린 날씨였다. 가는 빗방울조차 흩날렸다.

하정아 씨는 날씨 걱정을 많이 했다. 맑은 날씨면 파란 하늘이 내려와 맑은 바닷물과 친구하는 모습이 그럴 수 없이 아름다운데 그걸 보여주지 못해 안타깝다고 했다. 하늘과 바닷물이 조응(照應)하는 것이 장관이라는 것이었다.

그러나 오히려 나에게는 흐린 날씨와 바다가 더 좋았다. 그럴 수 없이 편안한 마음이 들었던 것이다. 우리는 바다 가운데로 길게 나무다리가 놓여진 곳에 자리한 한 식당(Long Board Grill이라 기억되는)에서 바다가재 요리와 포도주로 점심 식사를 했다. 앉아 있는 자리 옆 창문으로 덩치 큰 펠리컨과 갈매기들이 비행기처럼 날아다니고 있었다.

점심 식사를 마치고 우리는 모래밭으로 자리를 옮겨 시간을 보냈다. 하정아 씨는 자동차 트렁크를 열더니 여러 가지 물건들을 꺼냈다. 야외용 침대, 방석, 의자, 심지어는 비치 파라솔까지. 금세 편안한 야외공간이 구성되었다.

동행인 J선생은 두 분 여성문인과 구면인 듯 친숙했고 나만 썰렁했다. 그러나 나는 편안한 마음으로 바다를 바라보고 있었다. 태평양으로 이어진다는 바다. 회색빛 바다가 너무나도 넓고 아득하고 또 평온했다.

처얼석, 바다는 느린 발걸음으로 물결을 몰고 왔다가 모래밭에 제 몸을 누이고는 또 스르르 물러가곤 했다. 물결의 틈새로 무언가 보이는 것이 있었다. 새였다. 새라도 아주 몸집이 작은 새, 예닐곱 마리쯤 되었을까. 처음 보는 새였다. 이렇게 덩치 큰 나라에 이렇게 작은 새가 있단 말인가!

나는 그만 감격해서 카메라를 들고 바닷가로 나아가 새들을 사진기에 담으려고 했다. 쪼르르, 쪼르르, 물결을 따라 종종걸음 치는 녀석들을 따라다니는 나를 하정아 씨가 유심히 바라보고 있었다. 여전히 그 고요한 눈에는 웃음이 가득 담겨 있었을 것이다.

그렇게 하정아 씨와 만났다. 하정아 씨가 데려가 준 산타바바라를 잊을 수 없다. 그것도 흐린 날 고요한 물결의 태평양을 잊을 수 없다. 그동안 나는 네 차례나 미국 나들이를 했다. 그것도 캘리포니아와 LA를 중심으로였다.

그러던 중, 다시 한 번 산타바바라를 찾은 일이 있다. 그날은 날씨가 화창한 날. 그러나 화창한 날씨 속의 산타바바라에는 하정아 씨와 처음 만난 그 아름답고 고요하여 명상적이기까지 했던 산타바바라는 이미 떠나고 없었다.

2. 하정아 수필의 특성

그동안 미국 나들이를 거듭하면서 하정아 씨를 만나왔다. 한 번은 한국에서 만나기도 했다. 하정아 씨가 수필문학상을 받았을 때의 일일 것이다. 지난해에는 아내와 함께 보름 동안 LA에 머물렀는데 하정아 씨는 여러 가지로 우리를 염려하고 도와주고 그랬다. 여간 감사한 일이 아니다. 뿐더러 4년 전 내가 크게 아팠을 때는 수월찮은 위로금까지 보내주어 앓고 있는 사람을 울력해 주기도 했다.

어쩐 일인지 나는 미국 나들이를 하면서 그 쪽의 시인들보다는 수필 쓰는 문인들을 더 가까이 하고 있는 편이다. 별다른 이유는 없다. 우선 그들과 인간적인 유대관계가 있고 그들의 글을 많이 읽은 탓일 것이다. 현재 미국 LA 문단에서 수필을 쓰는 문인들 가운데 하정아 씨는 수준 있는 수필을 쓰는 문인으로 이미 평가가 나 있다.

그것은 이미 그동안에 그녀가 낸 두 권의 수필집(『행복은 손해 볼 수 없잖아요』, 『물빛 사랑이 좋다』)이 말해주는 바이고, 국내에서 정평이 있는 수필문학상을 받은 것이 말해주는 바일 것이고 오늘날 그녀가 내놓는 수필들이 말해주는 바일 것이다.

미국을 오가면서 미국 현지 문인들의 글을 만나는 기회가 적지 않았다. 모두가 아름다운 심성과 꿈으로 쓰여진 글임을 충분히 알 수 있었다. 그런데 이분들의 글에는 몇 가지 문제점이 있어 보였다.

우선은 한국어로 글을 쓰는 표현법에 문제가 있어 보였다. 본국에서 대하는 문학작품과는 달리 조금은 부자연스럽고 굼떠 보이는 구석이 있었다. 어쩌면 이것은 당연한 일인지 모른다. 이런 문제를 극복하는 길은 오로지 한국어로 된 문학 서적의 독서량을 늘리고 습작하는 기회를 늘리는 도리밖엔 없을 것이다.

그 다음 글의 소재나 주제, 또는 글의 대상이 과거지향이거나 떠나온 한국을 일편단심으로 그리워하고 회상하는 경우가 있었다. 이는 문인으로서 다부진 자아정체감을 획득하지 못했다는 증거가 된다. 마땅히 현지에서의 체험과 소재를 과감히 채택해야 할 일이고 아이덴티티를 위한 자구책이 있어야 할 일이다.

이러한 제반 경향과 특성에 대비했을 때 하정아 씨의 글은 매우 독특한 위치에 서는 글이다. 우선, 그의 글은 철저히 현지화된 글이란 점에서 그렇다. 체험에서 그렇고 소재 면에서 그렇다. 그렇다고 하정아 씨가 한국에서 있었던 기억을 무시하거나 회피한다는 말은 아니다. 어디까지나 한국에서의 것들을 수용하면서 미국에서의 경험을 글의 바탕으로 삼는다는 말이다. 그래서 하정아 씨의 글을 읽으면 아, 이것이 정말 미국이구나 싶은 쾌재를 갖게 한다.

둘째로, 하정아 씨의 글은 그 어법이 매우 활달하다는 점에 장점이 있다. 꼭 누군가 곁에서 조곤조곤 작은 목소리로 이야기를 들려주는 것만 같다. 속삭여 주는 것만 같다. 이렇게 하정아 씨의 글이 활달한 까닭은 그의 문장이 철저하게 구어체 중심이라는 데에 있다. 글을 쓰는 사람으로서 구어체를 터득하는 것 하나만도 그리 쉽지 않은 일이다. 오랜 수련과 각고의 노력 끝에 도달하는 자기만의 세계요 능력일 것이다.

셋째로, 하정아 씨의 글은 그럴 수 없이 감성적이고 명상적이라는 점에서 변별력을 갖는다. 흔히들 감성의 문제는 시 작품의 전유물처럼 생각하기 쉬운데 산문 문장에서도 감성은 중요한 문제로 대두된다. 감성이란 한마디로 마음의 활달과 습윤성(물기)을 말한다. 바로 인간적인 특성 자체가 감성이다. 감성과 더불어 명상은 인간의 내면적 깊이를 읽는 척도와 같은 것이다. 이러한 명상성은 하정아 씨의 글을 한 차원 높이는 동시에 향기를 주는 요인으로 작용한다.

3. 하정아 씨의 수필집

이번에 하정아 씨는 두 권의 수필집을 한꺼번에 출간한다. 한 권은 그녀의 직장생활에서 얻은 경험을 주로 쓴 책인 '간호 에세이집'이고 또 한 권은 두 번째 수필집 이후에 쓴 글을 모은 바로 이 책이다. 두 권의 책을 냄에 있어 처음부터 사전협의가 있었다. 다행히 간호수필집은 그 방향의 책을 전문으로 하는 출판사에서 내준다 하여 그 쪽으로 넘어갔고 또 한 권의 책이 나에게로 넘어 왔기에 교정을 볼 겸 처음부터 끝까지 읽어 보았다.

책이 총 7부로 나뉘어져 있었다. 파트별로 공통된 주제에 따라 잘 분류되어 있었다. 이런 점에서 하정아 씨는 자기 글을 바라보는 안목이 남다른 사람이다. 어느 것이나 다 좋았다. 쉽지 않았지만 끝까지 밑줄을 치는 심정으로 읽었다. 그녀의 글들은 처음부터 독자를 제압하는 힘을 가졌다. 일단 읽기 시작하면 끝까지 읽지 않으면 안 되는 매력을 지녔다. 그녀의 책을 읽으면서 매우 행복한 시간을 보냈음을 여기에 고백한다.

실상 한 권의 책을 읽는다는 것은 한 사람의 일생을 읽는다는 것과 다름이 없는 일이다. 모든 문학작품은 작가 나름대로의 인생과 그 체험의 범위를 벗어나기 어려운 법. 그것은 시나 소설이나 수필이나 마찬가지다. 그런 점에서 나는 모든 문학작품을 자서전이라고 생각하는 사람이다.

서정문학인 시는 매우 주관적인 입장에서 쓰여진 문장이다. 또한 서사문학인 소설은 객관성을 담보로 하는 문장으로 구성되어 있다. 그런가 하면 사변의 문학이요 명상문학인 수필은 시의 서정성과 소설의 서사성을 동시에 포괄할 수 있는 문학이다. 그런 점에서 수필은 덕성이 많은 문학 장르이고 사람이 나이 들어가면서 점점 가깝게 느껴지는 문학형식이라 할 것이다.

이번에 하정아 씨의 수필집 원고를 읽으면서 하정아 씨의 일생을 읽었다는 느낌을 강하게 받았다. 특히, 「비스타 델 바예 마을 사람들」, 「묘목을 보면 사고 싶다」, 「6월」과 같은 글들이 그랬는데 그들 글에서는 하정아 씨의 아름다우면서도 아픈 과거의 일들이 파노라마로 그려져 있으면서 오늘의 삶과 내일의 꿈이 더불어 연결되어 있음을 본다.

뿐이겠는가. 그녀의 글을 읽으면서 감동으로 메모한 내용들을 잠시 소개하면 이러하다.

「봄, 봄, 봄」 구어체 문장의 매력. 아름다운 우리말의 쓰임새.

「로렐 씨와 함께 하는 우주여행」 우주적 명상과 놀라운 죽음의 신비.

「맑은 물 맑은 얼음 맑은 연정」 아름다운 자연이 무엇이고 아름다운 인생이 무엇인가 알려준다. 질량이 높은 수필.

「나이아가라 폭포에서」 멋있다. 물처럼 멋있다. 그래, 당신도 물이
되거라.

「겨울 여행」 미국의 정체, 그것도 자연의 아름다움과 깊이를 생생한
감동으로 드러내고 있다.

「길」 로버트 프로스트의 '가지 않은 길'에 필적할만한 글.

「비스타 델 바예 마을 사람들」 멕시코 현지 풍광과 과거 유년 고향의
풍광을 교묘하게 직조하면서 섬세한 심리의 변화를 그려낸 글. 수
필을 사유의 문장이라 할 때 이런 글을 만난 행운을 맛본다.

「나는 낯선 곳이 그립다」 그리움은 인간을 보다 아름다운 경지로 이
끄는 정신의 원동력. 놀라운 감수성이 들어 있는 글.

「랜초 팔로스 버데스 가는 길」 매우 감성적이고 영혼의 울림이 강한
문장. 세상을 바라보는 따뜻함과 진지함이 동시에 있다.

「팜 스프링스 프리웨이에서」 인생, 삶과 죽음에 대한 진지한 물음과
대답.

「델 루즈 산장에서」 나무에 대한 아름다운 정의.

「코비나 힐스 공원묘지에서」 현지화된 소재와 체험으로 쓰여진 수필.

「파인 스프링스 랜치에서」 시적인 표현과 명상의 세계를 보여줌으로
산문의 덕성을 한껏 느끼게 한다.

「나는 알았다」 그리움의 정체와 이민생활의 고달픔에 대해서.

「문학하는 즐거움으로」 하정아 씨의 문학론. 글 쓰는 자세에 대해
서. 문학이 이민자 삶의 원동력이 되었다.

「집중의 아름다움」 하정아 식의 삶의 방식을 표현한 글.

「딸기차를 마시면서」 섬세한 감수성이 번득이는 글.

『영원한 이방인Native Speaker』을 읽고」 그녀의 예술관을 엿보게 한다.

「형식과 내용」 또 다른 미국 찬가. 진정으로 미국에 잘 동화된 사람의 고백.

「나비처럼, 벌처럼」 좋은 문장에 대한 염원이 담겼다.

「삶은 진행되어야 한다」 삶의 예찬과 지혜를 만나게 한다.

「원원(win-win) 인생 게임」 장애인들의 사례를 통해 꿈꾸는 참 아름다운 삶의 세계.

「옛날 옛날에」 추억의 실체에 대해서.

「낭비된 사랑」 하정아 씨의 사랑론, 그 극치. 인생을 보는 혜안을 만나다.

「아직도 끝나지 않은 사랑 이야기」 사랑의 실체에 대해서 이보다 더 깊이 있는 글이 있을까? 최상의 사랑학 강의.

「아기 소나무 한 그루의 마음」 눈물겨운 사랑의 세계를 보여준다.

「센티멘털 벨류」 하정아 씨를 닮은 아들 이야기.

『천 개의 찬란한 태양』의 후예들」 하정아 씨의 여성관.

「묘목을 보면 사고 싶다」 아버지에 대한 추억과 자식에게로 기우는 마음, 그 삼대를 잇는 사랑의 강물.

「물처럼 살고 싶다」 물의 본성에 대한 탐구.

「누렁소」 하정아 씨의 자화상.

「지금에야」 종교심에 가까운 사랑론.

「6월」 하정아 씨의 청춘열전, 청춘일기 같은 글. 그처럼 풋풋하고 뜨거운.

「편지」 편지의 미학을 이처럼 잘 표현한 글은 없을 것이다. 매우 미
　소로운 글.

「국화차를 마시면서」 산문의 향기가 절로 배어 나오는 글.

「냄비」 여성만이 느낄 수 있는 마음의 깊이가 짚어지는 글.

「부부」, 「사모곡」, 「사부곡」, 「엄마의 마음, 딸의 마음」 가족 사랑이 무
　엇인가를 진정으로 보여주는 글들. 이 눈물겨우면서도 따뜻한 가
　족들의 부러운 모습을 보라.

　하정아 씨의 글들은 어느 것이나 다 아름답다. 그리고 촘촘하다.
구어체로 되어 있고 독백체, 대화체로 되어 있지만 그냥 술렁술렁은
읽히지 않는다. 글 속에 정서적 함량이 높기 때문이고 사유의 깊이
가 있기 때문이다. 그래도 끝까지 읽으면 글을 읽고 난 뒤의 희열이
따른다. 이것은 그녀 나름의 깨달음과 각성이 시냇물처럼 시원한 정
신의 선물이 되어 우리에게 전달되어 오기 때문이다. 그녀의 아름다
운 인생 체험이 우리를 더불어 아름답게 만들어 주기 때문이다.

　4. 아, 하정아

　하정아 씨는 그 영혼이 매우 맑은 사람이다. 사물에 대한 날카로
운 관찰력을 지닌 사람이고 배려심이 출중한 사람이다. 뿐더러 타인
의 내면을 들여다볼 줄 아는 눈을 가진 사람이다. 지구 반대편 미국
땅에 하정아 씨같이 맑은 영혼을 지닌 사람이 살고 있다는 것은 크

나큰 위로를 준다. 그녀가 쓰는 수필 또한 우리들 마음에 수월찮은 안식을 주고 위로를 준다.

이 얼마나 고마운 일이고 다행스런 일인가! 하정아 씨를 떠올리고 그녀의 수필을 생각하면 가슴이 따뜻해진다. 맑아진다. 태평양 한바다가 와락 다가올 것 같은 감격을 맛본다. 하정아 씨는 미국 땅에서 미국 사람으로 살면서 그 정신만은 철저히 한국적으로 사는 사람. 그의 문장 또한 순연한 모국어로 채워지는 문장.

영혼의 누이 하정아 씨여! 부디 그대 앞으로도 미국 땅에서 살면서 더욱 씩씩하고 건강하여라. 더욱 아름다운 모국어로 수필을 쓰고 그 수필들로 하여금 우리들 마음을 더욱 따뜻하게 맑게 만들어 달라. 그대의 아름다운 문장을 축하한다. 문학적 성취를 함께 기뻐한다.

나는
낮선 곳이 그립다

초판 1쇄 발행 2011년 7월 27일

지은이/하정아
본문그림/나태주
펴낸이/김선기
펴낸곳/(주)푸른길
출판등록/1996년 4월 12일 제16-1292호
주소/137-060 서울시 서초구 방배동 1001-9 우진빌딩 3층
전화/02-523-2009
팩스/02-523-2951
이메일/pur456@kornet.net
블로그/blog.naver.com/purungilbook
홈페이지/www.purungil.co.kr

ⓒ 하정아, 2011

ISBN 978-89-6291-165-7 03810

(주)푸른길과 저자의 허락 없이 어떠한 형태나 수단으로도 이 책의 내용을 이용하지 못합니다.

＊잘못 만들어진 책은 바꾸어 드립니다.
＊책값은 뒤표지에 있습니다.

이 도서의 국립중앙도서관 출판시도서목록(CIP)은 e–CIP 홈페이지(http://www.nl.go.kr/ecip)에서 이용하실 수 있습니다.(CIP제어번호: 2011002912)